すし、また著名な文学者のばあいでも、有名な作品ではなく読む機会の少ない作品が掲載されています。しかし取りあげた作品に共通していることは、各著述家がそれぞれの時代のなかで生き、その時代の空気感とともにある、一つの時代のアメリカを言葉で切りだしている点です。その意味では、二〇二〇年代の日本で生活しているわたしたちの価値観から見るとあたりまえのことがまったくあたりまえではない状況に対して声を上げている人々の言葉に触れることができると思います。本書には植民地時代の一六五〇年に出版された作品から激動の十九・二〇世紀に書かれた作品が掲載されている一方で、二〇一九年と比較的最近書かれた文章も掲載されています。それぞれの時代に生きた人々の声をひろうとともに、今の時代に警鐘を鳴らしている声にも耳を傾けてもらいたかったからです。

当然のことですが、わたしたちは一つの時代のなかで一つの人生しか経験することができません。その一つの人生経験のなかでわたしたちが感じたり考えたりできることは非常にかぎられています。なぜなら自分たちが生きている時代や社会という一つのかぎられた範囲のなかで、わたしたちは経験をし、なにかを感じとり、そして考えをめぐらせているからです。そのような有限の範囲のなかの経験しか得られないからこそ、わたしたちとは違う時代や場所で生きた人々が発した言葉に注目することで、自分たちがこうだと思っている考え方の枠組みを少しでも広げていってもらえるとよいのではないかと考えています。しかしそれぞれの作品のなかで述べられている著者の意見や認識は、必ずしもすべてが正しいわけではないということも少し頭の片すみに置いておいてください。またできるかぎり今わたしたちが生きている時代に近く、それでいてわたしたちがなんとなく見すごしてしまっているようなことを鋭く指摘してくれている作品を掲載しようと努めましたが、本書を作成していた二〇二〇年から二〇二一

はじめに

この本を手に取りページを開いてくださり、ありがとうございます。どの本もそうですが、書棚に置かれているあいだ、そのなかに書かれている文字たちは眠ったままです。しかしだれかが手に取り、その本のページを開いたとたん、文字たちはがぜん目を覚まし、立ちあがって言葉となり、わたしたちに物語やなんらかのメッセージを届けてくれるのです。この本には、アメリカで活躍した十六人の文学者や活動家などが書いた言葉が載せられています。みなさんは本書に掲載されている十六人の人々が書きのこした言葉をとおして、それぞれの人が生きている時代のなかで感じとった思いに触れることになります。しかしそれは、みなさんが本を手に取り、ページに書かれた言葉を読んでいくことから始まります。

本書を作成したわたしたちの願いは、読者のみなさんにさまざまな背景をもった人々が書き残した言葉を読んでほしいということです。タイトルに『アメリカの声をひろう——言葉で闘う語り手たち』と記されているように、本書で取りあげた文学者や活動家の作品はメジャーなものではありません。目次を見ていただくとわかるのですが、日本の読者にほとんど馴染みのない文学者や活動家の名前もありま

Finding American Voices:

Writers Who Fight with Their Words

アメリカの声をひろう

言葉で闘う語り手たち

能勢 卓 監修

Nosé Takuji

日本英語表現学会
関西文学研究部会 訳

ナカニシヤ出版

年にかけてもっとも世界で話題となった新型コロナウィルスについて言及している文章までは掲載することができていません（このコロナウィルスは今まさに進行中の出来事ですので、距離を置いて考えを述べられる段階ではないように思えるからです）。しかしこの本をとおして、十七世紀から二一世紀に至るそれぞれの時代のなかで残されたちょっとした声に耳を傾けていただけたら幸いです。

この「はじめに」の最後に本書の構成などについて簡単に触れておこうと思います。それぞれの作品は、著者紹介と訳者解題が付されています。それらをとおして書いた人物やそれぞれの作品のポイントについて触れていただければと思います。また本書では基本的にそれぞれの作品が発表された年代順に並べましたが、一部の作品については取りあつかっている内容に鑑《かんが》みて順序を変更したものもあります。そして詳細については「あとがき」に記していますが、植民地時代から現在までつづくアメリカの歴史のなかで、その社会や文化の形成にとって無視することのできない事柄として「黒人」奴隷制度や「黒人」差別の問題、そして女性の社会的地位の問題がありますが、それらの問題について考える機会が得られるような作品を採録しました。それというのも本書はその作成の経緯において、わたしが大学で担当しているアメリカの言語文化に関連する講義を受講している学生たちが人種問題や女性の権利の問題になんらかの共感を抱きつつ考えをめぐらせることを促せるように、これらの問題の本質を言葉で訴えかけてくれる作品を一冊の本にまとめてみようとの意図があったからです。それではこのあたりで「はじめに」の筆をおき、読者のみなさんに本文を楽しんでいただきましょう。

能勢　卓

目次

目　次

目　次

凡　例

・訳文内で訳者が補った箇所や補足は［　］内、もしくは訳註に示します。
・作品の発表年は初出です。ただし、訳に使った版については出典一覧を参照してください。
・本書では発表された年代順に作品を並べ収録していますが、一部の作品については取りあつかっている内容に鑑《かんが》みて順序を変更しています。
・作品中には、今日の観点からみると不適当と思われる表現もありますが、作品発表時の時代的背景を考え、底本どおりに訳出しています。
・「　」内の「　」は小鍵括弧「　」を使用しています。

1

「序詩」より

（一六五〇年発表）

アン・ブラッドストリート

アン・ブラッドストリート（一六一二〜一六七二年）

イギリス、ノーサンプトン生まれ。一六三〇年、ウィンスロップ艦隊(1)の旗艦アーベラ号でアメリカにわたり、マサチューセッツに移住。父のトマス・ダドリーはその後、長きにわたってマサチューセッツ植民地総督をつとめた。彼女の詩集『最近アメリカにあらわれた十番目の詩神』（一六五〇年）は、出版されたものとしては最初のアメリカ文学作品といわれている。

訳者解題　「一段下の性」とはいったい……

ピューリタンとしてアメリカにわたったアン・ブラッドストリートは、暇を見つけては家族への愛を詩の形式で書き綴っていた。妹マーシーの夫ジョン・ウッドブリッジ牧師は義姉の詩才に感動し、その原稿をロンドンの出版社にもちこみ公刊する。ただ、そうして印刷された初版には誤字脱字が多く、アンはそれが不満だった。彼女が改訂版の準備に取りかかろうとしていたちょうどそのころに、マサチューセッツ、アンドヴァーの家が火事で焼けてしまう。結局、アンはみずからの手で改訂版を出すことができなかった。ボストンの出版者ジョン・フォスターが第二版を出したのは、アンの死後六年経ってからのことである（さらに一七五八年、出版元も印刷所も不明な第三版が同じくボストンで出版されている）。その後も未発表原稿などの調査が進み、一八六七年、ジョン・ハーヴァード・エリス監修のもとで増補版が出る（本書の翻訳ではこの版を参照）。ここに訳出したものは『最近アメリカにあらわれた十番目の詩神』に収録されている詩の一部である。

ところで、義姉の才能に心動かされたというジョン・ウッドブリッジだが、彼はこの詩集の序文のなかでつぎのような矛盾した言い方をしている。「男性のほうが女性よりもひねくれて、この一段下の性の素晴らしさを妬んだりする場合は別ですが」と条件づけたうえで、彼は義姉のことを絶賛しているのである。「一段下の性」という表現が無意識のうちに使われている背景には、神が男のあばら骨で女をつくったという「創世記」の記述[2]がやはり作用していたのだろうか。いずれにせよ、男性の一方的な価値判断に見られる低俗さをも、ブラッドストリートは詩に仕立てあげている。以下の訳は、たった六行ではあるが、男性の低俗さを告発する女性の声が、この時代からすでにあったことを示す貴重な史料といえるだろう。

註

（1）イギリス、ロンドンで弁護士をしていたジョン・ウィンスロップ（一五八七〜一六四九年）が、ピューリタン商人たちを率いてマサチューセッツ植民地にわたったときの艦隊。

（2）「主なる神は人から取ったあばら骨でひとりの女を造り、人のところへ連れてこられた。そのとき、人は言った。「これこそ、ついにわたしの骨の骨、わたしの肉の肉、男から取ったものだから、これを女と名づけよう」」「創世記」第二章二二〜二三節『聖書』（日本聖書協会、一九八九年）

「序詩」より

ひがみっぽい人には腹が立つ
おまえの手には縫針のほうが合っている、とか
詩人のペンなどもたせたら間違って使って台なしにする、とか
そういうことを言って女の才能を侮辱する
わたしがうまくやってみせたとしても、それっきり
盗んだのだろう、あるいは偶然できたのだろうと言われる。

2

ジョン・ブラウンの殉教の日に咲いた一輪のバラに寄せて

（一八五九年発表）

ルイーザ・メイ・オールコット

ルイーザ・メイ・オールコット（一八三二〜一八八八年）

マサチューセッツ州コンコードで育ち、幼いころから読書に親しんでいた。教育者、哲学者の父親エイモス・ブロンソン・オールコット（一七九九〜一八八八年）と親しくしていたラルフ・ウォルドー・エマソン（思想家、詩人、一八〇三〜一八八二年）やヘンリー・デイヴィッド・ソロー（随筆家、詩人、一八一七〜一八六二年）などの知識人ともたびたび交友した。父親に経済力がなかったので、彼女が家庭教師、お針子、看護師などの仕事をしながら小説を執筆して家族を養った。A・M・バーナードというペンネームでゴシック・スリラーなども書いている。編集者から少女のための本を依頼されて執筆した『若草物語』（一八六八年）はルイーザの代表作となり、現在でも読みつがれ、何度も映画化されている。

訳者解題　殉教者ジョン・ブラウン

一八五〇年代のアメリカは、「黒人」奴隷制度をめぐる議論が南部と北部の対立を深めていく。一八五四年のカンザス・ネブラスカ法（北緯三六度三〇分よりも北にあるカンザスとネブラスカが自由州か奴隷州かの選択を住民投票で決める）が通過すると、「流血のカンザス」として知られる激しい暴力的対立が起こる。青年時代から奴隷解放運動を促進する活動を行っていた白人のジョン・ブラウン（一八〇〇〜一八五九年）は、そのころから息子たちとともに急進的な活動をし始め、「オサウォタミーの老ブラウン」という名で知られるようになる。一八五九年一〇月一六日、ブラウンは、息子二人を含む支持者とともにヴァージニア州ハーパーズ・フェリーの連邦兵器庫を襲撃し占拠するが、銃撃戦の末逮捕され、裁判にかけられて十二月二日に絞首刑に処される。

ブラウンの判決が出たあとに、ルイーザは手紙のなかで老ブラウンの勇気を大いに称賛し、処刑されることに同情している。そしてコンコードでは、「人々が興奮で沸きあがっています。というのは、わが町の人たちの多く（つまり奴隷制に反対の人たち）は、この事件に関心をもっているからです。私たちは、昼間は新聞売り場に殺到し、夜にはわが国の不正や人間の臆病さをめぐって抗議集会を行っています」と綴っている。逃亡奴隷の支援組織「地下鉄道」の「停車場」として知られるコンコードは奴隷解放運動の盛んな場所の一つであり、ブラウンの一件が人々に与えた衝撃の大きさが伝わってくる。

ソローは一八五九年一〇月三〇日に行った「ジョン・ブラウン大尉を弁護して」という講演のなかで、ブラウンのことを「光の天使」と表現し、エマソンは同年十一月八日の講演で、ブラウンを「その殉教精神は絞首台を十字架のように栄光あるものにする聖人」と呼び、神に近い存在としている。エマソンをみずからの師であると日記に書いたルイーザも、奴隷解放運動を支持していた。ルイーザは、その年の十二月の日記に「聖ヨハネの処刑が二日に行われた」と記し、ジョン・ブラウンを追悼する詩を書いて『リベレイター』紙に送った。さらに、奴隷制反対の作品「M・L」を出版社に送るが採用されなかったものの、その三年後に『ボストン・コモンウェルス』紙に五回掲載された。

ジョン・ブラウンの殉教の日に咲いた一輪のバラに寄せて

夜の長い沈黙のなかで
自然の慈悲深い力が
光へのあこがれを呼び覚ました
固く閉じた蕾のなかに。
その存在と恵みあふれる昼により
部屋のなかは夏になった
それなのに、女の目から情け深い雫が落ちた
その花開く小さなバラに。

そのとき、いっそう壮大な花が咲き出でた
不正の荒野のなかに
奴隷制の悲惨な霜にやられることなく

敬虔で強靭な魂が。
神に見守られて、あの竜舌蘭《リュウゼツラン》(1)が立ちあがり
闇を突いて燦然と輝いた。
国は満たされた
花開く崇高な息吹で。

一つの命、その真実の姿はきわめて力強く
一つの天性、その完全なるもの
支配者や判事や神父に打ち勝ち
彼らは足もとにひれ伏した。
残酷な死も、誇らしげに思われた
あれほど素晴らしく授けられた魂には
それに絞首台も、彼にとっては
天国への踏み石にすぎなかった。

ほがらかなひと言ひと言、一つ一つの勇ましい行為
きわめて簡潔、きわめて崇高
あの瞬間を神聖なものにした厳かな静寂をとおして

われわれに語りかけた。
あのとき、かの勇敢な老人は
落ち着き払って進みでた
その決然たる歩みは
北部に響きわたった。

彼が権利のために振りかざした剣は
勝者の棕櫚《しゅろ》の枝に変わり
彼の思い出
心を掻きたてる聖歌が、未来永劫に響く。
いかなる恥辱の息吹も、彼の盾に触れることはなく
どれほど年月がたとうとも、その輝きを曇らせることはない。
彼は、生きて、生を素晴らしいものにし
死して、死を神々しいものにした。

野面石《のづらいし》(2)の記念碑であろうが
雄弁な演説であろうが
大地に刻みつけることはできない

彼の殉教が教えてくれる教訓を。
いかなる追悼の辞も
英雄精神に満ちた彼自身の言葉にはかなわない
「わたしは愛する大義に心から尽くす
この命を捧げて」

訳註

（1）リュウゼツラン科の常緑多年草。葉は剣状で根元から生え、長さ一、二メートルある。開花は約六〇年に一度で、高さ七、八メートルの花茎を伸ばし、黄緑色の花を円錐状につけて咲き、実を結んだあと枯れる。

（2）山から切りだしたままで加工していない石。

3

アメリカ女子教育協会

（一八七四年発表）

キャサリン・E・ビーチャー

キャサリン・E・ビーチャー（一八〇〇～一八七八年）

ニューヨーク州イーストハンプトンに生まれる。十三人兄弟姉妹の長女。妹のハリエットは『アンクル・トムの小屋』（一八五二年）で有名なストウ夫人。ビーチャーは、女性と男性は知的に同等であるという考えのもと、男女間の教育の不平等を解消するために活動し、教員職の女性化・専門職化に貢献した。生涯で二〇冊以上もの教科書や著書を出版している。

訳者解題　十九世紀のジェンダーイデオロギーと女子教育

二〇二〇年十一月、アフリカ系でアジア系のカマラ・ハリス上院議員が史上初の女性副大統領に選出され、「ガラスの天井」を打ちやぶったと大々的にニュースで取りあげられた。ガラスの天井とは、女性やマイノリティといった社会的に弱い立場の人が組織の要職につけないなどの、目に見えない制限のことを意味する。ビーチャーが生きた十九世紀、男女のあいだの壁は現代以上にはっきりと目に見えるかたちで存在していた。つまり、男女の役割は家庭の内と外とで明確にわかれており、女性は家庭にとどまり、男性を支えることが当然と見なされていた。

産業革命以降、社会構造が急激に変化するなか、男性は経済・政治など公的な領域での活動に専念し、それを女性が支えることでアメリカは発展すると考えられるようになった。働く女性が増えていたにもかかわらず、中産階級以上の女性は家庭外に出ずに家のなかにとどまるべきだという偏った意見が広く受けいれられるようになる。十九世紀に入ると男性は家庭の外、女性は家庭内と役割が極端に分離していった。

社会の変化によって国家の基盤が揺らいでいると感じていたビーチャーは、国を安定させる要《かなめ》が家族であり、家庭にいる女性であると信じていた。なかでもアメリカの将来を担う子どもたちを教育することが、女性にとってもっとも重要な役割であると、同時代の人々と同じように感じていた。その役割を女性が滞りなく行えるようにと、女子教育を推進していく。さらに女子教育が普及するにつれて、「母」が子どもにとってもっとも優れた教育者であるならば、学校教育においても教師は男性より女性のほうが望ましいと一般に考えられるようになっていく。ビーチャーも、教師はアメリカが発展するためにきわめて重要な「女性の真の職業」であると考えており、女性教師育成に尽力した。

とはいえ、女性教育にかんしては革新的な考えをもっていたビーチャーにとっても、やはり当時の白人中産階級のジェンダーイデオロギーから抜け出すことは容易ではなかった。ただ、そのような同時代の価値観に縛られながらも、その枠を打ちやぶったビーチャーは、生涯独身であり、公的な領域で女性教育推進にかかわりつづけた。『これまでの教育とこれからの教育』(一八七四年)は彼女の晩年の著書で、急速に広まりつつあった女子高等教育と大学男女共学化についての議論が盛んに行われていた時代に書かれたものである。その第十四章にあたる「アメリカ女子教育協会[1]」は、彼女がどのような思いで女子教育を推進してきたのかがよくわかる論考となっている。

註

(1) 一八五二年、ビーチャーによって設立された協会。女子教育のための資金集め、女性教師育成などを行う。

アメリカ女子教育協会

前章[1]では主に、長期的成果という点では失敗と考えられるさまざまな例について言及してきました。しかしアメリカ女子教育協会がこれまでに試みてきたことを見ると、その主要な点においてこの協会が最終的にうまくいくだろうと考えてよい十分な理由があります。

というのも、わたしたちの神聖なる教育制度[2]がこのまま存続するのか、消滅するのか、どちらになるか今にも決まりそうな、ギリギリの危ない状況にこの国は陥っているのだという強い確信が広く行き渡っているからです。すべての派閥と政党はわたしたちの唯一の安全が、次世代の美徳と知性にかかっていること、その教育を主に担うのは女性なのだということを認めています。国勢調査によると、読み書きのできない人の数は現在、女性が男性を大きく上回り、ゆうに一〇〇万人を超えています。非識字率は、男性よりも女性のあいだで急速に高くなっています。もっとも教育が進んでいる州の中心であるボストンでさえ、読み書きのできない女性は男性の倍になっており、他の都市でもそれと同等かそれ以上という恥ずべき結果が報告されています。

この非常事態において、女性たちは全国的に一致団結して、法律や政治だけでなく、教育の平等をも女性のために確保しようとしています。またこの取り組みの指導者たちは、良識、博愛、知性を備えた女性であり、一度始めたことはつねに最後までやり遂げることができる人たちです。このような女性たちは、この国のすべての女性になんの制限もなく投票権を与えることはないと思います。無知であろうが、不道徳であろうが、すべての男性に投票権を与えることによって生じた広範囲におよぶ誤ちを、こういった女性たちは正すことになるでしょう。税金を納め、しかるべき教育を受けていることを条件に、女性に参政権を与えましょう。そうすればすべての女性があらたに刺激を受けて、これらの義務に見合うような人物になろうと励むでしょう。その結果、すぐに知的な有権者が増えるでしょう。それと同時に、わたしたちには大きな変化を無理なく引きおこすための独自のやり方があります。それというのも、わたしたちの国ではそれぞれの州が投票権を与える条件を独自に定めており、いくつかの州の事例がその他多くの州の役に立つようになるからです。

女性に投票権を与える条件として、どれくらいの質と量の教育があれば適切なのか。それを決めるときにわたしたちが考慮すべきことは、ある一人の女性が主婦、妻、母、さらにこの国の子どもたちの主たる教育者として独自の務めを果たせるようになるために、一般的な大学教育のカリキュラムを果たして維持する必要があるのかということです。もしその必要がないのなら、何を加えて、何を省けばいいのでしょうか。

これは実際的な問題です。ただし実験することはできませんので、今はある程度頭で考えなければなりません。というのも今のところ、一般的な大学の教育課程を修了した女性はほとんどいないからです。しかしながら以下の考察には注意が必要です。一般的にいうと、真の女性(3)は、自分の理想がすべてかなうのならば、みな、妻、母、主婦になることを望むでしょう。しかし多くの場合、そのように理想どおりになることはありませんので、女性たちはみな、家庭での日常的な務めに備えるだけでなく、自立して生活できるような専門職につくための準備をすべきなのです。

このことが認められれば、すべての女性は男性と同等の強みが得られることになります。言いかえれば、男性に与えられているものと同等の専門職、[4]つまり女性特有でかつ自立できる専門職を得る機会が与えられることはすべての女性の「権利」であって、女性にそのような便宜をはかることは、すべての親と州の義務でもあります。

この原則にしたがってまず調整すべきなのがわたしたちの公立学校制度です。主婦、妻、母、さらに教師になっていくうえで、最高のお膳立てになるような訓練をすべての女子に対してまずは主に施すべきです。ついで彼女たちの能力と好みにあった自立できる専門職を確保しなければなりません。人はみな、自分の好みと能力にいちばん適したものを選択することで、もっとも大きな成功を収めることができるからです。

これらの要求を満たすために、わたしたちの公立学校のシステムをどのように変えることができるのでしょうか。

普通教育を支持する方々に考えてもらうために、以下の点について触れておきます。先ほどの問題を決めるうえで役に立つと思います。今の公立学校はそれぞれ段階がきちっと決まっていますから、初等教育にかんしては、教科書につぎからつぎへとつけ加えられていくあの細々《こまごま》とした無駄な情報さえ省けば、もっと時間を節約することができます。まったく面白くもないものを実用的に役立つからといって頭につめこむのは無駄なのです。すぐに忘れてしまうのですから。そこのところをカットして、実践的な訓練のための時間にあてましょう。そうすれば、女性独自の専門職につくための訓練を受けるすべての生徒たちにとって、興味が湧くものになるでしょう。

一つの方法として、少女たちが将来主婦、母、さらには教師になるために、専門的で実践的な訓練を行うモデル事例として学寮を一つ建てましょう。そして「家政学」コースの女性主任を支援するために五万ドルの基金を投じ、主任には副主任を選んでもらいます。それから、公立学校の生徒のなかからこでの教育にもっともふさわしい子どもを十人選び、その子たちと主任と副主任で一つの家族を構成します。この生徒たちは、家庭で必要となるすべての責務について、実用的な指導も専門的な指導も無料で受けられます。そして最後は主婦、妻、母、教師になるのであれば知っておくべきすべての教育を受けたことを証明する卒業証書が与えられます。そしてかわるがわる十人ずつ新たな生徒を迎え、自宅であれ学校であれ、この課程を終えるまでは卒業を許可しないというかたちにしてもよいかもしれません。

以下のような狙いもあるでしょう。家政学のこういった教育課程の合間に、英文学の標準的な作品を読む機会も得られるでしょうから、現在広く行われている水準よりも高度な文学的素養を育むことができるようになるというわけです。このような教育機関がもっている特徴は、公立学校制度でも一般的に見られるものになっていくだけでなく、女子単科大学や私立学校でも広く取りいれられる可能性があります。その結果として、すべての女子が、家庭であれそのような教育機関であれ、将来その子が担う務めを果たすうえで必要となる適切な訓練を受けられることになるでしょう。このような教育を行っているあいだに、主任は、自分が監督している生徒のなかでどの子が高度な文学教育に向いているか、またどの子が高度な科学教育に向いているかを見極めることができるでしょうし、そのような女子生徒たちは、男子のための大学や専修学校へ進学できるかもしれません。しかしこのような生徒は少数派で、大多数の生徒はそれほど高い志を必要としないもっと控えめな仕事を選ぶでしょう。

セントルイスでは今、総合大学《ユニヴァーシティ》がおおいに発展しています。これは単科大学、職業訓練学校、女子のための専門学校、公立学校を統合してできたものです。他の都市でも同じようなやり方で男女共学化と総合化(5)を推進できないものでしょうか。単科大学や専修学校の場合、男性教員は一日一時間か二時間、長くても三時間しか教壇に立ちませんが、女性教員は四時間、五時間、六時間も指導にあたるよう求められます。そこに公正さはあるのでしょうか。偏見はないのでしょうか。強いほうの性にもっと仕事を課して、弱いほうの性が担っている仕事をうまく減らすことはできないのでしょうか。

女性の専修学校を支援するための基金を立ちあげようとの思いから、わたしは家庭経済と家政学にかんする本を何冊か書きました。今は『家庭と健康の管理人』と題した本にすべて収録されています。また『生理学と体操』という比較的短めの本を書きました。わたしはハーパー社のとても心の広い編集者たちと契約を結びました。そのおかげで、代理店に売ってもらいたい分をすべて卸値で引きとることができますし、ある程度の部数が売れた場合は、新たに契約を結んで、今後、全部でどれだけ売るかということにも関与できるようになりました。この二つの著書に、家政学についてわたしが書いたほかの著書のなかで普遍的な価値があるものはすべて含まれています。また学校の教科書として使うために、問題や挿絵が入っています。利益は全額、基金に回されます。

このように女性教育のために努力を重ねるなかで、わたしは東西問わず寛大な友人たちからの援助を繰りかえし受けてきました。ですから、ここでわたしの財務経験について自己弁護しておいてもいいでしょう。財務のことに女性たちはみな秀でておくべきなのですが、わたしにはその能力も慎重さもないといわれることがたまにありますから。若いころの話になりますが、当時、ニューイングランドでもっとも安全でもっとも繁盛しているといわれていた銀行に、わたしは自分で使うことができる遺産二〇〇〇ドルを投資しました。数年後その銀行が倒産したので、なにもかも失ってしまいました。さらにわたしが家庭経済にかんする本をはじめて書きあげたときのこと、マサチューセッツ州の学校図書館にその本が置かれることになったのですが、索引を作るために雇われていたある紳士に、所蔵にあたってはわたしが本で得た収入以上の額を支払わなければならないと言われました。その出版社が倒産した直後、なにか妙なごまかしもありましたが、とにかくわたしは五〇〇ドルを支払うだけで、その本の版権を取りもどすことができました。

ニューイングランドで出版されたほかの二冊の本とニューヨークで出版されたものについては、出版社が破綻・倒産したことによって、いかなる個人的な利益もまったく得られなくなりました。ほかにもあります。怪我を負ったことに対する賠償金として二五〇〇ドルを鉄道会社から受けとっていたのですが、わたしはある実業家の方にそのお金の運用を依頼し、三ヶ月たったら使おうと思っていました。その実業家はある誠実な男の手形をわたしに手渡しました。それはボストン・グローサーズ銀行にある株券の倍の額で保証されていました。数ヶ月後に、その銀行は破綻し、その誠実な人物も破産してしまいました。結局わたしにはわずか五〇〇ドルしか戻ってきませんでした。まだほかにもあります。誠実で有能だと強く薦められたわたしの代理人が、注文しておいたピアノと数百ドル相当の本をもってどこかへ行ってしまい、それ以来消息不明です。ほかにもこんなことがありました。執筆やその他の仕事の報酬として支払われた一五〇〇ドルのお金を一時的にある銀行家に託していました。しかしその銀行家が突然亡くなり、しかも破産状態であったために、全額がなくなってしまいました。似たような経験はほかにもいくつかありました。そのせいで負債の支払いが遅れてしまうこともありました。ただ、わたしはずっと帳簿をつけていますので、じっくり見てみたいという方にはどなたにでもお見せします。帳簿を見ればおわかりのとおり、わたしは基金にはいっさい触れずに、自分の収入だけで、わたしの代理人も仕事仲間の代理人も支えつづけてきました。また必要経費については、わたしの裁量に委ねられた基金から支払ってきましたし、本来の目的から外れた支払いはしてはいません。同時に高額な援助の申し出については、これまでの経緯から繰りかえしお断りするようになったのですが、それはわたしの能力を超えた責任とリスクを伴うからです。

しかし、どうかこれだけは理解していただきたいのです。これまで述べてきた取引はすべてもっとも優秀な実業家に相談してやったことでした。「すてきなアドバイス」に従ってしまったからこそ、わたしは失敗してしまったのです。

訳註

(1) アメリカ女子教育協会が成果を上げられない理由として、女性に適した教育が行われていないこと、女子教育のための学校運営に女性がほとんどかかわることができないこと、そして学校運営のための資金が男性によって教育ではなく設備投資に回されていることなどが述べられている。

（2）義務教育法のことと考えられる。一八七四年七月二一日、ハイスクール維持に公費を充てる（中等教育を公費でまかなう）ことが合憲であるというカラマズー判決がミシガン州最高裁判決で出る。「万人のための中等教育」の理念を制度化する端緒となり、十九世紀末から二〇世紀にかけての中等教育の大衆化をもたらした。

（3）十九世紀アメリカで広く受け入れられていた「真の女性らしさ」を念頭に置いていると考えられる。「真の女性らしさ」とは、家庭において良き娘、妻、母であるために女性が守るべき四つの美徳をあらわした言葉。その美徳とは、敬虔、純潔、従順性と家庭性であり、家庭性が最も重要な要素であった。

（4）当時、「専門職」という用語は医師、弁護士といった男性の職業にのみ使われており、教員職について使用される際にも男性のみを想定し、使われていた。女性に対しこの用語を使用することは革新的であった。

（5）原文では economy と記されている。この語はもともと「家政管理学」を意味した。

4

ソゥジャーナ・トゥルース

（一八六三年発表）

フランシス・デーナ・ゲージ

フランシス・デーナ・ゲージ（一八〇八～一八八四年）

オハイオ州マリエッタに開拓農民の娘として生まれる。奴隷解放論者の弁護士と結婚し、奴隷解放運動、男女同権運動、禁酒運動の活動家として執筆や巡回講演を行った。自宅への数度の放火などの迫害も経験している。新聞や雑誌記事、子ども向けの本、詩、小説を執筆。一八六三年、『ジ・インディペンデント』（ニューヨーク）にソゥジャーナ・トゥルースについての回想を掲載する。

訳者解題　語り手と書き手をつなぐもの

ソゥジャーナ・トゥルース（一七九七？～一八八三年）。ニューヨーク州アルスター郡に奴隷の娘として生まれ、九才のころに親元から離されて「転売」される。その後、ニューヨーク州では一八二七年までに奴隷解放が実現されることになり、一八二六年に所有者の家を脱出する。同様に解放されるべき息子が南部アラバマ州に違法に売られたことを知り、一八二八年、元所有者を相手に訴訟を起こして勝訴。その後、キリスト教の巡回説教師となり、みずから改名する（ソゥジャーナは「一時的滞在者・旅人」、トゥルースは「真実」の意）。生涯、「黒人」と女性の地位向上・権利拡大を目指す運動に積極的に関与した。

アメリカ独立宣言（一七七六年）の「すべての人間は生まれながらにして平等であり、その創造主によって、生命、自由、および幸福の追求を含む不可侵の権利を与えられている」という表明にもかかわらず、非白人の米国男性市民が選挙権を得たのは、独立宣言から約百年後の一八七〇年、白人も非白人も含めて女性市民が選挙権を得たのはさらに五〇年後の一九二〇年だった。アメリカでの女性参政権を求める本格的な運動は、十九世紀半ば、各州で自発的に生まれたグループが集会を開き、決議文を採択していくことから始まる。フランシス・デーナ・ゲージが、そのような女性権利集会の一コマを書きのこしたことによって、ソゥジャーナ・トゥルースのスピーチは今に伝わっている。このゲージの「回想」は、実際の集会から十二年も経って発表されたものであり、トゥルースの語りを南部なまりに改変したり、修辞疑問「あたしゃ女じゃないのかい」の繰りかえしを加えたり、スピーチの忠実な再現と見なすことはできない。しかし、「あたしゃ女じゃないのかい」の効果的な繰りかえしは、このスピーチを聞いた人々が感じたであろう、女性を「弱き器」として庇護と蔑視の対象に封じ込めてきたものから解きはなつ力を伝えてくれる。たとえトゥルースが実際に繰りかえしを使わなかったとしても、ゲージはトゥルースの言葉の力を聞きとり、表現した、と言えるかもしれない。それにしても、「黒人」女性トゥルースの発言を許す議長ゲージは、（この回想によれば）彼女のグループのなかでも少数派に属する。市民あるいは人間としての権利を求める女性たちのなかにも存在したこの分断の根深さは、どこから来るのだろうか。「あたしゃ女じゃないのかい」という問いかけは今、わたしたちにも向けられている。

ソゥジャーナ・トゥルース

アトランティック誌四月号に掲載されたH・B・ストウ夫人による「ソゥジャーナ・トゥルース」の物語[1]は、大西洋の東西の何千人もの読者に強い関心をもって読まれるだろう。また、オハイオ、ミシガン、ウィスコンシン、イリノイの各州で、この驚くべき女性に出会ったことのある人々がストウ夫人の書いた記事を読めば、驚異であると同時に謎でもある、この奇妙で素晴らしい人物について、さまざまなエピソードを思いだし、身近な人々に語ることになるだろう。

女性の権利にかんするソゥジャーナの意見についてのストウ夫人の文章を読み、わたしは、オハイオ州でのある光景を鮮やかに思いおこした。それは、目撃した人々が決して忘れることのできない光景だった。一八五一年春、オハイオ州アクロンで、女性の権利の支持者による集会が開かれたが、この運動は当時、驚くほど不人気だった。わたしはその大会に出席していたが、そこに集まった大勢の人々の気持ちがどのようなものであったのか、今日では想像することが難しいだろう。

女性権利運動はすでに世間を騒がせていた。一八五〇年春にオハイオ州セーラムで開催された大会は、筋金入りの人権擁護者であるオリバー・ジョンソンによってニューヨーク・トリビューン紙に詳細に報告された。同年一〇月にはマサチューセッツ州ウースターで同様の大会が開かれ、その内容も広く報告されたが、同時に広く罵倒された。さらに、他のさまざまな小規模の大会が開かれ、それぞれに批判され、笑いものにされていた。こうして「あの女たちは本気だ」と気づいた人々が、わたしたちの大会を見物するために大勢でやって来たのだった。

女性権利運動の指導者たちは、すでに自分たちに投げかけられていた非難の重さに動揺し、自分たちの活動になにかよくないことが起こるのではないかと、そのあらゆる兆候を気づかって過敏になっていた。そのため、集会の初日に、灰色のドレスと白いターバンを身にまとい、やぼったい日よけ帽をかぶった背が高くやせた黒人女性がゆっくりと教会に入ってきて、女王のように堂々とした雰囲気で通路を歩き、説教壇の階段に座るのを見て、指導者の多くがパニックに陥りそうになった。会場内のあらゆるところから、否定的なざわめきが起こり、叫び声や野次が飛びかった。

「奴隷廃止論のやつだ！」「女権運動に黒人か！」「だから言ったんだよ。いいぞぉ、黒んぼ！」

わたしはそのとき、生まれてはじめて、公の集会の議長を務めるという栄誉に浴していた。わたしが静粛を求めると会場は静かになり、集会の議事がつづいた。午前の部が終わり、午後の部が開かれた。そして夜の集いがつづいた。われらがソゥジャーナは「リビアの巫女」のごとく静かに目立たず、日よけ帽を目深にかぶり、膝に片ひじをつき、大きくて硬そうな手のひらにあごを乗せた姿勢で、説教壇の階段のすみに座りこんでいた。

休憩時間になるたびに、彼女は自分自身の危険に満ちた数奇な半生について書かれた『ソゥジャーナ・トゥルースの生涯』という本を売るのに忙しかった。

わたしのところには、心配で震えあがっている人たちが入れ代わり立ち代わりやって来て、必死に訴えた。「あれに話させてはいけません、ゲージさん、そんなことをしたらわたしたちの運動はめちゃくちゃになってしまいます。国中のあらゆる新聞が、わたしたちの大義を奴隷解放論や黒人どもとごっちゃにして、わたしたちは非難の的になってしまいますよ。」それに対してわたしは、「そのときになったら考えましょう」とだけ答えていた。

二日目、討議に熱がこもってきた。メソジスト派、バプテスト派、監督派、長老派、万人救済派の牧師たちがやって来て、わたしたちが提出した決議案の内容を聞き、自説を繰りひろげた。ある牧師は、男性のより優れた知性を根拠に、男性には女性にまさる種々の権利と特権があるのだと主張した。また一人は、キリストが男性であったことを理由とした。もしも神が女性に男性との平等を望まれていたなら、救世主の誕生、生涯、死をとおして、神がそのような意思をもっていたことのなんらかのしるしをお与えになったことだろう、と。また一人は、「人類最初の母が犯した大罪(2)」についての神学的考察を開陳《かいちん》した。その当時、「集会で声を上げる」勇気のある女性は少なく、人々の導き手たる威厳ある牧師たちは、長々と大げさな言葉をつらねてわたしたちを言い負かしているように見えたし、柱廊に陣取った若い男たちや会衆席に座ってわたしたちを嘲笑していた者たちは、「男まさりの女たち」の狼狽――と彼らには思えた――を大いに楽しんでいた。わたしたちの仲間でも傷つきやすい人は徐々に頭に血がのぼり、威厳を失いそうになり、集会の雰囲気は嵐を予感させるものとなった。

そのとき、それまでほとんど顔を上げることもなかったソゥジャーナ・トゥルースが、片隅の席からゆっくりと立ちあがった。「あれに話させないで」と何人もの人があわてた声でわたしの耳にささやいた。ソゥジャーナは、重々しくゆったりと正面に向かって歩を進め、古ぼけた日よけ帽を足元に置き、その大きくて表情豊かな目をわたしに向けた。

彼女を拒絶するシーッという声が、上からも下からも湧きあがっていた。わたしは立ちあがると「ソゥジャーナ・トゥルース」と指名し、聴衆にしばしの静粛を求めた。喧騒は一瞬でしずまり、すべての視線はこのアマゾンの女戦士のような姿に集まった。背の高さは六フィート近く、頭をまっすぐに上げ、目は幻を見ているかのように上のほうを見つめていた。最初の言葉が発せられたとき、会場はしんと静まりかえった。彼女の声は深く響き、大きな声ではなかったが会場のすべての耳に届き、扉や窓にひしめきあっていた人々のあいだを通って外へと流れだした。

「さあて、あんたたち、こんだけ大騒ぎになってるってことは、なにかがおかしくなってるのは間違いないね。思うに、南部の黒人と北部の女たちが一緒になって、みんなで権利のことを話してるんだから、白人の男たちは、もう、じきに、にっちもさっちもいかなくなるだろうよ。しかしまあ、ここじゃいったい、なんの話をしてるんだい？　あそこにいる男が言ったよね。女は、馬車に乗るにも溝を越えるにも一人じゃ無理で、どこに行ったっていちばんいい席に座らせてもらってるって。あたしを馬車に乗っけてくれた人なんか、いやしないよ。ぬかるみで手を貸してくれたり、いちばんいい席を空けてくれたり、そんな人は、今まで一人だっていやしないよ！」そして彼女は背筋をぴんと伸ばし、雷のように声を高めて言った。「で、あたしゃ女じゃないのかい？　あたしを見なよ！　あたしの腕を！」彼女は右の袖を肩までまくりあげ、ものすごい力こぶを見せた。「畑を耕して、植えつけをして、収穫を納屋に運びこんで、あたしに太刀打ちできる男はいなかったよ！　で、あたしゃ女じゃないのかい？　男とおんなじに働けて、おんなじくらい食べれたさ。食べ物にありつければね。鞭で打たれるときだって、男とおんなじに辛抱したさ！　で、あたしゃ女じゃないのかい？　あたしは十三人の子どもを産んだけど、そのほとんどが目の前で奴隷に売られていった。母親の悲しさを泣いて叫んで訴えたって、イエス様以外に、聞いてくれる人はだれもいなかったよ！　で、あたしゃ女じゃないのかい？　そいで、あの人らは、この頭のなかのなんとかの話をしてるんだ。何ていったたっけね？」近くにいただれかが「知性」とささやいた。「ああそれだ、ありがとね。それが、女の権利や黒人の権利と何の関係があるんだい？　あたしのコップには一パイントしか入らなくって、あんたのには一クォートも入るとして、このあたしの半分ぽっちのコップを一杯にさせてくれないなんて、あんた、ずいぶんケチな話じゃないかい？」彼女は、その議論をした牧師を太い指でさししめし、鋭い一瞥を投げた。歓声は長く、大きくつづいた。「で、あそこの黒い服着たちっちゃい男ね、あの人は、女は男とおんなじ権利はもてない、なぜかっていうとキリストは女じゃなかったから、って言うんだよ！　あんたのキリストは、どっから生まれたのさ？」

腕を広げ、炎のようなまなざしで立っていた彼女の深くて素晴らしい声音は、とどろく雷鳴にもまして、野次馬たちの大騒ぎを静まりかえらせる力をもっていた。声をさらに高めて、彼女は繰りかえした。「あんたのキリストはどっから生まれたのさ？　神様と女からだよ！　男はキリストとなんの関係もなかったんだよ。」ああ、あの小柄な男性にとって、これはなんと手痛い一撃だったことだろう。彼女はさらにもう一人の反対者に向かって、母なるエバを擁護した。わたしはその言葉をすべて繰りかえすことはできないが、それは辛辣で、気がきいていて、そして厳粛だった。一つの文を語りおわるたびに、耳が聞こえなくなるほどの拍手が沸きおこった。そして彼女は、最後にこう締めくくったのだった。「もしも神様がお造りになった最初の女が、たった一人で世界をひっくりかえすくらい強かったんなら、ここにいる女たちが一緒になりゃあ」ここで彼女は演壇のわたしたちのほうに目を向けた。「また元に戻すことができるはずだよ、ちゃんとした向きのほうにね！　で、今、女たちがそうしたいって言ってるんだから、男たちはやらせたほうが身のためだよ。」（人々の歓声は長くつづいた。）「みんな、話を聞いてくれて、どうもありがとよ。ソゥジャーナばあさんはこれ以上、なんにも言うことはないよ。」

拍手喝采のなか、彼女は片隅の自分の席に戻ったが、わたしたちのうちの何人もが涙を流し、感謝の思いで胸を熱くしていた。彼女は、そのたくましい腕にわたしたちを抱きあげて、失望の深い淵を無事に渡らせ、わたしたちに有利な方向へ流れを変えてくれた。

わたしの筆では、彼女のスピーチの力のほんのわずかしか伝えられていない。わたしはこれまでの人生で一度も、あの日の暴徒たちの騒然とした雰囲気を静め、興奮した群衆の嘲りや冷笑を尊敬と賞賛へと変えてくれた、彼女のあの魔術的な力のようなものを見たことがない。何百人もの人々が彼女のもとに駆けよって握手を求め、わたしたちの素晴らしい母なる人をほめたたえ、「この人らの邪悪さについて証しする」という彼女の使命の成功を祈ったのだった。

また別の話だが、ミシガン州で、ある安息日に奴隷制廃止の集会が開かれていた。パーカー・ピルズベリーが演説者になり、奴隷制にかんする教会の態度について、遠慮なく自分の意見を述べていた。彼が話しているあいだにひどい雷雨が始まった。すると、メソジスト派の若者が立ちあがり、ピルズベリーの話をさえぎって叫んだ。「こいつはきっと神さまの警告だぞ。神さまへのこんな冒涜をただ黙って座って聞いてたら、今に俺にも裁きが下る気がして、恐ろしくて髪の毛が逆立っちまいそうだ。」そのとき、会場の外では、大粒の雨が屋根を叩き、強風が吹き荒れ、大枝がぶつかりあい、木の枝が揺れ、雷が鳴り響いていたにもかかわらず、声がはっきりと聞こえてきた。「おにいちゃん、怖がらなくていいよ。大丈夫。だれもあんたのことを神さまにいいつけてないから！」

彼女が言ったのはそれだけだったが、それで十分だった。このような逸話はいくらでもあって（そのなかの最上のものには語れないものもある）、紙面を全部使っても話が尽きることはない。だから、一言だけ述べて終わりにしたい。世論は変わらない、と思っている人々よ。われらのソゥジャーナ・トゥルースの十二年前の立場を振りかえり、世の人の考えがいかに進歩したかを見てほしい。

あの軽蔑され暴徒にやじられていたアフリカ人が、合衆国でもっとも評判の高い雑誌の記事に取りあげられ、いまやヒロインとなったのだ。十二年前ソゥジャーナは、「女たちが権利をほしがるんなら、手に入れさせりゃいい」と言うことができた。今、女性は実際に権利を手に入れ、世論がそれを支えるのだ。

ソゥジャーナ・トゥルースは存命である。しかし、年老いて身体が弱ってきているため、活動を離れ、ミシガン州バトルクリークの近くで安らかに暮らしている。

訳註

（1）ハリエット・ビーチャー・ストウ（一八一一～一八九六年、『アンクル・トムの小屋』（一八五二年）の作者でキャサリン・ビーチャーの妹）が雑誌『アトランティック』の一八六三年四月号に寄稿したエッセイ「ソゥジャーナ・トゥルース、リビアの巫女」のこと。ストウは、エッセイ執筆の一〇年前に一度だけ対面したトゥルースについて、北アフリカ（リビア）のエキゾチックな巫女のイメージに結びつけて語っている。また、トゥルースの言葉は、ゲージと同様に南部なまりで描写している。

（2）キリスト教の聖典の一つ『旧約聖書』によると、最初の人間であるアダム（男性）とエバ（女性）は、神が禁じた果実を食べるという罪を犯し、楽園を追放された。『旧約聖書』では、蛇にそそのかされて最初に果実を食べ、アダムにも勧めたのはエバである、とされている。

5

もっとも勇敢な兵士は
名前もわからないまま

(一八八二年発表)

ウォルト・ホイットマン

ウォルト・ホイットマン（一八一九〜一八九二年）

ニューヨーク州ロングアイランド生まれの詩人。「アメリカ近代詩（自由詩）の父」と呼ばれる。詩集『草の葉』（一八五五年〜）は、南北戦争の時代における民衆の姿を詳細に描いたもの。彼はこの詩集を生涯にわたって改訂しつづけた。

訳者解題　ひと知れず死んでいった兵士たち

一八六〇年、西部への奴隷制度拡大に反対するエイブラハム・リンカンが第十六代アメリカ大統領に選出されたことをうけて、奴隷制の存続をもとめる南部七州は連邦から脱退し、南部連合として独立する（一八六一年）。これを認めない政府軍（北軍）と南部連合（南軍）とのあいだで内戦が勃発する。いわゆる南北戦争である。この戦争で命を落とした兵士の数は六〇万人以上にのぼる。世に知られることもなく死んでいった兵士たちに、ホイットマンは思いを馳せた。当然そこにはアフリカ系アメリカ人兵士の姿もあっただろう。一八六二年五月、南部サウスカロライナ州チャールストン港に停泊中の南軍輸送船をロバート・スモールズ(1)が奪取したことを機に、リンカン大統領は、アフリカ系アメリカ人兵士を正式に北軍に迎えいれるようになったといわれている。一八六三年には、看護師として後方支援していたハリエット・タブマン(2)が政府軍を率いて南部カロライナ州コンバイー川の橋や鉄道を破壊し、現地のプランテーションにいた奴隷数百人を北部へ連れかえったりもしている。最終的に北軍で戦ったアフリカ系アメリカ人兵士の数は十八万人を超えていた。その半数以上は南部からの逃亡奴隷で、彼らはみずから武器をとって南部の奴隷所有者と戦ったのである。このときすでに「自由黒人」[3]となっていた者もみずから志願して北軍に加わった。アフリカ系アメリカ人兵士のうち、この戦争で命を落としたのは約三万七〇〇〇人、その大半がやはり世に知られることもなく死んでいった。「もっとも勇敢な兵士は名前もわからないまま」はホイットマンの自伝的エッセイ集『自選日記および雑記』（一八八二年）に採録されたもの。詩人ホイットマンが南北戦争について散文で書きのこした数篇のエッセイの一つである。このエッセイのなかでホイットマン自身がアフリカ系アメリカ人兵士について言及しているわけではないが、わたしたちはそこのところを無視してこれを読むわけにはいかないだろう。

註

（1）ロバート・スモールズ（一八三九～一九一五年）はのちにサウスカロライナ州の下院議員に選出され、同州における義務教育などの法制化につとめたアフリカ系アメリカ人男性。

（2）ハリエット・タブマン（一八二〇～一九一三年）は「地下鉄道」のリーダーとして知られるアフリカ系アメリカ人女性。「地下鉄道」とは実際の鉄道のことではなく、北部に逃れようとする南部の奴隷をサポートする組織網のこと。ホイットマンの住居もこの「地下鉄道」の中継点になっていた。

（3）南北戦争の時代、奴隷制が存続する南部から奴隷制に反対する北部へと逃亡できた場合、あるいは南部の奴隷所有者の手からみずからを買い戻して北部に移住することができた場合、そのアフリカ系アメリカ人は自由の身となった。

もっとも勇敢な兵士は名前もわからないまま

はたしてだれがこういった光景を書くのか。いったいだれがその物語を書くというのか。これだけ大勢の者たちのことをだれが語りうるというのか――そうだ、北でも南でも、記録に残らない何千という英雄たち、知られざる武勇、これ以上の絶望があるか、いきなり死に物狂いにならざるをえない絶望が。もっとも勇敢なあの男たち、彼らの功績。歴史に刻まれることもなく、詩に歌われることもなく、音楽として奏でられることもない。将軍が書く正式な報告書にも、図書館の書物にも、新聞のコラムにも、もっとも勇敢な者たちのことが――北でも南でも、西でも東でも――書きのこされることはない。もっとも勇敢な兵士たちは、その名を記されることもなく、世に知られることもない。いまだにそうなのだ。もっとも男らしい者たちよ、若人たちよ、愛すべき屈強な男たちよ。彼らがどんな姿だったのかもわからない。ただ、おそらく、よくある事例を一つあげるとするなら（これが数百、数千を代表するものであることは間違いない）、彼は急所に銃弾をうけたあと、低木やシダの茂みまで這っていって、しばらくそこに身を隠す。土も根っこも草も血で真っ赤に染めて。戦いは一進一退、その場から離れていくこともあれば、通りすぎることもある。その場所で、おそらく痛みと苦しみをともないながら（とはいえ苦痛は想像以上に軽い、はるかに軽い）最後の眠気が一匹の蛇のように男を取りまく。死を前にして目がかすむ——気遣うものもなく——休戦になって一週間たったとしても、おそらく遺体収容班がこのような人目につかない場所を探しに来ることはない。この場所で、もっとも勇敢な兵士は最後に崩れながら母なる大地にかえる。葬られることもなく、世に知られることもなく。

6

人種の問題について

（一八九〇年発表）

フレデリック・ダグラス

フレデリック・ダグラス（一八一八?〜一八九五年）

メリーランド州タルボットに奴隷として生まれる。奴隷制廃止論者、政治家、自伝作家。著書に『フレデリック・ダグラス自叙伝』（一八四五年）などがある。

訳者解題　だれが自由を奪うのか

一八六五年四月十四日、ワシントンDCでリンカン大統領が暗殺される。奴隷制廃止に反対する南部の活動家たちによる犯行だった。南北戦争が終結した直後のことである。翌年の夏には南部テネシー州で元連合軍（南軍）の兵士六人が、秘密結社「クー・クラックス・クラン（KKK）」を結成し、アフリカ系アメリカ人が新たに手に入れた自由と市民としての権利を「主張する」のを妨害しはじめる。のちにKKKは連邦法によって非合法化されるものの、アフリカ系アメリカ人に対するテロリズムはとどまることがなかった。一方一八六八年には憲法修正第十四条によって、アフリカ系アメリカ人に公民権が付与され、一八七〇年には修正第十五条によって選挙権が与えられた。そのような連邦政府の方針に対抗して、一八七六年、南部諸州では人種差別を合法化する州法の制定が相次ぐことになる。これらの州法を総称して「ジム・クロウ法」という。これによって南部の州では、学校、病院、鉄道といった公共施設にアフリカ系アメリカ人が立ち入ることを禁止・制限し、さらに投票税を課して投票を妨害した。こうして「分離すれども平等」という発想がまかりとおるようになり、その一方でアフリカ系アメリカ人に対する暴力行為が激しさを増していく。南部で白人によるテロが相次ぐなか、ワシントン

DCのメトロポリタン・アフリカン・メソディスト監督教会において、フレデリック・ダグラスは「人種の問題について」と題する講演を行った。一三〇年以上も前に彼が行ったこの講演が今もなおわれわれに力強く訴えてくるのはなぜなのか。一九六三年五月三日、NAACP（全米黒人向上協会）ミシシッピ支部会長メドガー・エヴァーズが自宅前で殺害され、同年十一月二二日、公民権法案の制定を議会に求めていたジョン・F・ケネディ大統領がテキサス州ダラスで暗殺され、一九六八年四月四日、公民権運動の指導者マーティン・ルーサー・キング・ジュニアがメンフィスで暗殺される。その他アフリカ系アメリカ人に対する暴力事件を数えあげればきりがない。二〇一四年七月十七日、煙草販売における脱税を疑われたエリック・ガーナーが白人警察との押し問答の末、地面に押しつけられて窒息死させられ、二〇二〇年五月二五日、ミネソタ州ミネアポリスでジョージ・フロイドが白人警官デレク・ショービンに窒息死させられた。二人はともに「息ができない」と訴えながら亡くなった。ジョージ・フロイドの死は、ブラック・ライヴズ・マター運動[1]再燃のきっかけとなる。アフリカ系アメリカ人に対するリンチ、脅迫、爆破事件など、いまだに詳細が明らかになっていないものも多い。だれにとって何がそれほど不都合なのか。一八九〇年という早い段階で、フレデリック・ダグラスはそのあたりのことをかなり正確に見抜いていた。

註

（1）二〇一二年二月二六日、フロリダ州サンフォードで、アフリカ系アメリカ人トレイボン・マーティンが、自警団員ジョージ・ジマーマンによって射殺されるという事件が起きた。その後ジマーマンの逮捕と取調べを求めるための抗議運動が全米に広がる。これがのちにブラック・ライヴズ・マター運動へと発展する。

人種の問題について

ベテル文芸歴史協会(1)の会員・朋友のみなさま、ここにお招きいただいたことを大変嬉しく思います。また、冬期を終えて、これからあらためて集会を始めようというときに、お手伝いできることを誇りに思います。こちらの協会が作られたことはこの街の有色人種が前進するうえで重要な一歩となりました。こちらの会員だけでなく、一般の人々の心のあり方をよりよいものにし、感情のあり方を高めていくために作られた協会です。合衆国の法廷や議会以外の場所で、きわめて重要な公共の問題がこれほど真剣に議論されているのをわたしは聞いたことがありません。みなさんに対して演説を行うように選ばれた人たちは、自分たちの発言が詳細にわたって吟味され、はげしい議論を呼びおこすことをよくわかっています。たんなる暴言、大言壮語、自己慢心など、ほかのところで通用したとしても、ここでは通用しません。そういうわけですから、わたしの自尊心に鑑みましても、これから「黒人問題」と一般的に呼ばれているものについて、わたし自身が真実であると思うところだけをお話ししようと思います。

物事を本当の名前で呼ぶことの大切さ、まずはこのことについて考えてみましょう。このことが重要だということはいくら誇張してもしすぎではありませんし、いくら強調してもしすぎではありません。

真実はとても重要なのです。真実は不可欠なのです。正しい成果を手に入れるためには、真実がつねに求められるのです。真実がない状態で、人間の営みを取りしきることができる部局などどこにもありません。木材の面が正しく接していないと、大工は木材を組みあわせることができません。石工は下げ振りを利用して壁を正しく垂直にしないと、時と引力の試練に耐えうるようなものを造ることができません。二本のレールが正しい位置関係にないと、どんな列車も危なくてしかたがありません。銃身が正しくなければ弾も狙いどおりには飛びません。力学同様、政治や道徳、身だしなみ、形而上学、さらには哲学においても、真実という堅固で不変なる土台のうえに立っていないものは、時と経験の試練を乗りきることができないのです。こういった真実がいかに大切かを考えてみれば、嘘がこれだけまかりとおっていることが不思議に思えてきます。思い違いが人の心を曇らせ、荒らし、支配できるようになる主な条件の一つは、狂信者たちが言葉を偽って用いるその巧みさ、つまり今そこにある人間関係に偽りの言葉を適用することによって偏見を助長するその巧みさです。ある重要な意味において、言葉は物だといわれますが、それは正しいのです。黒人にかんする通俗的な感情を言いあらわす際に用いられる言葉はとくにそうなのです。黒人という言葉がこの世のなにかと結びついた途端にこの世界が壊れてしまうようで、また同じように黒人も壊れてしまうのです。ですからわたしは、この国の白色人種と有色人種とのあいだに見られる関係を黒人問題という言葉で片づけることに反対なのです。まるで黒人がこの問題をいきなり引きおこしたかのようではありませんか。この問題に対して黒人がなんらかの責任を負わねばならないかのようではありませんか。バラはほかの名前であったとしても甘い香りを放つのでしょうが、だからといって、不快なものを連想させるような名前をつけるのは悪趣味というものです。一方、こちらが嫌悪感を抱いてしまうものもあります。普通の名前を与えてはいけないものがあるのです。奴隷所有者たちはこの原理をよく心得ていました。奴隷制のことを、家族制度とか社会システムなどという名前で呼んでいたときは、その不快な側面がいくらか見えなくなっていました。そして奴隷解放はそれ自体が一つの実験なのだといわれました。そんなふうにいわれると、まるでそれが危険なものであるかのように思えてきます。実際は、奴隷制自体が一つの実験だったのであり、自由であることは人間のあたりまえの状態なのです。「黒人たちが戦争の原因だった」とリンカン氏が言うと、共和国の忠実な兵士たちがすぐさまポトマック川の土手で哀れな黒人たちに殴る蹴るの暴行を加えるようになり、アイルランド系の人々がニューヨークで黒人たちを首吊りにし、刺殺するようになりました。犬にさえひどい名前をつけるのは危険なのです。ですから、現在、わたしたちとこの国のほかの人たちとのあいだに見られる関係を語るにあたり、わたしはもっとも真実に近くてもっとも納得がいく言葉を使おうと思うのです。

思い違いにはほかの効力もあります。それが巧みに、効果的に用いられると、完全な真実に対する半分の真実とでも呼びうるものを人々の心に植えつけ、当たり障りのない甘い真実でひどい嘘を覆い隠すことになるのです。かぎりなく本物に近い偽造品を押しつけられるのはいつも鑑識眼のない人たちです。人を欺く力のない嘘はそれほど危険ではなくなります。悪魔はライオンの姿で唸り声を上げているときよりも、光の天使に姿を変えているときのほうが危険なのです。

よくあるこのような真実がどのように利用されているのか、身近なところにどのような例があるのか。そのあたりについてはこのあとの議論において明らかになってくると思います。一般的に人種問題と呼ばれているもの、それはけっして正しい呼び名ではないのですが、そういうものをめぐる議論のなかで明らかになってくると思います。この数式を黒人にも応用しようという特別な好みがアメリカ人にはあるようで、彼らはさまざまな問題を解決するために黒人の頭を使用し、時間を占有しようとしているように思われます。全体的にいって、それは黒人のためにならないことなのですが。一つ解決した途端に、別の問題が生じてくるわけですから。なんと善良で呑気な存在なのでしょう。自分の仕事が一つ片づいたと思っても、新たな問題が生じ、新たな課題が課され、新たな困難に頭を悩ませることになるのです。疲れたら休みたいところですが、黒人には今のところ休みなどありません。歴史をとおしてずっと問題を解決しつづけているのです。

以前わたしは、たしか場所もここだったと思いますが、つぎのようなことを述べたことがあります。二〇〇〇年前、黒人は大いなる宗教上の問題とでもいえるものに直面したのですが、それはきわめて解決困難な問題だった、と。黒人に洗礼を受けさせて、キリスト教の教会に入信させるべきかどうかという問題です。これまで何度も申しあげてきたように、その時代のことを考えると、これはとてつもなく大きな問題でした。今日の黒人問題と同じく、賢い人や偉い人の意見が大きな声で語られて、かなり意見が割れていました。黒人が洗礼を受ける権利をめぐって激しく議論が交わされたのです。とくに彼らを奴隷として所有していた人々のあいだで。今ではだれにとっても明らかなことが当時の多くの人々にとっては理解できず、また疑わしいものでもありました。このことについて彼らが息をひそめて発言していた様子が目に浮かびます。黒人が洗礼を受けるということは、奴隷制度だけでなく社会の安寧秩序を脅かすことになりかねないと彼らが思っていたことも想像できます。というのも、黒人に洗礼を受けさせ、キリスト教に入信させるということは、彼を人間と見なすということになる。そうなると黒人も神の子、天を受けつぐ者であり、キリストの血によって贖《あがな》われた者、精霊の場所、世界の救世主の象徴であり代表、そして使徒パウロの言葉にしたがえば、もはや召使いとして扱われてはならず、愛すべき兄弟として遇される存在ということになるからです。このように考えると、黒人に洗礼を認め、キリスト教への入信を許すかどうかは、なによりも真剣に考えなければならない問題だったのです。このことは当時のキリスト教徒たちが触れられたくないと思っていたこと、つまり金の問題ともかかわっていました。というのも彼らは黒人の肉と血にかなりの財産を投資していたからです。黒人が洗礼を受けるなどという話は寝耳に水、とんでもないことで、危険がいっぱいだといわれていたのです。黒人に洗礼を施すと奴隷の価値が損なわれてしまって、主人としての権威が危険にさらされることになるだろう、と。彼らは正しかったのです。もし黒人がキリスト教徒と見なされることになれば、もはや異教徒扱いできません。聖書が認めているのは異教徒を奴隷にすることだけですから、黒人のキリスト教徒を売買の対象にすることも奴隷にすることもできなくなるわけです。主人と奴隷という関係から必然的に生じてくる鞭打ちなどもできません。要するに、どの点から見ても、黒人に洗礼を施すことを彼らは目に余る過激思想だと思いこんでいましたし、その初期の段階で断固として抵抗すべきものと考えていました。

　教会およびそちらに仕えておられる聖職者の方々の名誉のために言っておかねばなりません。つまり、ゴドウィン博士(2)のようなタイプの博学で有能な牧師であればこのような状況にもうまく対応することができるのです。二〇〇ページもある本のなかで、彼は黒人の洗礼に反対する意見に真っ向から立ちむかっています。洗礼を施したとしても奴隷の価値を損ないもしなければ、主人としての権威を傷つけることもない、と。彼の議論は興味深いものでした。神に捧げられた黒人と、奴隷所有者に与えられた黒人というふうに二つにわけて考えたのです。当の黒人には魂も肉体も精神もいっさい残さずに。洗礼は悪魔の束縛から黒人を解放するものではあるが、この世の主人の拘束から自由にするものではないと彼は言います。この問題をめぐる論争は長きにわたる激しいものでした。結局、黒人は部分的な勝利をおさめただけでした。例によって例のごとく、最後はある種の妥協でもって問題が解決したのです。黒人は洗礼を受け、教会に入ることも許されました。ただ、黒人には第二のテーブルのようなものが用意されることになりました。白人の信者がパンを食べ、ワインを飲み終わったあとになってはじめて、黒人は聖餐《せいさん》にありつくことができたのです。白人が通った礼拝室のドアと同じドアを黒人が通ることは許されませんでした。壁に穴のようなものをあけて別のドアが用意されたのです。そのドアは桟敷の高く薄暗い場所に通じていて、そこに黒人がいても、地階にいる白い信者たちの目障りにならないようにするためです。

不思議なことに、こんな状況でも黒人は気分を害するわけでもなく、反抗するわけでもありませんでした。これで信仰心を失って、この宗教からいっせいに出ていくというようなことが起こってもよさそうなものですが、そうはなりませんでした。相変わらず黒人は宗教にしがみついていました。パンがまったくない状態よりも半分だけでもあったほうがましだと思って、教会から手に入れられるものだけを受けとり、祈りつづけ、歌いつづけ、ときには叫びつづけました。自分の無二の親友のために祈るときと同じ熱意でもって、彼は自分の肉体を鞭で切り裂いた悪人が心を改めるようにと祈ったのです。地上ではこの不快な黒い肌が、天国では白く変わるだろうと思いこむようになりました。たしかに奇妙な空想ですが、今日わたしたちが直面しているさまざまな問題を考えたときに、肌の色がどれほど重要かがわかれば、そのように空想するのも当然といえるでしょう。

奴隷制の時代、良心的な人たちを大いに困惑させた問題がほかにもあります。黒人は合法的な結婚ができるのかという問題です。もしそれが可能だとして、彼がみずからの権利を妻や子どもたちに行使することができるのなら、主人の力を不都合なかたちで制限することになります。神が合わせられたものを、人は離してはならないのだとしたら(3)、妻を夫の手から奪いとって売ったり、夫を妻の手から奪いとって売ったりする権利などあってはならないことになります。奴隷を取引する立場にある者にとって、主人の権利がそのように制限されることなど一瞬たりとも認めるわけにいきませんし、我慢ならないものなのでしょう。奴隷の所有者は自分が望むとおりに売ったり買ったりする権利をもっていなければならない、これがこの問題の答えでした。結婚問題に対するこの恐るべき悪質な解決策は、今でもこの国で見られます。合法的な結婚ができないということで、黒人は束縛もなく、なんでも好きなようにできると思いこんでいました。黒人が道徳や品位についてのあらゆる規則や原則によって行動を制限するなどとはだれも期待していませんでしたし、黒人自身も、自分は野原を駆けめぐる獣や空を飛ぶ野鳥のように自由だと考えていました。法的には妻も家族も子どももありません。黒人は自分自身すら所有していなかったのです。このような状況が何をもたらすのかは、町の警察裁判所やその他の場所でよく目にするとおりです。奇妙なことに、このような背徳や犯罪に対して責任を有するその当人たちがわたしたちの惨めさを面白がって、悲惨な黒人問題のことをさも重大なことのように語るのです。

わたしたちにとっては幸いなことに、またわたしたちの国にとっても幸いなことに、このような黒人問題に対する南部の解決策は、奴隷解放宣言によって、さらには奴隷制を保持する古い国の人々よりも優れた文明をもつ誠実なアメリカ国民によって無効にされたのです。このことについてはあとでふたたびお話しする機会があると思います。

わたしたちのようなキリスト教の国が抱えるやっかいな問題はほかにもあります。黒人は聖書の助けをかりて天国にいくことができるのかという問題です。実際、聖書の言葉というものはじっくり読む必要があるわけですが、そうなると黒人にもなんらかの務めや義務があるのではないか。例によって例のごとく、南部の信者たち――彼らには今でもずっと心から好意をもっていますが――は聖書の言葉に逆らうかたちで、また黒人たちにとっては不当なやり方で、この問題を解決しました。つまり、だれであれ黒人に読み方を教えることは犯罪とみなされ、追放、投獄、鞭打ちでもって罰せられることになったのです。この手の男たちの子孫が、父親と同じ教育を受けた子孫たちが、父親の先祖らとともに、悲しそうな声で、わたしたちにこんなふうに頼みこんでくるのです。今日の黒人問題――彼らは嬉しそうにそう呼びます――を解決する優れた知恵や善良さ、そういうものは自分たちに任せてくれないか、と。痛めつけられて死にそうになっている悪魔のように、彼らは国家に対して力いっぱい叫びます。「かかわってくるな。われわれには連邦政府など必要ない。この土地の政府、自分たちだけの政府があれば十分だ。ほっといてもらいたい」と。黒人のことならよく知っていると彼らは言います。自分たちはほかのだれよりも黒人をうまく扱えるのだと。賃金のこと、投票のこと、教育のこと、黒人にまつわるすべてのことを自分たちは管理できるのだと彼らは言います。国はこういうことを許さないでもらいたい。この手のことにかんして彼らは驚くほど無能だということを示してきましたから。彼らにとって重要なのは何が正しいかではなく、何が自分たちにとって一番都合がいいのかということなのです。

さらに、黒人の歴史を見ていますと、ほかにもまだ複雑な問題がありました。ある意味でこれは国家的な問題でした。その問題とは、はたして黒人を兵士にすることは可能なのか、ということです。こういったことは国にとってもきわめて深刻な問題でした。北軍か否かという問題、ひいては生か死かの問題だったのです。国家の存亡がかかった問題に対処するために、かつてこの国は、指揮下に置くことができる人材を必要としました。開戦当初、黒人は志願する必要がないといわれていたことを覚えておられるでしょう。マスケット銃を担ぐことも、リュックサックを背負うことも、北軍の制服を着用することも、黒人には許されていなかったのです。戦場での栄光はすべて白人が勝ちとることになっていました。黒人は穴を掘るくらいはしたでしょうが、戦闘には加わりませんでした。ひょっとしたら黒人も役に立っていたかもしれませんが、兵士としてではありませんでした。つるはしを運ぶことはあったでしょうが、マスケット銃を手にすることはありませんでした。

こういった問題を考えるうえで、この国がつぎのような事実に目をつむっているというのはまったくおかしなことなのです。黒人は、革命戦争［独立戦争］の歴史において、アメリカ独立のために勇敢に戦いました。一八一二年の戦争［第二次米英戦争］のときにも、アンドリュー・ジャクソン将軍のあのいかめしい口からその武勇をたたえられたのです。あのニュー・オーリンズの英雄［アンドリュー・ジャクソンのこと］は黒人の戦闘能力を堂々と認めていました。こういった事実があるにもかかわらず、黒人は生まれながらに臆病だなどといわれたのです。黒人は兵士にはなれない。鞭を見たら逃げだすのだから、銃を目にしたらもっとすばやく逃げてしまうだろう、と。時がたち、さまざまな出来事があって、黒人も国家もこの問題を解決できるようになりました。今後起きるかもしれない問題などもこうして解決されていくのでしょう。ワーグナー要塞、ポートハドソン、ビックスバーグ、ジェームズ島、オラスティ、ピーターズバーグ、リッチモンド［以上、すべて南北戦争の激戦区］――数多くの目撃者がいて、兵士としての黒人の資質はどうかといった問題に答えてくれています。

黒人を教育することはできるのか。これもまた一つの問題です。これについては、公平な人であればだれしも納得がいくような答えが出ているかと思います。何千という数の黒人の教師、何百人もの黒人の聖職者、医者、弁護士、作家、編集者が国中に散らばっています。この事実を前にして、黒人に教育を施すことは不可能だなどと言う人が今でもいるとしたら、その人は嘘つきです。あるいはびっくりするくらいばかかのどちらかです。

とはいえ、黒人にとって最大の問題は、安心して自由になれるかどうか、これなのです。善良な人は奴隷制が間違ったものだということを知っていましたが、それをどのようにして廃止するか、これがきわめて大きな問題だったのです。聖職者も新聞記者も政治家もこの大いなる問題に答えることができませんでした。それにもかかわらず、この問題は解決されました。黒人は自由なのです。この国から最大の呪い、犯罪、不名誉が取りのぞかれたのです。

奴隷制が廃止されたことで、ひどい事態が生じることになるはずでした。奴隷解放は破滅の合図だというのです。もはや綿も砂糖も手に入らなくなるだろうし、黒人が担っていた仕事がなくなり、南部はまったくの荒野になってしまうだろう、と。未来は陰鬱でおそろしいものになると思われていたのですが、そのような暗い予想とは裏腹に、最近のあの戦争［南北戦争］がすべてをあっけなく解決してくれました。あの屈強な古代ローマ人、ベンジャミン・バトラー〔北軍の将軍、一八一八〜一八九三年〕の力で黒人はコントラバンド〔南北戦争のとき北軍側へ逃げた奴隷〕になり、エイブラハム・リンカンの力で自由民となり、ユリシーズ・S・グラント将軍〔北軍の将軍。第十八代アメリカ合衆国大統領、一八二二〜一八八五年〕の力で市民になりました。結局、ひどい事態など一つも起こりませんでした。

こういったことをすべて経て、奴隷制は廃止されました。黒人は自由になりました。市民となり、その武勲のおかげもあって北軍は救われました。しかし今もまだ黒人は解放されていません。この国にまた一つ偽りの問題が生じたことで新しい取引の犠牲になろうとしています。つまり黒人はさらなる問題に直面しようとしているのです。

北軍はもはや危険な状態ではありません。北と南はもはや敵ではありません。たがいに追い散らしたり、引き裂いたり、殺しあったりせず、議会、商業、宗教などそれぞれの場にみな集まって兄弟のように愛しあっています。ただ、そのような党派ごとの調和や善意のおかげで、黒人はかつて彼らと激しく敵対することで手にいれた権利や特権まで失いそうになっているのです。

こういったことがまかりとおると、国民の倫理観に混乱が生じますし、世論を間違った方向に導くことになりかねません。疑念が生じますし、情念に火がつきます。偏見が生まれます。黒人は無知で卑劣で危険な存在だということで、黒人に敵対する人々のあいだに全体的な共感を引きおこします。つまり黒人の存在は恐るべき問題なのだと彼らに思わせるのです。これは彼らがよくやるずるい手なのですが、黒人を敵視する人々は北部につぎのような考えを植えつけます。自分たちは今ものすごく大きくて謎めいた問題に直面している。それについて考えるだけでも、北部全体が震えあがるだろうから、南部に手を貸してやらなければならない、というふうにある程度思わせるのです。このトリックはそれを考案した人のためにあるものです。そこから利益を得るものはみなこのトリックを仕掛けます。南部の演説家が北部へ出向いて、こういったひどい問題について雄弁に語ってみせ、南部の報道機関がそれを煽り、南部選出の饒舌な議員がもっとも惨憺たるかたちで色づけしてきたのです。問題、問題、人種の問題。ジュニアス(4)が述べているように、比喩的な混同があれこれと錯綜した結果、黒人問題という表現が彼らの言葉のなかを飛びまわるわけです。

ほかの場所でこの問題についてお話ししたときに、今からお話しすることを申しあげました。こういう南部の人たちは、この問題について北部の人たちをうまく騙してきたのだ、と。腕のいい奇術師のように、彼らは観衆の注意を遠くのものに逸らしておいて、手にもっているものを巧みに操ってきたのです。猟師は燻製ニシンを獲物が通る道とは垂直の方向に引きずっておいて猟犬を惑わせます。あの巧妙なわざを彼らは真似したのです。

本当の問題は黒人ではなく国なのです。法律を遵守している南部の黒人たちが問題なのではなく、その地域の白人たちが問題なのです。詐欺、暴力、迫害によって、彼らは法を犯し、合衆国憲法を踏みにじり、不正な投票を行い、法律の裏をかくのです。本当の問題は、こういった白人の悪党どもが法律を無視するような極悪非道な行いをつづけ、政府の品格を貶《おとし》め、その名を嘲笑の的にする、そういうことを国が見逃すのかどうかということなのです。この国にはそもそも憲法を守り、その誓約をはたすことによって自尊心と高潔さを保つだけの粘り強い倫理観があるのか。それともすでに道徳的腐敗が内部で進行していて、そのために国は落ちぶれ、政府はかすれて消えてしまうのか。合衆国政府は黒人を市民と認めましたが、はたして黒人のことを一人の市民として保護してくれるのでしょうか。これが問題なのです。政府は黒人を兵士にしましたが、彼のことを愛国者としてたたえてくれるでしょうか。これが問題なのです。政府は黒人を有権者とみなしましたが、彼が投票する権利を守ってくれるでしょうか。これが問題なのです。こういうことは黒人にとってというよりも国にとっていっそう問題なのです。アメリカ国民は問題のこういう側面にこそ、ほかの側面などよりもはるかに目を向けなければいけないのです。

こういう問題について語る演説家たちが今求めていることは、反乱を鎮圧して北部の連合を維持するために国がこれまでしてきたことをすべて無効にすること、これです。正義、自由、文明というこれまで進んできた道から国が退却すること、これを彼らは求めているのです。国が危機に陥っていた時代に、感謝をこめて正当に黒人に与えられたものを、国が安定しているときは取りあげる。彼らは大胆にもそういうことを求めているのです。国がみずから醜態をさらして、国の恥になるようなことを行うよう彼らは求めているのです。この国を愛する人であればだれでもこれにはひどく憤慨して声を上げるでしょうし、一致団結して反対するでしょう。敬意と感謝の気持ちをもっている人にとって、こういうことは醜悪で衝撃的な要求だと思われることでしょう。

それにしてもいったいだれがこのような要求を行うのでしょうか。国を守るために命を捧げた人たちではありません。国を破壊しようと命をかけている人たちから出てきたものなのです。自由で忠実な北部から出てきたものではありません。奴隷を保持する反逆的な南部から出てきたものです。日曜日に教会へ自由に行くことができる、それと同じように個人の生活が危険にさらされることなく投票に行くことができるような地域から出てきたわけではありません。個人の安全が脅かされ、連邦政府の力が無視され、憲法の修正条項が無効化され、投票は不正にまみれ、赤シャツ隊の脅しによって自由投票ができなくなっているような地域から出てきたものなのです。四年もの長きにわたってこの国に流血の惨事を引きおこし、今や黒人の運命だけでなく、共和国の運命をも握っていると主張する厚顔無恥さをもっている人々から出てくるのです。

いったん前進した位置から国をこんなふうに後退させようとする理由などどこにあるというのでしょうか。それはこういうことです。彼らは怖いと言います。とても怖いのだ、と。黒人が彼らよりも優位に立つ可能性を警戒しています。とても警戒しているのです。そういう悲惨な状態から逃れようとして、彼らは達者な口と頑健な肺でもってこう叫ぶのです。「同志の男たちよ、この迫りくるおそろしい危険からわたしたちを救いだしてくれ！」と。

こういう警戒心に対するわたしの答えは簡単です。悪しき者は追う人もないのに逃げる、(5)これです。泥棒は茂みを見るたびに警官だと思います。彼らが怖がっているように見せかけていることなどけっして起こりません。そこに読みとることができるのは、なにもないただの愚かさなのです。獰猛《どうもう》な爪と恐ろしいくちばしをもっているにもかかわらず、まったく無害なクロウタドリが近づいてくると怖くなって悲鳴を上げる鷲でも、これほど愚かではありませんし、ばかでもありません。白人のほうが知性の点で優れていること、黒人は比較的無知であるということ、これまで白人が支配していたということ、黒人が隷従していたということ、白人がルールを作り、黒人がそれに従うということ、こういったことがあるかぎりこの国のどの地域においても黒人が優位に立つことは絶対にありません。

とはいえ、そういうことが起こりうると仮定してみましょう。どのような困難が生じるでしょうか。どのような問題が出てくるでしょうか。それによってだれが傷つくでしょうか。黒人が優位に立ったとしても、そのルールは合衆国の憲法やさまざまな法律で規定されるはずです。人種や肌の色、あるいは前歴などを理由にして、黒人が白人を差別するなどということもありません。厳格な国家の力が肩に重くのしかかってくるからです。南部の白人たちは裕福で、黒人は貧しい。白人は土地所有者ですが、黒人には土地がありません。南部の白人は国の支配階級に含まれます。彼らの背後には、権力をもたらす出どころがすべてそろっているのです。彼らには鉄道があり、蒸気船があり、電報があり、陸軍があり、海軍があります。背後に国の武器と富があるわけです。そうであるにもかかわらず、八〇〇万人の黒人が、白人およびその同志たち五〇〇〇万人を支配するようになるのではないかといってガタガタと震えているのです。

こういう仮定をしてもまったく無意味だということをわたしは言いたいのです。わたしは彼らの作り話をずる賢いやり方だと言うつもりはありません。その意図が見え見えですし、率直すぎますし、あまりにもばからしいからです。ずる賢さというものは、たとえレベルの低いものであっても気高さがそなわっているはずなのですが、それすらありません。それはボロボロになった古いズボンなのです。すり減ってボロボロになった古い帽子なのです。ひと昔前のボロ帽子、穀物もなければカラスもこない畑に立てられた支柱のうえのボロ帽子なのです。警官の目を逸らすために泥棒がつかう「火事だ」という叫び声なのです。さきほども申しあげたように、それは本当の獲物から猟犬たちの注意を逸らすためにつかう薫製ニシンなのであって、不思議なことに、白人であれ黒人であれ、どの階級の市民もみなそれに騙されてしまうのです。

とはいえ、南部の連中が演奏するハープには千本の弦がありまして、黒人の優位性が唯一の弦というわけではありません。彼らはただ黒人の優位性を恐れているのではありません。無知な黒人が優位に立つことを恐れているのです。さて、今北部の共感を得ているのも実はこの危険性なのです。北部の人たちは無知とか無学を嫌います。そういうものに腹を立て、毛嫌いします。自分たちの力でこの国から無知と無学をなくそうとあらゆる手段を講じるのです。無知と無学を嘆いて、自分たちのなかからそういうものを取りのぞこうと真面目に努力している人に対しては共感せざるをえず、だからこそ彼らは南部を救うために何百万ドルもつぎこむのです。有能な教師を派遣して、無知な人を教育し、黒人も白人もともに闇と無知から引きあげようとするわけです。彼らがそういうふうに運命づけられたのは奴隷制のせいであり、黒人問題を解決しているつもりになっている連中のせいだというのに。

ここでつぎのような点を強調しておきましょう。黒人の無知に対して一番大きな声で騒いでいる南部の人たちは黒人を教育しようと思っていません。無知を口実にして、憲法のもとで保障されている権利を黒人から奪おうとする連中なのです。

南部の歴史において、自分たちのなかに無知な者が存在するということで人々が不安になったことがこれまでにあったでしょうか。無知の流れを止めるよう国に支援を求めたことなどこれまでにあったでしょうか。南部における法律制度――南部というのはつまり南部の支配階級という意味ですが――はその歴史をとおしてずっと無知を支持してきました。彼らの法律によると、無知な黒人を啓蒙するのは犯罪だったわけですから。黒人だけでなく、貧しい白人の教育にも反対すること、これが支配階級のやり方だったのです。ただ先ほど申しあげたように、こういう声は黒人を教育しようとして上がってくるものではなく、黒人から参政権を奪う口実として叫ばれるものです。黒人は参政権を獲得することでみずからの教育をいくらか高めることができますし、自分のまわりの人たちの教育をも高めることができますから。

黒人の無知が危険をもたらしているのだと南部の人たちが考えている。これをひとまず認めましょう。もちろん、こんなことをわたしが認めているわけではありませんが。さらにそういうことを嘆いているふりをしている南部の人たちの誠実さ、これも認めることにしましょう。そのうえでわたしは彼らにこう言わなければなりません。奴隷状態の無知な黒人に耐えることができたのなら、黒人が自由になった今も、少なくとも黒人にそれなりの教育を施すあいだは耐えることができるだろう、と。黒人から権利を剥奪するのではなく、黒人の心を教育することが治療法なのだということは明らかなのです。憲法にはっきりと記されている条文をうやむやにするのではなく、憲法が定めている義務を彼らに教えること、これが治療法なのです。選挙権を取りあげるのではなく、その使い方を教えることが治療法となるのです。

わたしが見るかぎり、この問題について南部の人たちが用いる言葉には、相手の情に訴えて説得しようとしているというよりかは、むしろきわめて傲慢で無礼なところがあります。声の調子とか態度に、かつて南部で見られたような傲慢さとか思いあがりがあるのです。まったく時代にも場所にも合っておらず、今の時代のあり方ともうまく合わない声の調子と態度、共感よりも非難、賛同よりも反感を招く声の調子と態度です。

サウスカロライナのバトラー上院議員(6)のような人たちが肝に銘じておかねばならないことは、彼らのような血筋の人間には上品さとか礼儀正しさがそなわっているということと、罪のない市民をサウスカロライナ州あるいはアメリカ連邦のほかの州から追放しろと冷静にいうことは上品でもなければ礼儀正しいことでもないということです。バトラー上院議員とその仲間たちが政府に戦いを挑んだのはほんの少し前のことです。同じ黒人の市民たちが忠実にしかも勇敢に裏切り者の手から守ろうとした政府に対してです。

もう一度言いますが、南部の人たちは黒人が無知であるということも黒人が優位に立つということも本当は恐れていません。南部の人たちが恐れているのは無知な黒人ではなくて、知的な北部の人たちなのです。自分たちとは異なる人種が優位に立つことを恐れているのではなく、共和党が優位に立つことを恐れているのです。南部の静寂をかき乱しているのは、解放された人たちではなく、彼らを解放した人たちです。言いかえるなら、問題は人種にあるのではなく、政治にあるのです。有権者の人種や肌の色が問題なのではないのです。それが問題だというふりをしながらも、やはり南部を本当に困らせているのは共和党であり、その基本方針であり、南部諸州および国においてそれが優位に立つことなのです。黒人の無知とか黒人の優位などの話をしているときも、結局はこのことを、このことだけを意味しているのです。彼らが黒人という言葉を使うのも、みなが偏見をもつよう促し、その効力をみずからの歪んだ信念のために利用したいがためなのです。この歪んだ信念のために彼らはもっとも恥ずべき不正、もっとも野蛮な残虐行為をありとあらゆるかたちで実行できるのだということをみずから示してきたわけです。みなさんもおわかりのとおり、南部の知的な黒人たちが共和党との関係を断ち、民主党だけを支持するなら、黒人問題は空気のなかに薄れていき、朝霧のように完全に消えてしまうでしょう。南部が求めているもの、なるべく平和的に、とはいえ必要ならば力ずくで手に入れようとしているもの、それは民主党のもとで団結した南部、さらには民主党による国づくりなのです。このことを知らない南部の知識人など一人もいません。南部でも、包み隠しのない話し方をする正直な人は、このことを否定しません。一方、北部の人たちはこのことをありのままのかたちで見ていない、これが問題なのです。彼らは正直な人たちですから、正直でない人たちがほかにいるということが信じられないのです。ある意味で賞賛に値することなのですが、彼らは南部の黒人有権者たちがひどい目に遭っているという話を信じないのです。彼ら自身がそのような違法行為に手を染めているわけではありませんから。そうやって結局、南部の人たちが言いふらしている黒人の優位性に対する偽りの恐怖心にあっさりと騙されてしまうのです。

もう少しわかりやすく言いましょう。この問題についてわたしはこう考えます。ある事件が最高裁のもとで争われているとしましょう。その事件は裁判所で厳粛に裁かれ判決が出ます。この事件の関係者はみなその決定に従わねばなりません。従わない場合は法律違反者もしくは犯罪者となります。こうしてこの事件は解決ずみの問題として歴史化されます。一件落着というわけです。このような有効なルールが存在しないというのなら、訴訟しても無駄ですし、みなの心も落ち着きません。

もっとはっきりと言いましょう。数年前、イギリスのノーサンプトンでは無神論者のブラッドロー(7)氏を代表として英国下院に送ることになったのですが、彼に議席が与えられることはありませんでした。英国下院が無神論者を認めるということ、これが問題だったのです。しかし彼は下院の扉を叩きつづけました。そしてようやく認められたのです。下院議員の権利にかんするかぎり、無神論者の問題は解決されたというわけです。

さて、人種が原因で権利が与えられていないのはわたしたちだけではありません。われらが兄セム(8)もまたわたしたちと同じような公権剥奪という憂き目にあっています。かつて大英帝国の議会では、ユダヤ人には議員資格が認められていませんでした。ところが、長年にわたってこの問題を世論に訴えた結果、著名なユダヤ人であるベアリング氏(9)が議会での議席を認められたのです。ベアリング氏が議席を獲得したことでユダヤ人問題は解決しました。わたしが言いたいのはこういうことなのです。つまり、アメリカの人々は英国からの独立を宣言し、七年にもおよぶ戦争に勝ったことでこの宣言が実際に認められたわけです。アメリカの独立問題はこれで解決しました。以降、この件にかんして問題とみなされるようなことはなにもありません。確定した事実となりましたし、今でもそうですし、これからもずっとそうありつづけるとわたしは信じています。

いま英国では地方の自治政府のことで世論が大いに盛りあがっています。その筆頭に立っているのがグラッドストン氏とパーネル氏(10)です。英国がアイルランドにも地方自治を認めるならば、アイルランド問題はこれで解決するでしょう。以降、この問題を未解決なものとして扱うことになんら意味がなくなるでしょう。いまアメリカの女性たちは合衆国憲法に十六番目の修正条項を加えるよう求めています。女性たちも投票できるようにするためです。その権利が女性にも与えられて然るべきです。アメリカの人たちがこの条項を認可すれば、女性問題は存在しなくなります。

同様に、黒人もまたこの国の最高の権威によって自由であると宣言され、それによって奴隷制度はすべて無効になったのです。この土地に固有の法律によって、黒人にもアメリカ市民としての肩書、尊厳、免責が与えられることになりました。どの州でも人種や肌の色で黒人を差別することは違法であると宣言されたのです。以降、人種にかかわる条件が問題と見なされることはないとわたしは思っています。問題は片づいたのです。解決したのです。国家がその立場を決定したのなら、個々の地域は最終的に国全体の動きに合わせていかなければなりません。各州はそれぞれ偉大です。しかし合衆国はそれ以上に偉大なのです。山がマホメットのもとに来ることはありませんし、できません。結局はマホメットが山に行くことになるわけです。わたしが希望をもっているのはここです。文明の潮流、大きなものが小さなものを引きつける力、国という大きなものがもつ力、共通の国という発想から生まれる愛国心、人間の力の弱さではなく強さを求めること、これによって最後には個々の州が連邦として足並みをそろえることになるのです。はっきり言いましょう。この国の政府を共和党が握っているかぎり、さらには共和党の方針のもとにあるかぎり、個々の州が人種や肌の色、前歴を理由に市民の権利を剝奪することはありませんし、できないのです。そういう試みがなされるかもしれませんが、その点において人種の問題は解決ずみなのです。この件について法廷がふたたび開かれることはこれから先もありません。

将来的にはどうなのかという質問を受けます。この国のいろいろな人たちが完全に同化することになるのか、と。もっとわかりやすく言いますと、人種間結婚もあるのか、と。それに対するわたしの答えはこうです。「一日の苦労は一日にて足る」〔『マタイ伝』第六章三四節〕と。たどり着いてもいないのに川を渡ろうとしてはいけません。そのような結婚があたりまえのものになるかどうか、今この問題に深くかかわっている人はいません。今のところは憶測にすぎませんし、実際的な問題としてまったく重要ではありません。アメリカの人たちの権利にかかわる問題としては。政治とか政治家の資質、あるいは宗教といった問題ともなんら関係がありません。

個々の関心、個々の好み、一般的な感情はひとまずそのままにしておいて、結婚の問題について考えるにしても、まずは人種と人種のあいだの関係を改善しなければなりません。常識からいってもそういう考えになるだろうとわたしは思います。ただ、わたしたちのなかにはそういうふうに考えない人もいるようです。白人、黒人、ハーフという区別にこだわって。とくに男性にとっては放っておくわけにいかない問題ですから、このことを考えてみたくなるのでしょう。彼らはいかなる場合にも、それが話題になっているときでも、なっていないときでも、この問題をいきなりもちだしてくるのです。この問題についてはわたしたちだってどうすることもできませんから、彼らは困ってしまうようです。なかにはこんなことを言う人もいます。白人は黒人を嫌っているわけですから、両者のあいだの結婚などありえない、と。さらに彼らは優しく雄弁にこう言います。そういう結婚は非難すべきものとしてしっかりと監視すべきであって、そういうことが起きないように万全を期し、決して人に勧めるようなことがあってはならない、と。起こりえないことなのだとしたら、それが起きることを恐れる必要もないはずです。

わたしがハイチの役職についていたころ、合衆国の上院でさえ人種間結婚の問題にかんする博学な論説に耳を傾けざるをえないのだと知りました。その論説はカンザス州出身の著名な人物で、博学で雄弁な上院議員によるものでした。わたしはその才能ある紳士にいつも最高の敬意を払っていました。彼が正しいときは本当に正しい。ただし、間違っているときは本当に間違っているのです。彼の性格や気質に中途半端なところはいっさいありません。すべてか、あるいはゼロかなのです。今回の件では、彼はなにもかも間違っています。本当に間違っているのです。人種が混ざりあうことに反対する彼の議論は力強くも視野が狭く、優秀ではありますが不健全で、博識ながら一貫性がなく、非論理的なのです。この問題にまつわる事実や科学的知識に反しているだけではありません。彼は自己矛盾に陥ってしまっているのです。二つの人種が混ざりあった場合、それぞれの人種の悪い性質だけが受けつがれることになると彼は言います。同時にまた彼はわたしのことをこんなふうに言うのです。わたしが今もっている能力はすべて白色人種の祖先から受けついだものだ、と[11]。あの立派な論理学者であるインガルズ上院議員[12]は舌の根の乾かぬうちに、自分の理念をすべてぶちこわしたのです。あんなことはやるべきではなかった。インガルズ氏は勇敢で寛大な男です。彼のそういう性質が、今述べたような機会において、彼のもとを離れて消えてしまったのは驚きです。もし彼がみずからのうちの勇敢な部分に耳を傾けていたなら、あの優秀なレトリックでもって何百万人もの有色人種の仲間たちを切り捨てることはなかったでしょう。合衆国の上院議員という立場を利用して、彼はわたしたちに一撃を喰らわせたのです。それをかわす術をわたしたちは知りません。彼のような立場にあるということは大きいのです。その攻撃がいかに恥ずべきものか。彼の立場の大きさからそこのところを判断していかなければなりません。上院議員になって彼の攻撃に応酬するような男がいたでしょうか。情熱と才能を兼ねそなえた有色の男が。もしそういう男がいれば、インガルズ氏も彼のあの有名な騎士道的な性質に反することもなかったでしょう。今回の件はそういうふうにはなりませんでしたが。

人種が統合された場合よい性質は伝わらないということが本当なら、悪いところだけが引きつづきその親の子どもたちに遺伝するということが本当なら、初期のころの政治家たちのムラートやクァドルーンの子どもたち、さらにはその孫たちがみな監獄のぶ厚い壁や鉄柵のついた窓のなかにいないのはなぜでしょう。彼らはなぜ通りを歩いているのでしょうか。わたしたちの家で頼りになる使用人や執事として働いているのはなぜでしょうか。彼らはなぜわたしたちの教師であり、教授であり、牧師なのでしょうか。世界のどこへ行っても尊敬され、紳士として、キリスト教徒としてもてなされているのはなぜでしょうか。なぜこの国ではそうならないのでしょうか。インガルズ氏よ、あなたは間違っています。あなたの議論は筋が通りません。理屈からいっても、経験から判断しても、不合格です。あなたの言葉は恐怖に怯えたときの言葉なのです。あなたが自分に問いかけなければならない問いはこうです。人口一億のこの国で、二つの異なる人種がときどき結ばれたところで何だというのか。それでだれが傷つくというのか。当事者以外に、いったいだれが困難を抱えるというのか、と。太陽は輝きつづけるでしょうし、雨も降るでしょう。草だって育つのをやめたりしないでしょう。人間だって地球上を行ったり来たりしつづけるでしょう。知識だって前進しつづけるでしょう。二四〇〇年ものあいだ、この国では二つの人種のあいだの関係が広い範囲で無法状態になっていました。そうであるならなにも合法的な条件のもとで起こりうることに対して発作的に怖がる必要などないではありませんか。

さて、ここでミシシッピのアイザイア・モンゴメリー氏[13]が出てくるわけです。彼にも偽の黒人問題に対する解決策があります。彼のことはほかの場所でもお話ししたことがありますし、この注目すべき人物のことで、あるいは彼の注目すべき演説のことでわたしが述べたことのなかで、撤回しなければならないものはなにもありません。誠意ある国が彼とその土地の人々に与えた大いなる特権を、彼は誠意のない州に明け渡してしまったのです。国が解決すべき問題を国の手から奪いとってしまったのです。彼は国に対してこう言い放ったようなものです。「われわれにこのような素晴らしい自由を与えるなんて間違いだったのだ。奴隷制の一部をわれわれに返すべきだ」と。彼は自分の権利の一部を敵に明け渡したのです。敵はこの明け渡しを口実にして彼の権利をすべて要求してくるというのに。彼は人々を深みに導きます。その深みから彼らはさらに深いところへと誘いこまれるというわけです。この国の政府から受けついだ遺産の一部を圧制者たちの命令であたりまえのように手放すことができるなら、彼は結局すべてを手放すことになるでしょうから。彼が取引をしている人たちは、今はまだ我慢して有色人種の権利と向きあおうとしています。ただ、彼らの要求には節度もなければ謙虚さもありません。所有することができるものはすべてほしがりますし、手に入るものはすべて奪いとっていきます。彼らは本音では、黒人に選挙権など与えたくはないのです。とはいえ、わたしはモンゴメリー氏その人を非難しているわけではありません。彼はわざと裏切っているわけではないのです。もちろん、その行為は裏切りにほかならないのですが。それは彼の州だけでなく、合衆国にいる有色人種たちの理念に対する裏切りなのです。

彼の行為によってもたらされる影響がミシシッピだけにとどまってくれたらと思います。そうはならないでしょうが。ほかの州にいるほかの有色人種たちも、民主党寄りのメディアの力を借りてモンゴメリー氏が勝ちとっていく名声に目がくらんで、おそらくその間違った見本を真似することになるでしょう。モンゴメリー氏のやり方についてこんなふうに話していると、腹立たしさよりもむしろ悲しくなってきます。彼の素晴らしい演説のあの悲しげな話し方から、苦しそうなうめき声が聞こえてくるのです。抑圧と絶望から来る苦しみの声が。あれは希望をすべて失ってしまった人の声です。彼がやったことはたしかに怒りの火種になります。ただ、彼の置かれている状況は哀れみを誘うのです。彼は国に助けを求めました。国はそれに応えるべきでしたし、応えることができたはずです。しかし応えませんでした。我慢の限界が訪れ、絶望したまさにその瞬間に、彼は敵と手を組もうと考えたのです。尊厳を失うことなく有色人種があのような敵と手を組むことはできないのですが。モンゴメリー氏の演説をここで分析する必要はありません。それがどういうものかはみなさんご存知でしょうし、その力、さらには悲しげな雄弁さ、その人物、場所、演説がなされた状況、こういったもののほかは取りたてていうべきところもありません。あの演説の論理があれば、高潔な人たちも降伏なんて一蹴することができたでしょう。というのもそれはミシシッピの人たちの心のなかの気高さ、感謝の気持ち、寛大さといったものすべてに訴えかけていたのですから。そうなると彼らはきっとこんなふうに言ったはずです。「いいえ、モンゴメリーさん、わたしたちに友達が必要だと思っていたとき、あなたがたはわたしたちの親友になってくれました。この国の政府の知恵と寛大さがあなたがたに与えた選挙権をあなたがたから奪うなんてわたしたちにはできません」と。

紳士、淑女のみなさま。ポルトープランスでの仕事に戻る前に、みなさまに激励の言葉をと頼まれていたのですが、そういう言葉をまだここで述べていないとしたら、今ここで簡単に言うことができます。わたしは自分たちの理念が置かれている倫理的状況や政治的状況をあらゆる観点から見てきましたが、そういった観点から今言えることは、この地に来る前も、来てからも、わたしには希望があるということです。未来になにがあろうとも疑いません。歴史を振りかえってみるとわかるのですが、改革が行われるときはつねに未来が暗く見えるものです。改革派の仲間たちが短気になったり、やる気を失ったりするときがあります。最初から目的が見えないようなときもあります。真実がはっきりと見えているからこそ、その真実を受けいれようとしない人たちの誠実さまで拒絶せざるをえないときがあります。協力を期待しているところで対立してしまうときもあります。忠誠を期待していたのに裏切りにあうときもありますし、勝つと思っていたところで負けるときもあります。わたしもまたこういうことをすべて経験してきた一人です。そういう五〇年でした。それでもわたしは心も希望も失っていません。第五一回連邦議会の動きにはがっかりしていません。いや、むしろ動きがないということに残念ながら失望していることもたしかです。共和党の綱領がシカゴで採択されて、南部の共和党有権者たちをなんらかの方法で守ろうということになりました。そこで掲げられた公約は今回の共和党の議会の動きによって果たされる、そういうふうに期待する権利がわたしたちにはあったのです。わたしたちはこれまでずっと失望してきました。残念ながら失望させられてきたのです。ペンシルヴェニア出身の新しいリーダー――サディアス・スティーヴンズやチャールズ・サムナー[14]のようなタイプではないリーダー――のアドバイスにしたがって、この議会は個人の政治的な自由を守ることよりも、商業と財産を守ることを選んだのです。議会では連邦選挙法案かブレア教育法案のいずれかが可決されるものとわたしたちは期待していました。ところがどちらも可決されませんでした。可決されなかったことは表面的には残念だったのですが、だからといってなんなのでしょう。みなで怒り狂って、共和党を弾劾し、非難しましょうか。共和党は唯一のチャンスを罪で台なしにしてしまったのでしょうか。共和党に信頼を寄せる理由はほかにないのでしょうか。わたしはそうは思いません。連邦選挙法案や教育法案はまだ死んだわけではありませんし、同志たちが怠惰であったわけでもありません。カボット・ロッジ氏やブレア氏[15]、さらには上院・下院の仲間たちはたしかに遅れていると認めはしますが、彼らが敗北することはありません。合衆国の大統領は信頼には忠実に応えるのです。グラント将軍のあと、ハリソン将軍[16]ほどわたしたちのそばにしっかりと立っていてくれる人はいません。憲法の限界ぎりぎりまでふみこんで、合衆国のどの州でも不正なき選挙、自由な投票、さらに公正な票の集計を保証すると力強く公言しています。彼はあとずさりするような男ではありません。

これからも長いあいだ、有色人種は人種と肌の色に対する偏見に耐えなければならないのはたしかです。しかし、このことはあれこれ長々と議論すべき問題ではありません。つまり法律制定の妨げになるものではないのです。世界に偏見がなかったことなどこれまで一度もありません。同じ人種や肌の色の人たちのあいだでも各階級間に偏見は存在します。宗教や宗派のあいだにも偏見はあります。カトリックとプロテスタントのあいだ、家族間や個人間にも。「ナザレから、なんのよいものが出ようか[17]」などと人々が問わなくなるのは、この千年の時代のあいだではないかもしれません。ただ、州政府あるいは中央政府がこういった偏見と何の関係があるというのでしょう。真面目な政治家がなぜそのようなものとかかわらなければいけないのでしょう。政府の仕事はあらゆるものをその大きな盾で守ることであって、すべてのアメリカ市民に、みな等しく公民権、個人としての権利を保障することです。一つの全体としての国に対してわたしは強い自信がありますし、高い信頼を置いてもいます。国の正義、国の力というものをわたしは信じます。国は有色人種の市民に対しても約束を守ると信じます。この国の物質文明だけでなく、進歩、倫理も信じます。この国の流れは正しい方向へと向かっています。この国の基本的な原則は健全なものなのです。人道や人権についてのこの国の構想は明快で、あらゆるものを包みこみます。自由思想を抑圧しようとする州の信条によって、この国の成長が妨げられることはありません。民衆を虐げる貴族たちの命令によっても、国を安定させることを考えるあまり停滞を招いてしまうような王権神授説によっても、この国の成長は妨げられることがありません。この国はきわだって自由で透明なのです。理性や経験から得られた視野を妨げるものはなにもありません。

わたしも歳を取ってきて、ありのままの姿の物事にあっさり満足するようになっている、と言われるかもしれません。これまでもそう言われてきましたし。ただ、若い人たちがわたしと同じように勝利のために努力し、勝利を待ち望んでいるのだとしたら、彼らは自分たちと敵対する人たちに対して我慢づよくなるだけでなく、こういうふうに堪《こら》えているわたしのことも許せるようになるでしょう。わたしの人生にも暗い時がありました。その闇がだんだんと消えていって、次第に光が強くなってくるのを見てきました。障害物が一つずつ取りのぞかれ、間違いが訂正され、偏見が和らぎ、公権剥奪がなくなり、人々があらゆる部門で地位を向上させ、一般的福祉に必要なものを準備してきたのを見てきました。そして思いだします。神は永遠の世界に君臨していて、どれほどの遅れがあろうとも、どれほどの失望があろうとも、どれほどの邪魔が入ろうとも、最後は必ず真実、正義、自由、人間性が勝つということを。

訳註

（1）ワシントンDCのメトロポリタン・アフリカン・メソディスト監督教会の会員を中心に一八八一年に創設された団

体。人種の問題にかんする討論会やフォーラムを主催した。

（2）ヴァージニア州とバルバドスで活動していた聖職者モーガン・ゴドウィン（一六〇二?～一六四五年）。彼の著作『黒人とインディアンの擁護――彼らの教会入信許可を求めて（*The Negro's and Indians Advocate, Suing for Their Admission Into the Church*）』（一六八〇年）をダグラスは英国滞在時に手に入れている。彼はゴドウィンを、「黒人」の入信許可を訴えた最初の聖職者と見なしている。

（3）「マタイによる福音書」十九章六節。『聖書』（日本聖書協会、一九八九年）

（4）政治的なビラを書いていた人物のペンネームか。正体は不明。

（5）「箴言」二八章一節。『聖書』（日本聖書協会、一九八九年）

（6）アンドリュー・バトラー（一七九六～一八五七年）。奴隷制の温存を強く訴えていた。

（7）チャールズ・ブラッドロー（一八三三～一八九一年）。一八八一年に英国の国会議員に選出されたが、無神論者だった彼は忠誠の誓いを拒否した。

（8）『創世記』（第九章十八節）によると、ノアにはセム、ハム、ヤペテという三人の息子がいた。いまのユダヤ人とアラブ人はセム系の民族とされている。

（9）フランシス・ベアリング（一七四〇～一八一〇年）のことか。

（10）ウィリアム・グラッドストン（一八〇九～一八九八年）はアイルランド自治法案を議会に提出した英国首相。チャールズ・スチュワート・パーネル（一八四六～一八九一年）はアイルランド自治運動の指導者。

（11）ダグラスの父は白人だったといわれている。

（12）ジョン・ジェイムズ・インガルズ（一八三三～一九〇〇年）。一八八七年から一八九一年まで上院仮議長（副大統領が欠けた場合に上院の議長を代行）をつとめた。

（13）アイザイア・ソーントン・モンゴメリー（一八四七～一九二四年）。ミシシッピに「黒人」のための自治区「マウンド・バイユー」を創設。ボリバー郡の代議員に選出された彼はミシシッピ州憲法に賛成の一票を投じたのだが、結果的にそれが「黒人」の投票権を奪うことになった。

（14）サディアス・スティーブンズ（一七九二～一八六九年）もチャールズ・サムナー（一八一一～一八七四年）も奴隷制に反対していた弁護士・政治家。

（15）ヘンリー・カボット・ロッジ（一八五〇～一九二四年）は、「黒人」の投票権を認める「連邦選挙法案」の草案作成にかかわった。ヘンリー・ウィリアム・ブレア（一八三四～一九二〇年）は、人種や肌の色で差別することなくすべての子どもたちに初等教育を施す必要性を訴えた。

(16) ベンジャミン・ハリソン（一八三三～一九〇一年）。第二三代アメリカ合衆国大統領。「黒人」にも投票権を与えるべきだと訴えた。

(17)「ヨハネによる福音書」一章四六節。『聖書』（日本聖書協会、一九八九年）

7

あるインディアンの子ども時代の印象

（一九〇〇年発表）

ズィトカラ=シャ

ズィトカラ＝シャ（一八七六〜一九三八年）

サウスダコタ州ヤンクトン・インディアン居留地に生まれる。本名ガートルード・シモンズ・ボニン。「ズィトカラ＝シャ」は彼女がみずから考えたペンネーム（ラコタ族の言葉で「赤い鳥」の意）。晩年は内務省インディアン局の不正を告発する活動を展開した。代表作は『アメリカ・インディアンの物語』（一九二一年、未邦訳）。

訳者解題　教育は何のためにあるのか

ピルグリム・ファーザーズ[1]は無人の大陸に降りたったわけではなかった。そこにはすでに民主主義的な国が存在した。先住民たちのその国を侵略するかたちでアメリカという国があらたに切り拓かれていったのである。そうやってみずからの土地を奪われた先住民たちのことをわたしたちは「ネイティヴ・アメリカン」と呼ぶ。もともとそこに暮らしていたアメリカ人という意味なのだが、そもそも彼らは「アメリカ」よりも先にそこで暮らしていたのだ。「アメリカ」以前の彼らの文化はどこへいったのか。

土地を奪われた彼らはインディアン居留地と呼ばれる「保護区」へと移住させられる。開発の手はやがて保護区にまで迫り、彼らはついにアメリカ社会への参加を求められることになる。その国家的事業のひとつが一八八四年、ペンシルヴェニア州カーライルに設立された「インディアン実業学校」である。ネイティヴ・アメリカンの子どもたちを集め（強制的に連れ去ることもあった）、彼らに英語教育を施しながら、キリスト教の教えや欧米の生活習慣などを習得させ、「実業的な」職業に就かせることがその狙いだった。教育によって子どもたちの「内なるインディアンを殺す」こと、これが内務省インディアン局の求めていることだった。

このような寄宿学校にみずから望んで飛びこんだ一人のネイティヴ・アメリカンの少女がいた。ズィトカラ=シャである。キリスト教の教えを実直に学んだ彼女は、それがダコタ・スー族の世界観とそれほど違わないと知る。そして、その愛の教えを信じるものがなぜ自分たちを迫害するのかと疑問に思うようになる。のちにみずからインディアン実業学校の教員となった彼女は、その創立者であるR・H・プラットから「同化政策に反対するものを教員として雇いつづけることはできない」と指摘されたとき、こう答えたという。「わたしはだれかのマウスピースになるつもりはありません。自分が考えたことを言うだけです。わたしはだれも怖くありません。」英語を習得したことで彼女は声を手に入れたのだ。「あるインディアンの子ども時代の印象」は彼女が居留地を離れ、インディアナの寄宿学校へ向かうまでを回想した自伝的エッセイである。

註

（1）一六二〇年、イングランド国教会による弾圧から逃れるため、メイフラワー号に乗って北アメリカへと渡ったプロテスタントの信者（ピューリタン）たち。

あるインディアンの子ども時代の印象

1 母

風雨にさらされて汚れたカンヴァス地のウィグワム[1]が一つ、不規則に上り坂になっている丘の麓に立っていた。傾斜のついた土地を一本の小道が下のほうへと下っていって、川沿いに広がっている湿地のほうまでつづいていた。湿地には背の高い草が伸びていたが、小道はまだつづいていて、両側から草が覆いかぶさってくるなかを進むとそこはミズーリ川だった。

ここで母は、朝、昼、晩と、家事で使うための水をその濁った流れから汲みとっていた。母が川まで行くときはいつも、わたしも遊ぶのをやめて、走ってついていった。母は背が高くも低くもなかった。悲しそうに黙っていることが多くて、そういうときはきれいなアーチ型の唇が苦しそうにぎゅっと横一文字に結ばれて、黒い瞳のしたには隈ができていた。わたしは母の手にすがりついて、どうして涙が流れるのと尋ねた。

「静かに。小さな娘が母さんの涙のことをあれこれ言うものではありません。」涙顔に笑みを浮かべて、母はわたしの頭をポンとたたいてこう言った。「今日はどれだけ速く走れるか見せてちょうだい。」わたしは長い髪を風になびかせて、できるかぎり速く走ってみせた。

七歳のわたしは野育ちの小さな女の子だった。ゆるい鹿革の服を着て、やわらかいモカシンの靴を履いた両足は軽やかだった。髪をなびかせる風と同じくらい自由だった。跳ねまわる鹿にも負けないくらい元気だった。それが母の誇りだった。わたしの野生的な自由とあふれんばかりの元気さが。母がわたしに教えてくれたのは、他人のことに口出ししないかぎり、なにも恐れることはないということだった。

かなりの距離を走ったあと、わたしは立ちどまって、息を荒げて嬉しそうに笑っていた。母はわたしの動きをずっと見てくれていた。わたしは自分のことがすべてわかっていたわけではないが、それだけにいっそう内なる炎に敏感だった。まるで行動そのものが自分であるかのようだった。手と足は、魂が行う実験だといわんばかりだった。

川からの帰り、わたしは母のそばで、バケツを自分では手にもって運んでいるつもりで引きずっていた。そのような帰り道に一度、母と交わしたちょっとした話のことを覚えている。ワルカ・ズィウィン（ヒマワリ）というもう大きくなっているわたしのいとこは、当時十七歳で、母のために川に一人で水を汲みに行っていた。ワルカ・ズィウィンのウィグワムはわたしたちの小屋からそれほど離れておらず、彼女が毎日川に行って帰ってくるのをわたしは見ていた。わたしはいとこを心から尊敬していた。だからわたしはこう言ったのだ。「母さん、わたしがいとこのワルカ・ズィウィンみたいに大きくなったら、水を汲みに行かなくていいからね。わたしがやるから。」

母の声が妙に震えていたが、それが何なのかわたしにはわからなかった。母はこう答えた。「わたしたちが飲んでいる川を白人が奪わなければね。」

「母さん、その悪い白人ってのは誰なの。」わたしは尋ねた。

「いいかい、あいつはニセモノよ。色の白いニセモノ。本当の人間はブロンズ色のダコタ族だけ。」

母が話しているあいだ、わたしは彼女の顔を見上げていた。母が唇を噛んだので、喜んでいるわけではないとわかった。このことでわたしの小さな魂に復讐心が芽生えた。わたしは地団駄を踏んで、大声でこう叫んだ。「母さんを泣かせるような白人なんて大嫌い。」

水の入ったバケツを地面に置くと、母は身をかがめて片手でわたしを抱きながら、左手をわたしの目の高さにもってきて、丘のほうを指さした。丘にはわたしのおじとわたしのたった一人の姉が埋葬されていた。

「あれが白人のやったこと。あのあと、あなたの父さんも埋葬された。日がのぼる場所にもっと近い丘にね。昔はとても幸せだった。でも白人がわたしたちの土地を盗み、わたしたちをこんなところへ追いやった。わたしたちの土地をだましとっておいて、わたしたちを強制的に追いはらったの。」

「ええ、あれはわたしたちがウィグワムを移動させていた日だった。あなたの姉さんとおじさんはどちらも体の具合が悪かった。ほかにもたくさんの人が苦しんでいたけど、助けてくれる人などいなかった。昼も夜も何日もかけて移動していたから。母さんが子どものころの引っ越しみたいに楽しくて壮大なものではなかった。わたしたちは追いはらわれたの。いい？　バッファローの群れみたいに追いはらわれたの。あなたの姉さんは、今のあなたよりも小さくて、一歩進むたびに、苦しくて泣き叫んでいた。声がかすれるまで泣いていていた。あなたの姉さんは熱がどんどん上がってきて、小さな手も頬も燃えるくらい熱くなっていた。小さな唇はからからに乾燥していたけれど、水をあげても飲もうとしなかった。そのとき喉が赤く腫れていることに気がついたの。わたしのあわれな子、大いなる霊はわたしたちのことを見捨てたんだといって母さんもどれだけ一緒になって泣いたことか。」

「疲れはててようやくこの西部の土地までたどりついたその日の夜に、あなたの姉さんは死んでしまった。そのあとすぐあなたのおじさんも死んでしまった。奥さんと娘を残して。あなたのいとこのワルカ・ズィウィンのことよ。あの残忍な白人がいなければ、あなたの姉さんもおじさんもわたしたちと一緒に今も幸せに暮らせていたのに。」

それから先、ウィグワムまで母はずっと黙っていた。母の目に涙はなかったが、それはわたしが一緒にいるからだった。母はわたしの前ではめったに泣かなかった。

2　伝　説

夏のあいだ、母はウィグワムの蔭で火を起こした。

朝早く、ウィグワムの西側の草地に簡単な朝食が広げられた。蔭の一番遠いところにある火のそばに母は腰をおろして、おいしそうな干し肉を焼いていた。わたしは母のそばで正座して種なしパン［パン生地を発酵させずに焼いたもの］と一緒に干し肉を食べながら、濃いブラックコーヒーを飲んでいた。

朝の食事はわたしたちだけの静かなひとときだった。昼間は、たまたま通りかかった人がちらほらと立ちよって休んだり、昼食を一緒に食べたりした。わたしたちは人をもてなすことが好きで、そのことをみな知っていたからだ。

おじが死んだことを母はずっと悲しんでいた。おじはわたしたちの国でもっとも勇敢な戦士の一人だった。老人たちが自分たちの誇り高き武勇伝の話をするといつもおじの名前がでてきた。勇敢な行為を連想させるものとして、若い人たちもおじの名前を挙げていた。年配の女性たちはおじが優しかったと褒め、若い女性たちは恋人にするならおじのような人だと言っていた。みながおじのことを愛していた。母はおじとの思い出をなによりも大切に思っていた。そういうわけで、わたしたちはたとえ知らない人でも、おじの名を出されると、小屋に迎えいれてもてなしてしまうのだった。

こういう旅人から一風変わった体験談をたくさん聞いたけれど、わたしが一番好きだったのは夕食のときだった。というのも、それは古い伝説が語られる時間だったからだ。西の空に太陽が低く沈みかけるころになるとわたしはいつも嬉しくなった。その時間になると母は近所の老人や老婦人らをうちに招待して夕食を一緒に食べるためにわたしを使いに出した。近所の人たちのウィグワムまでずっと走っていったにもかかわらず、入り口のところでわたしは恥ずかしそうにじっとしていた。長いあいだなにも言わずに立ったままのときもあった。そのような幸せなお使いで外に出たときに黙ってしまうのは、怖かったからではない。招待するのをやめたいと思ったからでもない。まさにその場にふさわしい沈黙を守ることがわたしにできる唯一のことだったからだ。ほかに予定があるのに、それを邪魔してはいけないからと肝に銘じて、空気を感じとっていたのだ。老人たちのところに喜んで飛んでいこうとすると、母はよくこう言ったものだ。「だれかを招待する前に少し時間をおきなさい。もしほかの予定があってその話をしているところだとしたら、邪魔をしてはいけません。ほかをあたりなさい。」

わたしがじっとしている意味を年配の人たちは理解してくれた。「何をお探しかな、かわいい孫よ」と尋ねてくれて、わたしが自信をもてるようにしてくれた。

「今晩、うちの小屋に来ませんかと母が言っています。」すぐさまわたしはこうまくしたてた。こう言ってしまうと、あとは楽に息をすることができた。

「もちろん、もちろん、喜んでお邪魔しますよ。」そんなふうにみな答えてくれた。みなすぐに立ちあがって、肩にブランケットをかけ、あちこちのウィグワムからゆっくりと出てきて、わたしの住んでいるところへとそろって移動した。

任務を終えたわたしは嬉しくて、スキップしたり飛び跳ねたりしながら走って帰った。わたしの招待にみながどう答えてくれたかを母にほとんど一言一句違わずに一気にまくしたてた。すると母はよくこう聞いた。「あなたがみなさんの小屋にお邪魔したとき、みなさん何をしていたの。」こうしてわたしはひと目見ただけでその場所の様子を記憶する術を学んだのだ。質問されなくても、その印象を母に伝えることも多かった。

近くのウィグワムで、年配のインディアンの女性から「お母さんは何をしているの」と質問されることもあった。母に口止めされていないかぎり、そういう質問にもわたしはたいがい遠慮なく答えていた。

ゲストが到着すると、わたしは母のそばに座って、母の同意を得てからでないとそこから離れたりしなかった。わたしは年配の人たちの話に辛抱強く耳を傾けながら、黙って夕食を食べた。そのあいだもずっと、わたしが一番好きな話をしてくれないかと心待ちにしていた。結局、待ちきれなくなってしまって、わたしは母の耳にこうささやいた。「イクトミの話をしてもらうようお願いして、母さん。」

痺れを切らしているわたしをなだめるように、母はみなに聞こえるようにこう言った。「うちの小さな娘がみなさんの物語を聴きたくてうずうずしています。」このころにはみなもう食事を終えていて、あたりはとっぷり日が暮れようとしていた。

みなが順番に一つずつ伝説を披露してくれているあいだ、わたしは母の膝に頭を乗せて寝転がっていた。仰向けに寝て星空を眺めていると、星のほうでも一つ一つがこちらを覗きこんでいるようだった。物語にどんどん興味がそそられてしまって、わたしは身体を起こして、一言一句聞きのがさないようにじっと耳を傾けていた。年配の女性たちは面白いことを言ってはどっと笑うので、わたしも思わず笑ってしまうのだった。

オオカミの群れが遠吠えをしていたり、湿地のほうからフクロウのホーホーという鳴き声が聞こえてきたりして、わたしは怖くて母の脚のところで小さくなっていた。母は枯れた枝をいくらか焚き火にくべた。炎がぱっと明るくなって、大きな輪になって座っている年配の人たちの顔を照らした。

そんなある日の夕べのこと。炎の明るさに照らされて、ある年配の戦士の眉のうえに星形の入れ墨が見えたことを覚えている。ちょうどその年配の戦士が話をしてくれているところだった。彼が無意識にするしぐさをわたしは興味津々に見ていた。日焼けした額についている青い星がわたしには謎だった。まわりを見ると、一人の年配の女性のあごのところに二本の線が平行に入っているのが見えた。あとの人にはなかった。母の顔をたしかめたが、それらしいしるしは見つからなかった。

戦士の話が終わったあと、わたしはその年配の女性にあごの青い線は何を意味するのかと尋ねた。視野のすみのほうで額に青い星のある戦士のことをずっと意識しながら。わたしの図々しさに戦士が怒ったりしないかと内心ビクビクしていた。

そこでその年配の女性はこんなふうに切りだした。「おや、まぁ、わたしの孫よ。これはしるし――秘密のしるし、教えてあげるわけにいきません。ただ、両方の頬に十字の入れ墨をいれた女性のすてきな話をしてあげましょう。」

それは顔のしるしの内側に魔法の力を秘めた女性にまつわる長い物語だった。その話が終わる前にわたしは眠ってしまっていた。

その夜以来、わたしは入れ墨のある人を警戒するようになった。入れ墨のある人を見かけると、こっそりそのしるしを見て、そのしるしのまわりを観察しながら、どんな恐ろしい魔力がそこに隠されているのかと不思議に思っていた。

焚き火を囲んで語られる話には、めったにこういう怖い話は出てこなかった。そうであるからこそ、そのときの印象が強く心に残っていて、その場の光景が今でも鮮明に頭に焼きついている。

3　ビーズ細工

朝食のあと、ときどき母はすぐにビーズ細工に取りかかることがあった。明るく晴れた日に、母はウィグワムを地面に固定している木製のペグを何本か抜いて、細い支柱に沿ってうえのほうまでカンヴァスをめくりあげた。涼しい朝の風が住まいのなかを自由に吹きぬけ、焼いたばかりの草原から甘い草の香りがただよってきた。

鹿革でできた茶色い小さな袋を縛っていた、ふさのついた長いひもを解いて、母は、芸術家がパレットに絵の具を並べていくように、手元のマットのうえに色とりどりのビーズを何束も広げていった。ひざ板のうえに白くて柔らかい鹿革を二枚重ねて平らに伸ばし、幅広のベルトの左側に吊ってあったビーズで作ったケースから細長い刃物を出して、鹿革のまわりを切って形を作った。幼い娘のために小さなモカシンの靴をよく作ってくれたものだ。そうやってわたしは母のデザイン力に強く興味をひかれるようになった。誇らしげに微笑みながら、わたしは母の仕事を見ていた。足にぴったりとフィットする新しいモカシンの靴を履いて歩いているところをわたしは想像していた。一緒に遊んでいる友達が、羨望のまなざしでかわいい赤いビーズの飾りのついたわたしの足元を見ているような気がした。

母の近くでわたしも敷物のうえに座りながら、鹿革の切れ端を片手に、千枚通しをもう一方の手にもっていた。こうしてわたしはビーズ細工を見よう見まねで習いはじめた。銀色のシニュー糸［鹿の腱から作った糸］を丁寧に巻きつけたものから母は一本だけ取りだした。千枚通しで鹿革に穴をあけ、そこに白いシニュー糸を上手に通した。小さなビーズを一つずつつまんでは、それを糸のあるところにつけていった。ひと針すすむごとに慎重にねじりながら。

母のやり方を見ながら何度も挑戦して、ようやくわたしも指先でシニュー糸を結ぶコツをつかんだ。つぎに難しいのは糸をよじった状態に保つことだった。そうしておかないとビーズになかなか糸が通せないのだ。ビーズ細工のレッスンとして母はわたしに自分でデザインを考えなさいと言った。最初は昼間に何時間もかけて長いデザインに取り組んでいた。すぐにわたしは、こんなことをしても自分が大変になるだけだと思い、複雑なパターンはやめにした。一度始めたことは最後までやり通さなければならなかったからだ。

いくらか経験をつんだことで、簡単な十字とか四角をたいてい使うようになった。決まった型というのがあって、十字や四角もそこに入っていた。わたしのオリジナルのデザインは必ずしも左右対称になっておらず、図柄の特徴もうまく出せていなかった。この二つの欠点については、母もやり過ごすわけにはいかなかった。ただ、母が黙って見ていてくれたおかげで、わたしは責任を強く感じたし、自分の判断でやっているという気になれた。わたしが行儀よくしているうちは、母はわたしを威厳をもった一人の小さな人間として扱ってくれた。だから、わたしのデザインが奇抜な感じになってしまって母から叱られたときは、どれだけ悔しかったことか。

母は色の選択をわたしの好みにまかせてくれた。濃い青の背景を黄色で縁取ったものがわたしの好みだった。あるいは赤と深緑の組みあわせが好きだった。青っぽいグレーと赤という組みあわせもあったが、それは昔から使われているものだった。デザインの作成や心地よい色の組みあわせの種類といったものに少しずつ慣れてきたころ、さらに難しいレッスンが始まった。今度はビーズではなく、着色したヤマアラシの針毛を湿らせて親指と人差し指の爪のあいだで平らにしながら縫いこんでいくのだ。母はその針の先を切り落とすと、すぐに火にくべて焼いてしまう。この鋭い先端には毒があって、それがどこに刺さろうとも体に毒がまわってしまうからだ。いとこのワルカ・ズィウィンと同じくらい大きくなるまでは一人で針を使っていけません、と母が言ったのはそのためだ。

こんなふうにレッスンに拘束されたあと、わたしはあり余った元気を存分に発揮して暴れまわった。広々とした家の外でまた自由に走りまわると、楽しくてほっとした。夏の午後、四、五人の友達と連れだって、丘のうえを歩きまわった。みな軽くて尖った杖をもっていた。杖は四フィートほどの長さで、なにかの甘い根っこをほじくりかえすのにそれを使った。たまたま見つけた目当ての根っこを食べつくすと、杖を担いで、今度は茎の多い植物のある場所をさまよった。黄色い花が咲いているその木のしたには、ベタベタする透明の小さな粒が落ちていた。この自然のあめ玉を一つずつひろいあつめて、小鳥の卵くらいの大きさのかたまりにしてみなで自慢しあった。その木の香りにも飽きてくると、そのベタベタするものを投げすてて、また甘い根っこのところへ舞いもどった。

昔はネックレスやビーズのついたベルト、ときにはモカシンの靴まで交換しあったことを思いだす。たがいにそれがプレゼントであるかのように渡しあうのだ。自分の母親の真似をして楽しんでいたこともある。母親が普段の会話のなかで言っていることを話しあうのだ。いろいろなしぐさを真似して、声の抑揚まで真似することもあった。大草原に囲まれながら、わたしたちはあぐらをかいて座っていた。膝に肘をついて、色を塗った頬を両手で支えて、年配の女性たちがよくやるように前屈みになって座っていた。

近い親戚が最近やった英雄的な行為についてだれかが話しはじめると、ほかの者は真剣に耳を傾けた。語り手が呼吸を整えたり、こちらに同意を求めてきたりすると、「そう、そう」と声をおさえてうなずいた。話がスリリングになってきたと思うと、わたしたちは自分の意見に合わせて、合いの手をいれる声を高くした。こういうふうに物真似をしているとき、わたしたちが演じている親はみなが賛同できることしか言わなかった。

たとえどれだけ話していることが面白くても、近くの景色に映る雲の影がちょっと動いただけで気分が変わってしまい、丘から丘へ動いていくその大きな影をもうみなで追いかけていた。追いかけながら大声で叫んだり、笑ったり、たがいに呼びあったりした。わたしたちは緑色にうねるダコタの海のうえをはしゃぎまわる小さな妖精のようだった。

あるとき、わたしは自分の影をつかまえるという奇妙な発想に取りつかれて雲の影のことは忘れてしまった。まっすぐじっと立っている状態で、片方の足を慎重に前に出しながら、影を追ってゆっくりと動いてみた。最大の注意を払って、足を一歩前へ出してみる。するとわたしの影も前へ這うように進む。反対の足でもう一度やってみる。影はわたしからまた逃げていった。わたしが走りだすと、影はわたしから飛ぶように逃げていった。どうしても影はわたしの一歩離れたところにいる。歯を食いしばり、拳を握りしめて、どんどん走る速度を上げた。すばしっこい自分の影に追いついてやろうと思った。しかし影はそれ以上に速く、わたしの前を動いていた。一方わたしは息が切れて熱くなっていた。速度を落としたわたしは、影もやっぱり自分のペースを落とすのだろうかと大いに悩んだ。こうなれば最後の手段だと思い、わたしは丘の中腹に埋まっている岩のうえに腰をおろした。

なんと。影は厚かましくもわたしのそばに腰かけたではないか。

仲間たちがわたしに追いついて、どうしてそんなに速く走るのかと聞いてきた。

「ああ、自分の影を追いかけてたの。そういうこと、今までやらなかった？」とわたしは尋ねた。みなぽかんとしているから驚いた。

仲間たちはモカシンを履いた足でわたしの影のうえにふんばって、影が動かないようにした。わたしは立ってみた。またしてもわたしの影はすり抜けて、こっちが動くたびに動いた。わたしの影をつかまえることはこれでやめにした。

　この奇妙な体験をする前から、わたしは自分と自分の影とのあいだにはきわめて重要なつながりがあると認識していたのだろうか。はっきりとした記憶がない。このことについてはもう考えないことにした。

　ベルトやら装身具やらを持ち主に返して、わたしたちはぶらぶらと家路についた。その日の夜もわたしは、お気に入りの伝説に思いを馳せながら眠った。

4　コーヒーを淹《い》れる

　ある夏の午後、母はわたしをひとりウィグワムに残して、おばの住んでいるところへ出かけていた。わたしはウィグワムに一人でいるのがあまり好きではなかった。丘のあたりをうろついている四〇歳そこそこの肩幅が広くて背の高い変な男のことが怖かったからだ。ウィヤカ・ナプビナ（羽根の首飾りをつけた者）は人に危害を加えることはなく、彼がウィグワムに来るときは、あまりにも空腹でしかたなくやって来るのだった。赤いブランケットの半分を腰に巻いている以外はなにも身につけてなかった。ウィヤカ・ナプビナは、黄褐色の腕にヒマワリの大きな束をもっていたことがよくあった。あてもなくぶらぶらしながら集めたものだ。彼の黒髪は風のせいでくしゃくしゃになっていて、夏の日差しにずっとさらされているため赤くてパサパサになっていた。茶色い脚をもう一方の脚の前へまっすぐ踏みだしながら大股で歩いていくとき、細長い腕を行ったり来たり振っていた。

ウィヤカ・ナプビナは歩いているとき、しょっちゅう立ちどまっては後方を振りかえり、手で庇《ひさし》を作って遠くをじっと見ていた。自分が歩いたところに悪い霊がついてまわっていると信じこんでいた。この話は母からすでに聞いていた。わたしはこの愚かな大男のことを笑ってやった。母のそばにいるときは気持ちが強くなれたし、ウィヤカ・ナプビナははるか遠くを歩いていたからだ。すると母はこんなことを話してくれた。

「娘よ、あれはかわいそうな男です。勇敢で凛々しい若者だったころの彼を母さんは知っています。ある日、あの人はポニーを連れてあっちからこっちへと移動していました。そのときに、丘で悪い霊に取りつかれてしまったのです。それ以来、あの人は丘から離れられなくなりました」と母は言った。

そのような不幸に見舞われた男のことがかわいそうになったわたしは、彼をもとに戻してやってほしいと大いなる霊に祈った。とはいえ、遠くにいるときはかわいそうに思えても、うちのウィグワムの近くにあらわれたときはまだ彼のことが怖かった。

というわけで、母がわたしをひとり残していったその午後のこと、わたしは怖くてウィグワムのなかで座っていた。ウィヤカ・ナプビナについて聞いたかぎりのことを全部思いだしていた。彼が近くまでやって来たとしても、このまま隠れていればうちに来ることはないだろうと、自分に言い聞かせていた。そのときだった。入り口を覆っているカンヴァスをもちあげる手が見えた。男の影がウィグワムのなかに入ってきて、モカシンをつっかけた大きな足がなかに踏みこんできた。

しばらくわたしは息を殺して動かずにいた。ウィヤカ・ナプビナ以外の何者でもないと思ったからだ。つぎの瞬間、わたしはほっとして大きなため息をついた。それはわたしにイクトミの物語をよく話してくれていた年老いたおじいちゃんだった。

「孫よ、お母さんはどこかね」おじいちゃんはまずこう言った。

「母さんはおばさんのウィグワムからもうすぐ帰ってきます」とわたしは答えた。

「じゃ母さんが帰ってくるまで少し待たせてもらおうか。」マットのうえに腰をおろして、脚を組みながらおじいちゃんは言った。

すぐに気前のいい女主人の役割を演じはじめたわたしは、母のコーヒーポットを手に取った。ふたを開けると底にはコーヒー豆を挽いたものしか入っていなかった。わたしはポットを冷たくなった灰の真んなかに乗せ、そこにミズーリ川の生温い水を半分までそそいだ。こんなことを演じているあいだ、わたしは視線を感じていた。それからわたしは種なしパンを小さくちぎってボウルのなかに入れた。そのますぐにコーヒーポットのところに行った。一生待っても消えた火のうえで煮え立つことなどないだろう。わたしはカップに生温い泥水よりもひどいものをそそぎいれた。片手にボウル、もう一方の手にカップをもって運んでいって、かつての戦士にこのちょっとした食事を手渡した。気前のよいもてなしをしているという空気を醸しだしながら彼にそれを手渡したのだ。

「おや、おや」と言いながら、彼は脚を組んで座っている自分の前に皿を置いた。そしてパンをかじって、カップからコーヒーをすすった。わたしは柱にもたれて座りながら彼を見ていた。客に軽食を提供するということを全部一人でできたということでわたしは鼻が高かった。この年老いた戦士が食べおわる前に、母が入ってきた。すぐに母はわたしがコーヒーをどこで見つけたのかと思っただろう。母はわたしがコーヒーなど淹れたことはないし、コーヒーポットは空にしてあったということを知っていたからだ。そういうふうに問いかけている母の目を見て、戦士がこんなふうに答えてくれた。「コーヒーを消えた灰のうえにおいて、わたしが入ってくるとすぐに出してくれたよ。」

二人で笑ってから母がこう言った。「もう少し待ってください。火をおこしますから。」つまりちゃんとしたコーヒーを淹れなおすということだった。母も戦士も、わたしたちの習慣から、わたしの淹れた味のないコーヒーを受けいれざるをえなかったのだが、それでもけっしてわたしに恥ずかしい思いさせるようなことは言わなかった。わたしが最善を尽くした判断——みすぼらしいものではあったが——を二人とも最大限の敬意を込めて認めてくれたのだ。わたしがいかに愚かなことをやったのかがわかるようになったのは、ずいぶんあとになってからのことだった。

5　死者のいるスモモの茂み

ある秋の午後、大勢の人たちがわたしの小屋の近くに続々と集まってきた。顔に色を塗り、ヘラジカの歯がついた幅広の胸飾りをつけて、ハラカ・ワンブディのウィグワムへの狭い小道を急いでいた。若い母親たちは子どもと手をつなぎ、引っぱるようにして急いでいた。背中の曲がった年配のおばあちゃんたちを追い越して、通りすぎていった。おばあちゃんたちは曲がった杖をつきながらお祭り騒ぎのほうへ向かってえっちらおっちら歩いていた。若い戦士たちはポニーを走らせて向かっていた。歯のない戦士たちは、年配の女性たちと同じように、ゆっくりとやって来た。元気なポニーに乗っていたのだけれど。彼らは馬のうえに堂々とまっすぐ座っていた。ワシの羽根を身につけ、前の戦いで得たさまざまな戦利品を見せびらかしていた。

ウィグワムの前では大きな火が焚かれていた。そこに鹿肉の入った大きな黒い鍋がいくつか吊られていた。大勢の人たちがそれを取りかこむように大きな輪を作って草のうえに座っていた。うしろには戦士たちがポニーの首にもたれながら立っていた。その背の高い人たちはゆったりとしたローブを頭からかぶって、目のところが隠れそうになっていた。

若い女の子たちは秋のきれいな紅葉のように顔が輝いていた。つやのあるおさげ髪を両耳にかけている若い女の子たちは、付き添いの人たちのそばですました顔をして座っていた。インディアンの若い女性は少し年配の親戚を誘って公の祝宴にエスコートしてもらうというしきたりがあった。鉄則というわけではなかったが、一般的にみな守っていた。

ハラカ・ワンブディは強くて若い男で、最初の戦いから戻ってきたばかりだった。要するに彼は戦士になったのだ。近しい親戚たちが彼の新しい地位を祝うための祝宴を開いていたのだ。村中の人たちが招待されていた。

すぐ肩にかけられるようにかわいい縞模様のブランケットを手にもったまま、にぎやかな群集が集まってくるのを見ているうちに、わたしはだんだん落ちつきがなくなっていった。母はその日の朝におばがもってきた野生のカモを焼くのに忙しかった。

「母さん、ごちそうに招待されているというのに、どうしてそんな小さな料理をいつまでも作っているの？」わたしはいらいらした声で言った。

「娘よ、待つことを覚えなさい。お祝いに向かう途中で、チャニュのウィグワムに寄っていきます。彼の義母が歳を取っていて体の具合がとても悪いから、この小さなご馳走を食べたがっていると思うの。」

この死にそうになっている女性のやつれた姿を一度見たことがあったわたしは、それまで彼女のことを思いださなかった自分がしばらく恥ずかしかった。

母の前を走りながら、わたしは途中で小さな茂みに実っている紫色のスモモに手を伸ばしてもぎ取ろうとした。すると「いけません」という母の声が聞こえてきた。

「どうして？　母さん。スモモが食べたい。」がっかりして手を身体の横に落としたまま、わたしは叫んだ。

「この茂みからぜったいに一つたりともスモモを取ってはなりません。この木の根っこはインディアンの頭蓋骨に巻きついているのです。一人の戦士がここに埋められているの。彼が生きているとき、模様の入ったスモモの種で遊ぶゲームが好きだったから、死んだときにスモモの種をひとそろい手に握らせて、一緒に埋葬したの。その種からこの小さな茂みが育ってきたのです。」

禁じられた実を見つめながら、わたしはその聖なる大地のうえをそっと歩いた。そこから遠く離れるまで、ささやくように話をするようにした。それからというもの、散歩していてそのスモモの木を見かけると必ず一度立ちどまった。畏敬の念があったおかげでわたしはまじめな気持ちになった。その根から長い響きの口笛が聞こえてくるのでは、と耳をすませた。わたしたちのもとを去った霊のこの奇妙な口笛を自分の耳で聞いたわけではなかったが、年配の人たちの話を何度も聞いていたので、聞けばすぐにその音だとわかると思っていた。

今思うと、その日の出来事について長くわたしのなかに印象として残ったのは、死んだ男のスモモの木について母が話してくれたことだった。

6　ジリス

秋の忙しいときに、ワルカ・ズィウィンの母親がわたしの母を手伝いにうちのウィグワムにやって来た。母は冬に食べる食材を保存していた。わたしはおばのことが大好きだった。母のように寡黙な人ではなかったからだ。おばは母より年上だったけれど、彼女のほうが陽気で、引っこみ思案でもなかった。すらっとしていて、びっくりするくらい背筋がまっすぐ伸びていた。母の髪は黒くて重たかったが、おばの髪はめずらしく細い巻き毛だった。

はじめて会ったときからずっと、おばは首に大きな青いビーズのネックレスをかけていた。そのビーズは大切なものだった。おばが若かったころ、おじがプレゼントしたものだからだ。歩くときの脚の振り方も独特だった。大股で歩くのだ。ほっそりした身体の人はそういう歩き方をめったにしない。おばが来たときは、母もいつもの平静さを忘れて、おばが面白いことを言うのを聞いては思いっきり笑うこともよくあった。

わたしは三つの理由でおばのことが好きだった。思いっきり笑うところ。わたしの母を陽気にさせるところ。さらに一番大きかったのは、わたしが母に叱られたときに涙を拭いてくれて膝に乗せて抱いてくれること。

寒い日の朝早く、丘のうえに太陽のまわりが黄色く見えてくるころ、わたしたちは起きて朝食をとった。朝早くに起きたおかげで、底なしの沼地に囲まれたくぼみのうえに靄のかかる、聖なる時間に立ちあうことができた。この奇妙な煙は冬でも夏でも毎朝見ることができたが、一番はっきりと見えるのは真冬のころで、沼地のすぐうえに立ちこめた。東の地平線に太陽が完全にのぼるころには、煙は消えてしまっていた。この土地のことを一番長く見てきたかなり年配の人も、くぼみから立ちのぼる煙が一日として天にのぼらなかった日はないと言っていた。

家の近くで遊んでいるときに、わたしは突然立ちどまって、畏敬の念にとらわれながら、未知なる炎から立ちのぼるこの煙をじっと見ていたものだ。蒸気が見えているあいだはウィグワムから離れるのが怖かった。母がついていてくれたら別だったが。

肥沃な沼地にある畑から、母とおばはトウモロコシをたっぷり収穫してきた。うちのウィグワムの近くにある草地のところに大きなカンヴァスを広げて、そこでその甘いトウモロコシを乾燥させた。なにも邪魔しにこないか見張っているように言われたわたしは、トウモロコシで作った人形を手にもってそのあたりで遊んでいた。そのキメが細かくて柔らかい絹のようなものを髪の毛に見立てて編んでやって、母の作業袋のなかにあったいろいろな端切れをブランケットにして掛けてやった。

トウモロコシを乾燥させているところに知らないお客さんが訪ねてきた。黒と黄色の縞の入ったコートを着た小さなお客さんだった。それは小さなジリスで、わたしのことが怖くないようで、カンヴァスの角のところに来て、甘いトウモロコシの実を抱えられるだけ抱えて逃げていった。わたしはなんとかそれをつかまえて、毛が生えたかわいい背中をなでたかった。もしつかまえたりしたら怯えてしまって、指を噛まれると母は言った。ジリスと同じように、トウモロコシのこちら側とあちら側にいるというだけでもわたしは満足だった。ジリスは毎朝、トウモロコシを取りにやって来た。夕方にもわたしたちの土地をうろつきまわっていた。見つけたときに「わー」と言ってやると、すぐに逃げて見えなくなった。

トウモロコシをすべて乾燥させると、母はつぎにカボチャを薄く輪切りにして、二切れをつないで輪っかにして、長い鎖状のものを作り、それを二又の支柱のあいだにかけた棒に吊るしていった。風と太陽のおかげで、カボチャの鎖はすぐにカラカラに乾燥させることができた。母はそれを、ぶ厚くてゴワゴワした鹿革のケースにつめこんだ。

太陽の光と風に当てて、母はチェリー、ベリー、スモモなどの野生の果実なんかもたくさん乾燥させた。わたしが幼かったころの秋の思い出として一番記憶に残っているのは、トウモロコシを乾燥させていたこととジリスが来たことだった。

わたしの人生のこの時期、夏の思い出はたくさんあるのだが、冬の思い出はほとんどない。とはいえ、覚えていることが一つだけある。

宣教師たちから小石の入った小さな袋をもらったのだ。小石は色も大きさも全部違っていた。そのなかには色のついたガラス玉も入っていた。晩冬のある日、わたしは母と川まで歩いていくと、川のほとりに氷のかたまりが積みかさなっていた。川面の氷は大きなかたまりになって浮いていた。その大きなかたまりの近くに立っていると、透きとおった氷のなかが虹色になっていることにはじめて気がついた。すぐにわたしは家においてあるガラス玉のことを想像した。虹の色は氷の表面にかなり近いところにあるように見えたので、素手でつかみ取ろうとしたが、強烈な冷たさに指が刺すように痛みだして、手を噛みながら泣かないように我慢していた。

その日から長いこと、ガラス玉のなかには川の氷が入っていると思いこんでいた。

7　大きな赤いリンゴ

のんびりとした自然な人生の流れが変わりはじめたのは早春のことだった。それはわたしが八歳のとき、三月のことだったとあとで知った。八歳のわたしは言語を一つしか知らなかった。生まれたときから母が使っていた言語だ。

遊び仲間から、村に二人の白人宣教師が来ていると聞いた。彼らがいうにはあの階級の白人たちは大きな帽子をかぶっていて、大きな心をもっているということだった。わたしは母のもとへまっすぐ走っていき、どうしてわたしたちのところにそういう知らない人が二人も来たのかと尋ねた。かなりしつこく聞いてみたところ、母はこう言った。あの人たちはインディアンの少年や少女をつかまえて東部へと連れていくために来たのだ、と。母はわたしにその人たちの話をしてほしくなさそうだった。一日、あるいは二日もたたないうちに、わたしは遊び仲間からその知らない人たちのすてきなエピソードをたくさん聞きだしていた。

「母さん、わたしの友だちのジュデウィンは宣教師たちと一緒についていくみたい。彼女はここよりももっときれいなところに行くみたい。白人たちがそんなふうに言ったんだって。」わたしは心のなかで自分も行きたいと思いながら、羨ましそうに言った。

母は椅子に座っていて、わたしは母の膝にぶらさがっていた。そこから季節を二つさかのぼったあたりで、わたしの兄のダウイーが、東部で三年間の教育を受けて帰ってきていた。彼が帰ってきたことで、母も自分が育った生活スタイルからだいぶ離れるようになった。まずウィグワムを覆っているものを、バッファローの革から白人が使うカンヴァスに変えた。今は細い支柱のウィグワムではなく、外国人みたいに、不格好な丸太小屋に住むようになっている。

「そうね、娘よ。ジュデウィン以外にも白人と一緒に出ていく人がほかにもいるでしょう。宣教師たちは妹のことも尋ねてきたとあなたの兄さんは言っていました」と母はわたしの顔をしっかりと見つめながら言った。

胸のところを心臓がかなり激しく打っていて、母にもそれが聞こえるのではないかと思った。

「兄さんは宣教師たちにわたしをつれていくように言ったの？」ダウイーが白人たちにわたしには会わせないと言ったのではないかと恐れながら、わたしは尋ねた。すてきな場所に行ってみたいというわたしの希望が、台なしになってしまうのではないかと思いながら。

悲しそうにゆっくりとほほえんで母はこう答えた。「ほらね。あなたも行きたがっていると思っていました。ジュデウィンがあなたの耳に白人たちの嘘を吹きこんだせいね。やつらの言うことは一言も信じてはいけません。やつらの言葉は優しいけれど、やることはひどいの。きっとあなたはわたしに会いたくなって泣くでしょう。でも、やつらはあなたを慰めることすらしません。わたしと一緒にいなさい、娘よ。あなたの兄さんのダウイーも言っています。母から離れて東部に行くのは、あなたのような小さな妹にはつらすぎる体験だって。」

こうして東の地平線の向こうにある土地に対するわたしの好奇心を、母は抑えこんだ。そのときはまだ学問に対する情熱に心を動かされていたわけではなかったので。とはいえその翌日、宣教師たちがまさにわたしの家にやって来たのだ。うちの小屋までつづく小道を宣教師たちがやって来るのを、わたしはひそかに見ていた。三人目の男の人が一緒にいたが、それはダウイーではなかった。もう一人の若い通訳で、インディアンの言語をたどたどしく話す白人だった。わたしは走っていって彼らを出迎える用意ができていたが、母の機嫌を損ねるようなことはしなかった。ただ、あまりにも嬉しくて、地面の床のうえで飛び跳ねていた。わたしは母に、扉を開けてほしい、追いかえさないでほしいと頼んだ。ああ、まさに彼らは来て、見て、征服したというわけだ。

ジュデウィンは赤いリンゴがなる大きな木の話をしてくれた。手を伸ばせば好きなだけ赤いリンゴが取れるのだと。わたしはリンゴの木を見たことがなかった。人生で赤いリンゴを一〇個ほどしか食べたことがなかった。東部の果樹園のことを聞いたとき、なんとかそこを歩きまわりたいと思った。宣教師たちは微笑みながらわたしの目を見て、頭をトントンとたたいた。どうして母は彼らにあのような厳しいことを言えるのかと思った。

「母さん、東部に行けば、小さな女の子でも好きなだけ赤いリンゴを食べられるのか聞いてよ。」わたしはささやいたつもりが興奮して声が大きくなってしまった。

通訳がそれを聞いて、こう答えてくれた。「そうだよ、お嬢ちゃん。すてきな赤いリンゴはもぎとった人のものなのだよ。ここにいる善良な人たちと一緒に行けば蒸気機関車にも乗れるんだよ。」

わたしは列車を見たことがなかったし、彼もそれがわかっていた。

「母さん、わたし東部に行く。大きな赤いリンゴが好きだし、機関車にも乗ってみたい。母さん、お願い。」わたしは頼みこんだ。

母はなにも言わなかった。宣教師たちは黙って待っていた。目に涙が滲んできたが、わたしはぐっと堪《こら》えた。口の横が引きつっているわたしのことを、母が見ていた。

「まだなんとも言えません。」母は彼らに言った。「明日、うちの息子に返事を届けさせます。」

こうして彼らはわたしたちの家から出ていった。母と二人になると、わたしは涙をこらえきれず、大声で叫びながら頭を振りまわしていた。母がわたしに言っていることを聞かないようにするためだ。自分の願望をこれほどかたくなに諦めようとせず、母の声に耳を傾けようとしなかったのはあれがはじめてのことだった。

その夜はわが家に厳粛な静けさがあった。寝る前に、わたしは大いなる霊にお願いした。母が喜んでわたしを宣教師たちと一緒に行かせてくれますようにと。

つぎの日の朝がやって来た。母がわたしをそばに呼びよせた。「娘よ、おまえはまだ母のもとを離れたいと思っているのかい。」母は尋ねた。

「母さん、わたしは母さんのもとを離れたいわけではないの。わたしはすてきな東部の土地が見てみたいの。」わたしは答えた。

その朝、大好きなおばがうちに来た。彼女がこう言うのが聞こえてきた。「あの子にやらせてみなさい。」

いつものように、おばはわたしの味方になってくれると思っていた。兄が母の決意を聞きにやって来た。わたしは遊びをやめて、おばの近くにすりよった。

「そうね、ダウィー。娘は行きたがっています。それがいったい何を意味するのかわかりもしないで。大人になったらこの子も教育が必要になるでしょう。そのころには、本当のダコタ族は少なくなって、白人の数が増えていることでしょうから。もし母親が娘を教養のある女性にしたいのなら、こんなに幼いのに、娘を手放す必要があるのね。白人たちは土地を盗んだわけだから、わたしたちにとてつもない借りがあります。その白人たちがわたしたちの子どもに教育を施すことで、遅ればせながら借りを返しはじめたというわけなのね。でも、わたしにはわかります。娘はこの実験でひどく苦しむことになるはずです。娘のことを思うと、宣教師たちに対するわたしの返事をあなたに伝えることが怖くなります。行って彼らに言いなさい。わたしの小さな娘をつれていってもいいと。大いなる霊は彼らの心にふさわしい報いを必ず与えるだろうと。」

重たいブランケットにくるまれて、わたしは母と一緒に馬車まで歩いた。馬車はすぐに出発し、機関車のところまでつれていってくれることになっていた。わたしは嬉しかった。遊び仲間もいた。彼らも一番いい厚手のブランケットをまとっていた。ビーズのついた新しいモカシンや新しい服のまわりのベルトの幅などを見せあった。そのあとすぐ、白人の馬に引っぱられて馬車は勢いよく動きだしていた。寂しそうな母の姿が遠くて見えなくなったとき、後悔の気持ちがずっしりとのしかかってきた。わたしは突然弱気になった。弱々しくて地面に倒れてしまうかのように。わたしは知らない人たちの手に委ねられていた。母がまだ完全には信用していない人たちの手に。もはや自分らしく自由にふるまえるわけでもないし、自分の感情を自由に表現することもできない。涙が頬をつたって滴りおちた。ブランケットの折り目のところに、わたしは顔をうずめた。こうして母との別れという最初の一歩を踏みだしてしまったのだから、あとから泣いてもしかたがなかった。

三〇マイルほど行ったところで渡し船に乗り、その日の午後にはもうミズーリ川を渡っていた。それからさらに数マイル東へ進み、大きなレンガ造りの建物の前で止まった。それを見てわたしは驚いた。なんとなく不安な気持ちにもなった。自分の村ではこれほど大きな家を見たことがなかったからだ。白人に対する恐怖と不信感からわたしはぶるぶると震えていた。移動中に凍えきってしまっていたので歯がガチガチ鳴っていた。わたしは柔らかいモカシンの靴で、狭い廊下を音も立てずに歩いていった。なにもない壁のそばから離れないようにして。わたしはとらわれた野生の生き物の子どものように怯え、うろたえていた。

訳註

（1）ネイティヴ・アメリカンが伝統的に使用していたドーム型の住居。

8

ドルがもたらす威厳

(一九一〇年発表)

ジャック・ロンドン

ジャック・ロンドン（一八七六〜一九一六年）

カリフォルニア州サンフランシスコに生まれる。少年時代は肉体労働と放浪に明け暮れる。アザラシ漁船の乗組員として日本にも二度訪れている。代表作は小説『野性の呼び声』（一九〇三年）、『白い牙』（一九〇六年）、『鉄の踵』（一九〇七年）、『マーティン・イーデン』（一九〇九年）など。

訳者解題　アメリカ資本主義の限界と社会主義

二〇一八年、アメリカのギャラップ社が行った調査によると、アメリカの若者（十八歳〜二九歳）の五一パーセントは「社会主義に好意的」だという（「資本主義に好意的」は四五パーセント）。冷戦下のアメリカにおいてタブー視されてきた社会主義や共産主義がアメリカの若者たちのあいだで見直されつつあるのは、自分たちの責任ではないにもかかわらず、いつのまにか背負わされている重荷——深刻化する経済格差、学費ローンの返済、不安定な雇用——を拒否しようという彼らの意志のあらわれともいえる。考えてみれば、アメリカにおける社会主義の歴史は古く、しかも根深い（アメリカ社会党が結成されたのは一九〇一年。さらに一九一九年にはアメリカ合衆国共産党が結成される）。そのような声を押し黙らせて、経済第一の、あるいは新自由主義的な政策を推しすすめ、社会支出を切りつめようとしてきたアメリカ政府の責任は重い。そうやって放置してきた社会福祉や医療提供体制などの不備が、二〇二〇年の新型コロナウイルス感染拡大によって完全に露呈したのである（ちなみにロンドンは『赤死病』という小説のなかで感染症によるパンデミックを描いてもいる）。そういうアメリカで今、ミレニアル世代を中心とする若者たちのあいだで社会主義が注目を集めているのだ。アメリカ社会党の草創期メンバーの一人であったジャック・ロンドンの作品が近年、たてつづけに映画化されているのもそういった潮流が背景にあるのだろう（二〇一九年にピエトロ・マルチェッロ監督『マーティン・エデン』、二〇二〇年にはクリス・サンダース監督『野性の呼び声』が公開されている）。

「ドルがもたらす威厳」はロンドンが一九一〇年に発表した評論集『革命その他』に収録されているエッセイのなかの一つである。金の力に左右される人間の心の動きを描くと同時に、金貸しが利鞘《りざや》を稼ぐからくりを告発するものでもある。とはいえ、金があるときは世界が肯定的に見えてくるという人間の愚かしさもまたロンドンの主題の一つであった。

ドルがもたらす威厳

人間というのはひたすら盲従する無力な生きものである。過去から受けついできた数々のものを誇らしげに振りかえっては、考えもせずその遺産の力の前にひれ伏す。過去から受けついできたものがその人の存在とともに立ちあらわれてくるのであって、魂はそこにもっとも深く根をおろす。がんばってみたところで逃れることはできない――天才でもないかぎり。天才とは、稀有な生きものの一つで、彼らにはまったく新しい独創的なやり方でまったく新しい独創的なことをする特権が授けられている。一方、土から生まれた普通の人間が手にするのは器用さだけであって、これまでなされてきたことを彼らはただ繰りかえす。一所懸命がんばって、自分のことをたいそう気にする人でも、せいぜい、かつてなされた行為のうち、自分と同じタイプのものを部分的に、あるいはそのすべてを反復するだけだ。より巧妙に反復する場合もあるだろう。しかし、そこまでである。先人たちが寄りあつまってうえから押さえつけてくるからだ。

繰りかえしになるが、その人の考え方についても同じことがいえる。押しつけられた考え方というものもあるし、また、物心ついたとき以来、さらには母の温かい胸からおそるおそる離れたとき以来、この大いなる世界から自分の力で手に入れてきた考え方というものもある。いずれにせよ、そういうものの支配を免れることはできない。そういった考え方は、こちらが意のままに操ることもできれば、こちらを支配してくることもある。天才であればそのような考え方になんら強制されることはないだろうが、土から生まれたものたちの行動はそれに指図されるだろうし、揺さぶられたりもする。新たな船出に踏みだそうとするその瞬間に躊躇《ちゅうちょ》しようものなら、彼は鞭でうたれ、もとどおり正常に働くよう強制される。まだだれも踏みいったことのない領域を目にして、戸惑いながら立ちどまっていると、どこまでもつきまとってくる道しるべのようにそれがふと立ちあらわれ、村道を通って共有地のほうへ進むよう促してくる。黙ってそれを受けいれるしかない。どうしようもないからだ。彼は一人の奴隷なのである。みずからの考えにもとづいて巧妙な理論や美しい理想を作りだすこともあるだろう。しかし、それは頼りない作業なのである。ちょっとした圧力がかかっただけで、その結合力は最後の一片まで失われ、個々の概念が仲間たちと離ればなれになってしまう。その人が昔ながらの古いやり方で、自分はこれをする、自分はこういうことを考えると騒いでいるあいだにそうなってしまうのである。しょせんは土から生まれた人間なのであって、結局は屈服することになる。そうやって思い知るのだ。土から生まれた人間たちは哀れで薄情な多数派であって、みながしようとしないことは自分だってしないだろうと。

こういった点を踏まえずに、わたしたちは、金《ドル》にまとわりつく威厳というものを理解できないだろうし、それを説明することもできないだろう。夜中であれば、そんな威厳なんてありはしないと自信をもって言えるかもしれないが、明るいうちに仲間たちと張りあっているときは、そういうものがたしかに存在するし、たまたま所有している金によって品定めしている自分に気がつく。金は自信と態度と威厳——そうだ、裸であることを隠すための衣装よりも深いところにある個人の尊厳——をもたらす。ある男のことをほかになにも知らない場合、世間はその衣服で判断する。しかし彼自身は、天才でも哲学者でもなくて、ただ土から生まれた人間なのだとしたら、自分のことを財布で判断するだろう。そうするしかないわけである。ダンスホールを横切る内気な若い男が自意識を払拭できないように、彼は財布を投げすてるわけにいかないのだ。

わたしは気が滅入っていた数ヶ月のあいだ、文明から離れていたことを思いだす。わたしが帰ったところは別の国の見知らぬ都市になっていた。わたしが母乳と一緒に飲みこんだ言葉よりもはるかに古い荒々しいアクセントなどはまだ残っていたものの、人々はわたしが生まれ育った環境とは少し違った世界に生きていて、みな同じ言葉を話していた。わたしはといえば、野宿での火のせいで焦げて汚れた毛皮の帽子に、伸び放題になったボサボサの巻き毛が半分隠れているといった状態だった。靴はアザラシの内臓で巧妙につぎあわせたセイウチの毛皮でできていた。残りの服は原始的でみっともないものであった。神であれ、人間であれ、見ているだけで笑えるような格好だった。オリュンポスの神々だってわたしが来るのを見て大笑いしていたにちがいない。わたしのことを知らない世間の人々はこのような格好だけでわたしのことを判断していたのだろうが、そういうふうに見られるなんてまっぴらごめんだった。わたしは心を引きしめ、頭をぐっともちあげて、相手の目を見た。こういうことをするのは、わたしがエゴイストだからではなく、またこちらを批判するような連中のまなざしに鈍感だからでもない。豚革のベルトのおかげなのだ。血と汗が染みこんだ、よれよれの豚革ベルトで、腰上の地肌のところでとまっていた。なんて愚かなやつだ。わたしもそう思う。もしベルトがこのような場所でこのような状況でなかったなら、わたしだってそそくさと横道やら路地やらに逃げこんで、みすぼらしく歩いていただろうし、社交的な人間たちをみな避けていただろう。相手がベルトなんて身につけない外国人なら別だが。では、なぜそうしないのか。わからない。わたしの先祖たちがそうやっていたからとしかいいようがない。

落ちついて考えてみれば、すべてが馬鹿げたものだった。自分が侵略した文明人よりも偉大だと思いこんでいる野蛮人にでもなったつもりで、あるいは英雄になった気分でわたしはタラップを降りた。ローマの司令官のような傲慢さに取りつかれていたのである。特権階級に生まれるということがどういうことなのかようやくわかったわたしは、宮廷に向かう馬車にでも乗りこむつもりで、ホテルの車に腰をおろした。誇らしげなわたしのまなざしを前にして、みな慎重に目を伏せるので、わたしは彼らが心のなかでこんなふうに問いかけていると思いこんだ。このかたはいったいどういう人なのだろう、と。わたしはありきたりな考えを超越していて、この衣装の力で――一つ間違えばわたしは地獄に落ちていただろう――高みへと導かれていたのである。もちろん、こういったことはわたしが王家の血筋をひいているからでもなければ、これまではたしてきた行いのためでもなく、闘士たちを打ち倒してきたからでもない。すべては地肌のところでとまっている豚革ベルトのおかげだった。数ヶ月分の汗が染みこんでいて、労働によってボロボロになった豚皮ベルトのおかげなのだ。美を愛する人であれば心ときめかせることもないだろうが、そこには秘密が隠されていたのだ。黄色いざらつきの一つ一つがわたしの喜びであり、このざらつきの数がわたしの強さをそのまま物語ってくれていた。ざらつきの数が減れば、わたしの名声もその分低くなっていたことだろう。ざらつきがこれ以上増えれば、わたしは天にまで達していたはずだ。

　こうしてわたしはもっとも従順な都市を王のように行進したのである。わたしは商人たちからたくさんものを買い、それによって喜びと気晴らしを得た。これまでずっと不当に扱われてきたものに見合った喜びと気晴らしを。わたしは惜しげもなく自分の金をばらまいた。市場や取引所で値段を交渉することもなかった。こういうことをすることで敬意を払ってもらいたかったのである。それが叶わなかったわけでもなかった。風をうけてしなっている木々のあいだを抜け、陽のあたる湿地を通りすぎた。そこは何千もの従順なまなざしが放つ光線によって照らされていた。こういったことに飽きてくると、みなが集まるような芝生のうえで寝転がっていた。金というのは大いに結構なものだとわたしは思った。しばらくは満足だった。ところがである。突然、エラスムス(1)のつぎのような言葉が頭のなかを駆けめぐったのだ。「金がいくらかあるときは、ギリシャ語の本を何冊か買うことにしている。そのあとで服を少し買う。」わたしは身も心も恥ずかしさでいっぱいだった。ただ、わたしは反省し、救われたのである。魂の健全さのことを思うと幸いだった。わたしを救ってくださった幻想がより明確になってきて、そこにわたしはエラスムスを見たのである。焔《ともしび》のような光を放つ、天から生まれてきた人。それに対してわたしは土から生まれたただの人間、地上の子だった。ほんの一瞬だけ目がくらんだわたしはこのことを忘れて、ふらついてしまった。わたしは芝生のうえに寝転がって、起伏に富んだ峰々を眺めながら、個々の神々に感謝した。こういう狂気じみた気分がすぐに過ぎさってくれたことを。

　しかしこれはまた別の日のことだが、王みたいに偉そうな態度で忠臣たちに支えられながら、わたしは別の男の言葉を思いだしていた。ずっと忘れていたその男は生まれながらの貴族で、根っからの哲学者であり、紳士だったのだが、事情があって困難な状況に陥っていた。その彼がこんなことを言っていた。「丸太ほどのセンスしかもちあわせていない指導者というのは馬鹿な指導者と同じくらいひどいものだ。財産が山ほどあるというだけで、自分に仕えてくれる賢者や善人を数多く抱えこんでいる。しかし、なんらかの不測の事態が生じたり、法律上のトリック（ときにはこれが偶然と同じくらい大きな変化をもたらす）などがあったりして、このような財産がすべて主人から一家のうちもっとも身分の低い召使たちの手にわたることになったりすれば、彼自身があっという間に使用人たちの一人になることだろう。まるで彼が一つのものであって、財産の一部となっていて、その運命は財産の行方に左右されるかのようだ。」

ここまで思いだしておきながら、このときわたしは愚かにも立ちどまりもせず、反省もしなかった。そして所持品をかき集めて、豚革ベルトをしっかりと締めて、わたしは故郷へと向かったのであった。じつに愚かな行為だった。今はたしかにそう思う。しかし、理性を取りもどしたわたしは、個々の神々にくってかかり、激しく非難したのである。見ていてくれなかった罰としてわたしは彼らを塵とかクモの巣のなかに追いやっていた。いや、それほど長いあいだではない。いまではまた神聖なものとして大事にしているし、神々は以前と変わらず輝かしく、頼りがいがある。わたしの運命はふたたび彼らの保護のもとにあるのだ。

苦労とか人生の浮き沈みとか、その人の足跡によって時間の流れが見えてくる。墓場へと前のめりにつんのめっていくわけだからそれはそのとおりだろう。それで結構だ。苦いものがなければ甘いものを知ることもないだろう。先日——いや、昨日のことだ——わたしは運命のリズムを前にしてひっくりかえってしまった。容赦のない振り子が逆方向へと振れたのだ。わたしには急いでやらなければならないことがあった。豚革ベルトは薄っぺらで、ひもじさそのものであって、もはやわたしの腰に強く巻きついてはくれなかった。窓からぼんやりと、それほど遠くもないところを眺めていると、ごく普通の男が一人、キャベツ畑で一所懸命に働いていた。ここにいるわたしなら、あの男がいま働いている畑についていろいろと教えてやることができるのに、と思った。なぜ肥料に窒素を混ぜあわせるのかとか、太陽がもたらす錬金術のこととか、顕微鏡で見たときの植物の細胞構造とか、根や蔓の謎めいた化学反応とか。ただ、そのタイミングで、男は作業で疲れた背中を伸ばし、休憩しだしたのである。男は額に汗をかきながら自分が育てたものを眺めまわしたあと、わたしのほうを見た。寂しそうに突っ立っている男の姿そのものが苦言を申したてていた。「水みたいに不安定だ」と彼は言った（たしかにそう言ったと思う）。「水のように不安定だから、おまえは優れた者ではありえない。男よ、おまえのキャベツはどこだ。」

わたしは怯んだ。しかしだんだん言いかえしたくなってきた。その問いに対して答えようとは思わなかった。男にそんなことを問う権利などなかった。彼の存在は風景に対する侮辱だった。わたしのなかに尊厳が立ちあらわれてきたのだ。首に力が入り、わたしは頭をぐっともちあげた。わたしは財産の証書をかき集め、男とキャベツに背を向けて、街へと繰りだした。わたしは今でもただの人間なのだ。こういった証書に恥ずべきことなどなにもない。とはいえ、まったく！　わたしはキャベツ畑の男を地平線の向こうまで蹴飛ばして、その同じ足で人類の激流――男たち、女たち、子どもたち――のほうへとどんどん吸いよせられていった。臆病な老浮浪者のようにふらつきながら。連中はわたしに関心がないし、わたしも彼らを気にはしない。そういうことはわかっているし、感じてもいる。世界の子宮［仏教でいうところの「胎蔵界」のことか］のなかで火を浴びたあとの女神のように、わたしは自分が小さくなったように見えた。足取りは重く、不安定だった。魂は食料袋のようになっていて、中身がなくてへなへなで、真んなかのところを縛られていた。みなのまなざしには軽蔑や憐れみ、非難がこめられていた（たしかにそうだったと断言できる）。どのまなざしからもつぎの問いかけを読みとることができた。男よ、おまえのキャベツはどこにある、と。

わたしは人目を避けた。縁石の近くで小さくなりながら、どちらに進めばいいのかとこそこそまわりをうかがっていた。ようやくその場所にたどりついたわたしは、知り合いがこちらを見ていないかと左右をそっとたしかめて、悪事に手を染めようとしているかのように急いでなかに入った。神に誓っていうが、わたしは悪いことをしていないし、だれかを不当に扱ったこともない。悪事など夢見たこともない。とはいえ、悪とは何かをわたしは知らなかった。では、なぜ。わたしにはわからない。わかっていたのは、金があればそれだけ威厳がそなわり、片方がなければ、もう一方も手に入らないということだ。わたしが探していたのは、神託と同じくらい古くからある仕事、しかしそれよりはるかに儲かる仕事をしている人物だった。出エジプト記(2)にも出てくるものだ。ということは、おそらくこの世界ができたすぐあとに作られたものにちがいない。聖職者たちが怒鳴ってこようが、王や征服者たちが力で攻めてこようが、今日まで耐えてきたものだ。運命の切り札が公になり、あらゆることが均衡を保つようになるまでは、このもっとも優れた仕事の帳簿が閉じられることはないといっても過言ではない。

そういうわけだから、わたしは怖くて震えながら、まったく平身低頭の状態で、その人がいる場所へと入っていった。驚いたと言ってしまうと本当の気持ちを偽ることになるだろう。その責任はシャイロック[3]とかフェイギン[4]とかその手の連中にあるのかもしれない。わたしはまったく別のタイプの人間を想像してしまっていたのだ。なぜかその男は見るからに清潔そうで、青い目をしており、苦労して研鑽をつんできたような疲れた顔をしており、座って仕事をする者にありがちな色白の肌をしていたのである。革綴じの地味な本を読んでいた。かたちのよい賢そうな頭のうえにはスカルキャップ[5]がのっていた。たしかに大学教授のような見た目と物腰だった。期待に大きく胸がふくらんだ。ここには希望がある。しかし違った。彼は冷たく輝く目でわたしをじっと見据えながらこちらをうかがっていた。場が凍りついた。彼の前ではわたしの財務状況など身震いするような恥ずべきものだった。わたしは心のなかで自問自答した。額を見るかぎりこの男は哲学者だ。とはいえ、この男の知性は人の不幸を食いものにして金を取りたてるために使われている。判断と意志をつかさどる彼の神経中枢は人生の諸問題を解決するために使われているのではなく、他人の破産を食いものにしてみずからの財力を維持していくために使われてきたのだ。彼は人の悲しみにつけこんで取引をし、人の不幸で生計を立てている。涙を金に変え、裸と空腹を食いものにしてみずからは清潔な衣服を身にまとい、私腹をこやす。彼は人の血を吸って生きるヴァンパイアなのだ。一セント単位までこだわって天国にも地獄にも汚れた手を伸ばす。まさに存在そのものが冒涜であって神の名を汚すものなのだ。しかしその場にいるわたしは彼を目の前にしてしょげてしまい、まったくの臆病者になっていた。彼を敬う気持ちはなかったが、それ以上に自分自身を敬うことができなかった。このような恥ずかしい思いをなぜしなくてはならないのか。自分の力で奮いたって、この男をぶん殴ってやりたい。そうやって、屈辱的な人生の一ページを拭いさってしまいたい。

しかし、そうはいかないのだ。先に述べたように、彼は冷たく輝く目でわたしを見据えていた。そこには上流階級の者が下層民に対して抱くあからさまな軽蔑があった。その背後にはブルジョア社会の固い結束があった。彼の場合は法と秩序が支えになっていたが、わたしはでこぼこの崖っぷちをキャベツをもたずふらついていた。もっというと彼は、しなびたレモンからどのようにして果汁を搾りとるかということばかり考えていて、わたしとも取引するつもりだったのである。

わたしは声を震わせながらへりくだった態度でみずからの願いを申したてた。それに答えるかたちで、彼はわたしの履歴や住所などを知りたがり、私生活についても根掘り葉掘り聞いてきた。さらに、子どもは何人いるのかとか今も配偶者はいるのかといったことを遠慮もせずに尋ねてきたし、ほかにも不適切なことや下劣なことをいろいろと質問してきた。そうだ、わたしはまだなにもやっていないのに有罪とみなされた窃盗犯のように扱われたのだ。わたしは例の証書を彼に見せた。わたしが所有しているものや動産を証する書類である。彼はそれを鼻であしらった。そのときほどわたしの書類が無意味で、くだらないものに見えたことはなかった。やりたくもない仕事をばかにしながらやっているというような空気が漂っていた。「金銭の利息であれ、食物の利息であれ、すべて利息をつけて貸すことのできるものの利息を、あなたの同胞から取ってはならない」〔『申命記』二三章十九節〕というではないか。明らかに彼はわたしの同胞ではなかった。というのも彼は七〇パーセントを要求してきたからである。わたしはいくつかの契約書に署名をし、自分の食い扶持を受けとって、その場から逃げるように立ちさった。ふう。やっと自由の身だ。外の空気がなんと素晴らしかったことか。親友にもライバルにもこの一件が知れわたりませんようにとただ祈るだけだった。一区画も進まないうちに、わたしは太陽が見るからに明るく輝いていたことに気がついた。通りも先ほどより薄汚れた感じではなくなり、溝の泥も先ほどのように汚らしくはなかった。みなの目を見ると、そこにはもうキャベツがどうのこうのという問いかけはなかった。身体に一本のバネがそなわったわたしは弾むように舗道を歩いた。あまり見たこともないような樹液が体内を流れ、葉っぱやら蕾やら、自分自身が緑色になって咲きだそうとしているかのようだった。頭は明晰で、スカッとしていた。腕にも新たな力がみなぎっていた。神経が打ちふるえ、わたしは時の流れとともに脈動していた。だれもがわたしの同胞だった。一人をのぞいて、そうだ、あいつは別だ。今から戻って、あいつのいる場所を破壊してやろうか。皮綴じの本を引き裂いて、あの黒い頭蓋帽を汚してやって、帳簿なんかも燃やしてやろうか。ただ、空想を実行にうつす前に、わたしは自分のことやこれまでのことを振りかえってみた。わたしは新たに手に入れた力に衝撃を受けているわけでもなければ、かつての威信を取りもどしたことに驚いているわけでもない。指からこぼれる黄色いものをジャラジャラさせて、その金色の音楽が波紋のように自分のまわりに広がるなか、わたしは物事の謎にいっそう深くせまる洞察力を手にいれたのである。

オークランド、カリフォルニア
一九〇〇年二月

訳註

（1）デジデリウス・エラスムス（一四六六〜一五三六年）。オランダの人文学者。主な著作に『愚神礼賛』（一五一一年）などがある。

（2）『出エジプト記』第二二章二五節「あなたが、共におるわたしの民の貧しい者に金を貸す時は、これに対して金貸しのようになってはならない。これから利子を取ってはならない。」『聖書』（日本聖書教会、一九八九年）

（3）イギリスの劇作家ウィリアム・シャイクスピア（一五六四〜一六一六年）の喜劇『ヴェニスの商人』（一五九六〜一五九八年）に登場するユダヤ人の金貸し。

（4）イギリスの小説家チャールズ・ディケンズ（一八一二〜一八七〇年）の長編小説『オリヴァー・ツイスト』（一八三七〜一八三九年）に登場するユダヤ人の金貸し。

（5）カトリック司教やユダヤ人がかぶる小さく円い帽子。

9

シカゴの殺し屋、激化する政治抗争

(一九二一年発表)

アーネスト・ヘミングウェイ

アーネスト・ヘミングウェイ（一八九九～一九六一年）

イリノイ州オークパークに生まれる。ジャーナリスト、作家。一九一八年、第一次世界大戦のさなか、ヨーロッパでの戦線に赴《おもむ》き重傷をおう。一九三〇年代、スペイン内戦の際にも戦地に赴く。そのような体験をもとに『武器よさらば』（一九二九年）や『誰がために鐘は鳴る』（一九四〇年）を書く。その他代表作に『日はまた昇る』（一九二六年）、『老人と海』（一九五二年）などがある。一九五四年、ノーベル文学賞を受賞。

訳者解題　狂騒の二〇年代──禁酒法とマフィア

第一次世界大戦のときにドイツが敵性国とされたことによって、二〇世紀初頭のアメリカではビールが問題となった。ビールといえばドイツ。敵性国ドイツのビールなど飲んでいられるか、というわけである。もちろん、飲酒に対する反感はそれ以前からあった。給料を酒場に費やしてしまう夫に業を煮やす妻たちや、飲酒は道徳的な退廃を招くと考える聖職者たちなど、世論を巻きこむかたちで飲酒に対する反対運動（婦人キリスト教禁酒同盟や反酒場同盟などが中心。ちなみにヘミングウェイの母もこの運動に参加していた）が広がりを見せるようになっていく。そうして一九二〇年、国家禁酒法が制定されるにおよび、アメリカ全土で飲酒が法規制の対象となる。大量生産・大量消費によって空前の好況を呈していた一九二〇年代のアメリカにおいて、ジャズとダンスで高揚する大衆に酒が必要でないわけがなかった。むしろ国家禁酒法が制定されたことで、皮肉にも飲酒がブームになっていくのである。そういう非合法の営みをビジネスとして組織的に展開したのがマフィアである。

イリノイ州シカゴはそのようなアルコールの密輸・密造の拠点の一つであった。アルコールの密輸や密造を取りしきっていたのはギャングたちであり、シカゴではアイルランド系のギャングたちとイタリア系のマフィアたちがそれぞれの利権をめぐって対立していた。殺しあいにまで発展したその抗争を取材したのがヘミングウェイの「シカゴの殺し屋、激化する政治抗争」である。イタリア系マフィアのボスであるアンソニー・ダンドレアが暗殺されたあと、シカゴのイタリア系犯罪組織を支配するようになったのがアル・カポネである。ちなみにフランシス・コッポラ監督『ゴッドファーザー』の原作者であるマリオ・プーヅォは、マフィアのセリフを書く際にヘミングウェイの作品を参考にしたという。とはいえ禁酒法制定の翌年、ヘミングウェイ自身は『トロント・スター』紙の特派員としてパリに渡るのだが。

シカゴの殺し屋、激化する政治抗争

市会議員の議席をめぐって争う二人　衝撃の処刑リストへと発展
一方のリーダーが撃たれて死亡
酒場ではもっぱら不吉な兆候、うわさ、ささやき声「つぎはだれが？」

アンソニー・ダンドレア——色白で眼鏡、シカゴ十九区市議会選挙に落選した市会議員候補——は、自宅の前で箱型自動車から降り、手に自動式拳銃をもったまま、用心しながら階段をうしろむきにのぼっていた。

左手を伸ばして呼び鈴を押そうとしたそのとき、隣のアパートの窓から二つの真っ赤な炎が吹きだして、彼はなにも見えなくなった。爆音を耳にした瞬間、殴られたような嫌な感触がした。ショットガンの銃弾による衝撃を受けていたのである。

シチリアの小さな町で聖職者になるための勉学に励んでいた色白の少年、その人生の末路がこれである。海の向こう、シチリアの陽のあたる丘からシカゴのにわか成金の巣窟へとたどり着いたその人生の末路がこれであった。刑務所に入ったあと出所して、シカゴの政治抗争――これほど血で血を洗う抗争はかつてなかった――へと至る旅路。

とはいえ、実際はまだつづきがあった。鼈甲縁《べっこう》の眼鏡は割れてはいたがまだ耳にかかっていた。うずくまった身体は肉が裂けていたものの、顔面蒼白のダンドレアは、膝で身体を支え、闇のなかを近視の目でにらみ、彼に致命的打撃を与えたショットガンの銃声のほうに向けて自動式拳銃を五発撃ちこんだ。

ここ数ヶ月、ダンドレアはいつかこんなふうに殺されるだろうと思いながら、帰宅するときは必ず手に銃をもっていた。そういう運命なのだとわかっていたのだ。ただ、そのような判決を受けいれるつもりはなかった。こういったことが、今シカゴを揺るがしている殺し屋たちの政治抗争の、終わりなき物語の一部となっている。

身体に十二発の銃弾を受けたアンソニー・ダンドレアは今日、ジェファーソン・パーク病院で息を引きとった。パレルモ大学で教育を受けた彼は、聖職者への道をあきらめ、アメリカに渡ってきた。シカゴで彼は、町でもっとも裕福といってもいい家庭の者たちに外国語を教えていた。生徒のなかには社交界の新顔もたくさんいた。一八九九年にアメリカ市民権を得たダンドレアは、小規模ながらその後数年で不動産屋、マカロニ工場、銀行家など、さまざまな事業を展開した。

シークレットサービスの捜査官たちが彼の自宅に踏みこんできたのは一九〇二年のこと、ダンドレアが偽造一〇セント硬貨をシカゴにばらまいている張本人だという情報があったためである。政府の捜査官たちによって、ダンドレアの自宅とマカロニ工場で偽造硬貨が発見された。彼は裁判にかけられ、有罪となり、ジョリエット刑務所に収監される。十三ヶ月服役したところで、ルーズベルト大統領の恩赦により釈放された。

アンソニー・ダンドレアの経歴

出所したあと、彼はイタリア人の労働運動指導者となり、まもなく政界に進出するつもりだと公言した。政界への最初の挑戦は一九一四年のことであった。郡政委員になろうと出馬したものの敗北を喫する。

二五年間、第十九区の市会議員をつとめていたジョン・パワーズにはじめて挑んだのは、一九一六年のことだった。ルーズベルト大統領による恩赦のおかげで公職就任権は剥奪されていないと証明したものの、ダンドレアは過去の経歴のせいでパワーズに敗れる。

とはいえ、イタリア人に対する影響力はその後も大きくなっていき、やがてパワーズ対ダンドレアの抗争にかかわる最初の殺人事件が起きる。パワーズの強力な支持者だったフランク・ロンバルディが酒場で殺害されたのである。

最近の選挙では、まずパワーズ議員の自宅が爆破され、つづいてダンドレアの拠点が爆破された。そのときちょうど会議中だったため、ダンドレアの子分が何人も重傷を負った。

この十一月の選挙では、イタリア人のあいだで「ジョニー・デ・パウ」の名で知られているパワーズ議員が四〇〇票差で勝った。ダンドレアはすぐさま異議を申したて、そこから一連の殺しあいが始まった。

パワーズの強力な運動員だったガエターノ・エスポジートは、町のど真んなかで、疾走する車から投げすてられた。身体には銃で撃たれた痕がいくつも残っていた。パワーズの後釜と目されていた、地方裁判所の廷吏パウル・A・ラブリオラは、裁判所に向かう途中、五人の男たちに囲まれ、撃ち殺された。倒れたところを暗殺者の一人が至近距離から背中に五発撃ったのである。

同じ日に、ハリー・ライモンディはみずからが経営する食料雑貨店で撃ち殺された。ライモンディはシチリア人で、ダンドレアの友人であり、またパワーズの強力な運動員でもあった。

警察が入手した情報によると、パワーズの運動員二五名が処刑リストにあがっていた。つまり、その全員が命を狙われているということだ。この地区のパワーズ支持者たちは生きた心地がしない。そこで出てきたのが報復行為および復讐の脅しである。

パワーズ議員は「ダンドレアは死んだも同然だ」と語ったとされている。「こっちも黙ってはいない。」すべてが静まりかえった。こうして五月十一日、ダンドレアは撃ち殺されることになったのである。シカゴ第十九区の抗争はまだ終わったわけではない。酒場やカフェでは不吉な兆候があり、うわさがあり、ささやき声が聞こえる。ささやかれているのは「つぎに死ぬのはだれか」、これである。

多くの答えが今もそこにある。

10

ユージーン・オニールの衝撃的な話

（一九二二年発表）

メアリー・B・マレット

メアリー・B・マレット（生年不詳〜一九三二年）

インディアナ州ヴェヴェイに生まれる。アイオワ州クリントンの学校を卒業したのち、『シカゴ・トリビューン』や『ニューヨーク・タイムズ』で働き、数々の特集記事を書く。一九一七年から一九二四年の間、『アメリカン・マガジン』の編集長を務める。

訳者解題　ユージーン・オニールの演劇論

マレットがインタビューしたユージーン・オニールは、一八八八年にニューヨーク、ブロードウェイのホテルの一室で生まれる（父親はアイルランド系有名俳優ジェイムズ・オニール）。プリンストン大学退学後の放蕩生活が災いしたのか、結核を患う。その後心機一転、劇作家になることを決意し、一九一六年の『カーディフを目指して』でデビューする。当初は海洋一幕劇を中心に作品を発表し、一九二〇年の『地平の彼方』でブロードウェイに進出する（同作品でピューリッツァー賞を受賞）。一九二〇・三〇年代のアメリカ演劇を牽引するが、第二次世界大戦後はほとんど注目されなくなる。一九五三年、ボストンのホテルの一室でその生涯を終える。彼の最後の言葉は、「ホテルの一室に生まれて、ちくしょう、ホテルの一室で死ぬのか」であった。しかし死後に発表された『夜への長い旅路』（一九五六年）で再評価され、「アメリカ近代演劇の父」と呼ばれるようになる。ピューリッツァー賞を四度受賞し（生前三回、死後一回）、さらに一九三六年にはノーベル文学賞をアメリカの劇作家としてはじめて受賞する。

「ユージーン・オニールの衝撃的な話」は、オニールが「近代アメリカ演劇の父」と評価される以前の、彼が世間の注目を集めはじめたばかりの一九二二年に『アメリカン・マガジン』に掲載されたインタビュー記事である。このなかで新人劇作家であったオニールは大きくわけて三つのことを話している。一つめは、青年期から劇作家としてデビューするまでのあいだ、彼がどのように生きてきたかということ、二つめは、彼がどのようにして作品を創作しているか、その劇作手法について、そして三つめに、オニールがどのような人物を舞台上に登場させ、そしてそれら登場人物たちの姿をとおして、観客たちに何を提示しようとしたのかということである。

ユージーン・オニールの衝撃的な話

有名な俳優ジェイムズ・オニールの息子として生まれたユージーン・オニールは、教育的には非常に恵まれた環境に育っていたが、二〇歳のときに平水夫として船に乗りこみ、数年を海のうえで過ごした。世界各地の港を訪れ、波止場にある酒場を飲み歩いた。三四歳となった彼は、この三年のあいだ、演劇シーズンに入るたびに作品を発表しては、大きな評判を巻きおこしてきた。

三年前ユージーン・オニールは、ニューヨークにいるほんの一握りの演劇好きな連中をのぞいて、ほぼだれにも知られていなかった。グリニッチ・ヴィレッジの掘立小屋のような劇場で、プロヴィンスタウン劇団(1)が彼の一幕劇を二、三上演したのだが、一般の人々はおろか、ブロードウェイでも彼の名前を知る者はいなかった。しかし今日では、アメリカでもっとも話題にされる劇作家となった。

オニールの最初の長編劇である『地平の彼方』が上演されてまだ三年もたっていない。この作品こそ、オニールの存在を世に知らしめ、ただ面白いことを言うのではなく、新しい手法で語ってくれる劇作家が登場したことに、世間の人々は気がついたのだった。そしてニューヨークの街中で、ユージーン・オニールのことが話題にされはじめた。

今から二年前、プロヴィンスタウン劇団は、自分たちの小さな劇場でオニールの『皇帝ジョーンズ』を上演した。馬小屋を改造して作った劇場には木製のベンチしかないのだが、人々が押しよせて入りきれなくなると、ブロードウェイに程近い劇場で上演されるようになり、冬の演劇シーズンには大反響を巻きおこしていた。そして昨年、『皇帝ジョーンズ』は全国で巡演され、さらに来年にはロンドンで上演されることになっている。

オニールは二度も大好評を博した。しかも凡庸《ぼんよう》な劇場支配人なら一般受けしないと却下したであろう作品でやってのけたのだった。

そして昨シーズン、オニールはまたも二つの作品を発表した。『アナ・クリスティ』と『毛猿』だ。二つとも厳しい現実を厳しいままに描いた作品だ。社交界のお上品なやり方や伝統的な演劇界の格式とやらに慣れきっていた人々にとっては、手荒く横面を叩かれたような気持ちにさせられる作品であった。だがそういう人々が、この二作品を観るために劇場に駆けつけたのだ。そして比喩的な意味では頬をしたたかに叩かれたにもかかわらず、こぞって喝采をおくったのである。

ピシャリと叩かれたから、観客はこのような反応を示したわけではない。その背後にあるもの、つまり一発見舞われた衝撃の背後にある意味が力そのものとなり、人々の反応を引きおこしたのだ。オニール自身の言葉を借りるなら、「観客はそこに座り、自分たちの日常の考え方とはまるで違う考え方をする人々の言葉に耳を傾け、そして彼らの考えに喝采をおくった」のである。「なぜ」と尋ねると、彼はつぎのように語ってくれた。

観客たちは感情に動かされたからですよ。感情は、思考よりもよりよく僕たちを導いてくれます。感情というのは本能的なものですからね。人間がもっているこの感情というやつは、たんに個人の経験を反映したものではなく、人類の、それも太古の昔から人類が経験してきたことすべてが反映されている。思考というものは個人の表面的な反応にすぎませんが、感情は心の底を流れるなにかなのです。真実ってやつは大抵、心の深いところに刺さるじゃないですか。それは感情をとおして伝わるからですよ。

推測するに、オニールは、自分の作品でわたしたちに真実を見せていると考えているようだ。たしかに彼は、自分が見た真実をわたしたちに示そうとしている。彼は勇敢で誠実な男だ。だからといって、真実一辺倒で堅苦しい信条みたいなものを説教しようとはしない。わたしたちに「すべきこと」をガミガミ言うこともない。人間というものをわたしたちに見せようとしているのだ。それも普通の人にはまったく馴染みのない環境で生きている人々を。それは迷信から来る恐怖に狂わされた黒人であったり、波止場のいかがわしい飲み屋で酒をあおる若い女、そして外洋汽船の炉室で石炭をくべる火夫であった。みなそろって「変な」人々であり、わたしたちとの共通点など一つとして見つけることのできない人々であった。

オニールはこの「変な」人たちをわたしたちの前にポンと出現させ、この登場人物たちが、わたしたち自身が抱いているのと同じ精神的問題を経験している姿を提示するのである。オニールがこのような作品をとおしてやろうしていることは二つある。一つは、わたしたちが自分自身をよりよく理解することであり、もう一つは、わたしたちがお互いのことをよりよく理解することである。

オニールは、若いときの並外れた経験をとおして人間に対する理解を得た。彼はまだ三四歳であるが、今述べた彼の若いときの経験は、十九歳からの五、六年に起きた出来事であった。

彼の父親はモンテ・クリスト役で人気を博した俳優で、一世代前は有名な人物であった。少年時代のオニールは父母と共に各地を旅して回り、そのような生活が七歳になるまでつづいた。それから修道院付属の学校に入れられたあと、オニールは私立の一貫校に進む。そして十八歳のときに、プリンストン大学に入学した。

この間ずっと、彼はほぼ家庭での生活がない状態であった。家庭に近い経験といえば、夏のあいだオニール家の人々が滞在したコネティカット州ニューロンドンにあった家でのひとときであった。しかし少年として過ごした時間の九割は、ホテルと学校で過ごした。このような幼少期を送ったということを知っていると、オニールののちの行動を理解するのにおそらく役立つだろう。

すでに述べたように、彼は十八歳でプリンストン大学に入学したが、大学生活はわずか一年しかつづかなかった。彼の突飛な行動は大学当局には受け入れ難く、一年間の停学処分になった。もし彼が「よい子」になって勉学に勤しむと約束をすれば、復学することもできたであろう。

しかし十九歳のユージーン・オニールは、「よい子」になる気は毛頭なかった。大学での学びのなかで彼が唯一興味を示したものは、「人間を真の研究対象とする学問領域」であった。もちろんそれは人間自身のことである。オニールには将来の夢や希望といったものがなかった。彼の関心は、生きるということとのみであった。そして彼にとって生きるということは、無茶をしてみるということだった。

彼の父親は小さな通販会社に出資をしていて、そのことがきっかけで若きオニールは最初の仕事を得ることができた。彼はその会社で秘書の仕事をあてがわれた。オニールの仕事は、送られてくる注文書の手紙を処理することであった。しかし速記のできるタイピストが彼よりもよくその仕事を心得ていたので、そのほとんどを彼女が処理していた。

このようなことが一年つづいたあと、オニールがその会社を去ろうとしても、だれ一人彼のことを引き止めようとはしなかった。またオニールのほうも、会社が引き止めてくれないのをこれ幸いと喜んでいた。それというのもオニールの友人の一人が黄金を探しにホンジュラスに行くことを計画しており、非日常的なことを求めていたオニールにはその計画がとても魅力的に思えた。それでオニールもついていったのだ。

六ヶ月のあいだホンジュラスにいたのだが、暑さや熱帯性暴風雨、さらにはすぐに怠ける作業員とそれとは逆にひっきりなしにちょっかいを出してくる虫に苦しめられた六ヶ月であった。オニールは熱を出し、アメリカに送りかえされることになった。黄金も冒険の魅力も見つけられないままに。その当時、父親のジェイムズ・オニールは、ヴィオラ・アレン[2]と『ホワイト・シスター』[3]に出演していた。彼は、息子を自分のアシスタント・マネージャーにした。オニールは、父親の劇団の一員として六ヶ月間巡業を共にすることになった。しかし彼は、あのうんざりしたホンジュラスでの生活よりもこの巡業生活のことを嫌悪した。

大学での勉強には興味を示さなかったのだが、オニールはその学生時代でさえ読書には熱中していた。

とくに熱心に読みふけったのは、哲学と社会学の本であった。無政府主義者タッカーの本屋に頻繁にあらわれ、ニーチェ、マルクス、クロポトキンの本を読んでいた。これらの本のおかげでオニールは、伝統的な人々や考え方に対してますます反抗心を燃やすようになった。

またオニールは、海にかんする本も読み、とくにコンラッドの作品を好んだ。それらの作品は、他の作品では得られない想像力を掻きたててくれ、そして真の冒険が起こりえる可能性を示してくれた。そのような冒険こそ、硬直化した慣習や社会という概念によって投げかけられた影でしかない人間たちから逃れるものであり、それこそ彼が望んだものであった。それはつまり、なりふり構わず自分の生き方を貫いている人々に囲まれて、自分の人生を生きることであった。それゆえ父親の巡演が終わると、ユージーン・オニールはボストンからノルウェイ船籍の小型帆船に乗りこみ、海へと出た。

オニールが二〇代に送った奇妙な生活について理解するのに役立つと思われるので、ここで少し今のオニールの外見について述べておこう。彼は背が高く、浅黒い肌で、細身である。（目と髪をのぞいて）彼の全体の印象は、長くて細い感じである。たとえば彼の手は、これまでにわたしが出会っただれよりも長くて細い。これは夢見がちな人にありがちな手だ。

彼の目は非常に黒く、また強烈な印象を与える。まだ若いにもかかわらず、黒い髪の毛はこめかみのあたりに少し白髪が混じっている。彼はもの静かで、馴染みのない人とはゆっくりと話をする。ちょっとした世間話ということになると、スフィンクスの置物のように無口になる。たとえ彼が興味をもっている話題だったとしても、とても長い沈黙があいだに入る。彼のこの癖を知っていなければ話す気がないのかと思ってしまうほどだが、そうかと思えばいきなり話しはじめたりもする。いったん口を開くと話が面白いので、彼のこの長い沈黙を破らないほうがいいと思うようになる。

わたしは最近彼のサマーハウスに会いに行った。オニールはそこに十一月までいることもあった。彼のサマーハウスは、数年前まで、マサチューセッツ州のプロヴィンスタウンから数マイル離れた砂丘にあるピークド・ヒル・バー沿岸警備隊の建物だったものである。そこからは他の建物はなにも見えなかった。人間が住んでいる建物といえば、四〇〇メートルほど離れたところにある新しい建物か、小さな掘建て小屋ぐらいだった。しかしそれらの建物も、砂丘に遮られて見えなかった。

そこは海と砂しかない寂しげな場所であったが、とても美しく、人里から非常に離れていた。柔らかい砂に足を取られながらここまで来る人はほとんどおらず、わざわざそうしようとする人はさらにいなかった。そして車で行くにしても、一メートルも進まないうちに砂にタイヤが沈んでしまうような場所だった。唯一うまく進める方法は、馬に乗ることだった。

六月から秋の終わりまでオニールはそのサマーハウスに住んで、仕事をしていた。そこに住んでいるのは、オニールとその妻、彼らの三歳の息子と、家政婦と子守の五人であった。

興味深い点は、オニールが規則正しく仕事をしているということだ。自由気ままに欲望にふけろうとする思いが若いころの彼をコントロールしていたのだが、今では仕事のために、そのような思いもなりをひそめた。日課としてなにかをすることに以前は反発していたのだが、今では毎日決まった時間に仕事をするという習慣にみずから進んで従うようになった。多くの人と同様、オニールもなにかを成し遂げるためには規則正しく仕事をする必要があるということに気がついたのだった。

さてこのような人物が、二〇歳のときに平水夫として航海に出て、六五日ものあいだ、陸の見えない生活を送ったのであった。食べるものといえば、干タラ、乾パン、スープが主で、それに「コーヒーもどき」と「紅茶もどき」がついてくる程度であった。

オニールのいた寝床は甲板のしたの、水夫部屋のなかにあった。そこは水夫全員が共用する場所だった。その部屋には事実上通気口はなく、タバコの煙や湿った衣服やだらしない人間の体臭やらでひどい悪臭がした。

そのときの航海はブエノスアイレスまでで、青年オニールはその地でふたたびさまざまな仕事に挑戦し、つぎからつぎへと仕事を変えていった。彼と同じ血筋や教育歴をもつ人のほとんどにとって魅力的な仕事だった。会社名をあげると、ウェスティング・ハウス社、スウィフト梱包会社、シンガーミシン社である。しかしどの会社でも彼はクビになるか、嫌になって自分からやめてしまうかだった。この当時のことをオニールはつぎのように説明してくれた。

シンガー社ではその当時、約五七五種類のミシンを製造していて、そのすべての製品の細かなところを全部わかっていないといけなかったんだ。僕は十番目のミシンくらいまではわかっていたと思うけど、そのころには会社の方が僕に愛想を尽かしていたね。

その当時僕は糸巻きや縫針のことを勉強すべきだったんだけど、多くの時間を波止場で過ごしていたんだ。そうあの波止場ってところに行ったのさ、学校から解放された少年のようにね。それでお金がなくなると、今度はポルトガル領南アフリカ行きのイギリス船籍の船に乗って航海に出た。アフリカまで行って戻ったら、今度は別のイギリス船籍の船でニューヨークまで来たんだ。

ニューヨークでは、「坊主のジミー」っていう波止場の酒場に寝泊りしてたんだ。その店には奥の部屋があって、中ジョッキのビールを注文すればテーブルを枕にして寝ることができた。「坊主のジミー」って店は、『アナ・クリスティ』に出てきた酒場のモデルなんだ。その店で僕はアナの父親のクリスのモデルになった年老いた水夫と出会ったんだ。

それでまたしばらくのあいだ、波止場のあたりをぶらぶらして暮らしていた。ブエノスアイレスのときと同様に、時々は港で荷物の積みおろし作業とかの仕事をしたよ。多くの場合は、船の清掃や甲板を磨いてペンキを塗る作業とかだったけどな。

それから数週間して、いや数ヶ月だったかな、今度はアメリカン・ライナー社の「ニューヨーク号」という船で熟練船員として航海に出たんだ。イギリスのサザンプトンまで航海をした。それで「ニューヨーク号」がダメになると、今度は「フィラデルフィア号」に乗って戻ってきたよ。とはいえ、旅客船での仕事には、サマーホテルと同じくらい色んな「お楽しみ」ってやつがあった。おかげで、結構な規模の街に相当するくらいの面積の甲板を僕は磨くことができた。

火夫と知り合いになったのは、この「ニューヨーク号」と「フィラデルフィア号」での二度の航海でだった。実際は船のうえで知りあったわけではなかったけどね。遠洋定期船の船員にはいくつかのグループがあって、そこには階級区分があったんだ。でもこの場合、あるグループが別のグループを上に見ていたわけじゃない。それぞれのグループはいい具合に他のグループのことを下に見ていたんだ。

「坊主のジミー」って店で火夫部屋の荒くれたちの一人と知りあわなかったら、火夫という人間を知ることはなかったね。その火夫はドリスコルという名前で、リヴァプール出身のアイルランド系のオヤジだった。数年前、アイルランド系の数家族がリヴァプールに住み着いたようなんだが、そのほとんどが海の男になったようで、その連中は随分きついやつらだったようだ。世界中の船乗りにとって、「リヴァプールのアイルランド系」という言葉はタフ野郎と同意語だった。このドリスコルをとおして、僕は他の火夫とも知りあいになった。ドリスコル自身は妙な最期を遂げたんだ。航海の最中に甲板から海に飛びこんで自殺したんだ。

「なぜそんな死に方を」とわたしが尋ねると、オニールは、「そこが妙なんだよ」と言ってから、「なぜなんだ」と、僕も自問してきたんだ。どうしてドリスコルが自殺しないといけなかったのか。その疑問が『毛猿』のアイデアの種だったんだ」と考え深そうに答えた。

彼はつづけてこの作品について話をしてくれたのだが、この件については、作品をどのように書きあげ、そしてどのような意味を込めたのかということも含めてのちほど解説をするのであとに回すとして、まずは彼の若いときの話を終わらせておこう。

遠洋定期航路を二度航海した経験から、オニールは「熟練船員」としての自分にうんざりした。それというのも、オニールが船員としてその技量を示すために手にする道具といえばモップしかなかったからだ。そのようなわけで彼はふたたびニューヨークで二、三週間、波止場をぶらついていた。そしてある日の朝目が覚めて気がつくと、ニューオーリンズまでのチケットをもって列車に乗っていた。いつその切符を買ったのか、さっぱり思いだせないでいた。

偶然のことではあるが、オニール親子はほぼ同じころにニューオーリンズに来ていた。父のジェイムズ・オニールは、寄席演劇での簡略版『モンテ・クリスト伯』の上演をしていた。息子のユージーンはその広告を見て、父親に会いにいった。そこでオニールは、その芝居の脇役で出演するよう父親に説得されたのであった。オニールはシーズンが終了するまで劇団と一緒にいたが、劇団でのなにもかもが嫌になってしまった。オニール自身の説明によると、彼はどうしようもないほどの大根役者であったそうだ。上演が終わるとオニールは、父親、母親と共にニューロンドンに行き、そこで地方新聞の記者の仕事を見つけた。

しかしこのときオニールは、ダンスをつづけたければ遅かれ早かれバイオリン弾きに金を払わなければならない、ということを知らされる。約五年間、オニールは好き勝手に生きるというリズムに合わせてダンスをつづけ、やりたいようにやってきた。そして今、そのツケが回ってきた。彼の右の肺はダメになっていた。医者は首を振りながら重々しい口調で、「結核ですな。サナトリウムに入院してください」と宣告した。

オニールは入院中の六ヶ月間、素朴で落ち着いた生活を送り、極めて静かな毎日を送った。彼は生まれてはじめて、人生を充実したものにするためにこれから何をしていくかじっくりと考える時間をもった。それまでの彼の希望ははっきりしていて、人生でさまざまな経験をして刺激を受けること、つまり「生きている」実感を得ることを望んでいた。そしてその望みを叶えてしまうと、生きることそれ自体を喪失したも同然であった。しかもわずか二五歳で。サナトリウムで体を動かすこともままならず数ヶ月過ごしているうちに、オニールは本気で頭を使いはじめたのだった。そのころのことをオニールはつぎのように述懐している。

入院する前にも、僕は詩をいくつか書いたことがあった。だれだって若いときにするやつだよ。ニューロンドン新聞で働いていたときに、コラム担当の人が僕にちょっとした詩を書かせてくれたんだ。それでサナトリウムでさらに詩を書いた。程なくして自分の将来のことも考えはじめ、退院するまでに、他の仕事につくよりも物書きになろうって決心したんだ。

体調はすこぶる良好になって退院したけど、それでも長いあいだ健康には注意を払わなきゃいけなかった。それからニューロンドンの家族のところに戻ったけど、父親の巡業がまた始まって家を閉めなきゃいけなかったので、ロングアイランド湾を見渡す場所にある施設でイギリス人たちと一緒に暮らしたよ。そこには海を望むポーチがあって、僕はそこに座って一日中仕事をしていた。その最初の一年で、十一の一幕劇と二つの多幕劇を書いてみた。そのうちのいくつかは上演されたけど、多くは出版されただけだった。

父親が業界とつながりのある人だったから演劇についてはよく知っていたけど、知っているからといって演劇を愛していたわけではなかった。それどころか僕は、芝居じみたわざとらしさや独創性のかけらもないお決まりのやり方とかに不快感すら感じていたんだ。でもいざものを書くとなると、演劇を書くことになってしまった。結果として演劇について知っていたことが自分の役に立ったよ。だって作品のなかで避けたいことを知っているわけだからね。

でも戯曲の書き方を学ぶ必要はあった。それで独学で作品を書いてみたあとに、僕は一年間、ハーヴァード大学のベイカー教授(4)の授業に参加したんだ。そこでも役に立つことを学んだよ。とくにやってはいけないことをね。一行で言えることに十行も割くなとか。

「いつごろから作品が上演されるようになりましたか。作品の執筆からその上演まで結構な時間が空いているように見えますが」という質問に、オニールは微笑みながらこう切りかえした。

たしかに時間がかかった。でもそれは僕のせいじゃなかったんだ。作品を二つニューヨークの有名な劇場支配人に送ったことがあった。二年してもなんの返事もなかったものだから、作品を返してくれと手紙を送ったんだ。すると二つとも返ってきたんだけど、送ったときと同じ封筒に入れられていた。読んでもくれなかったというわけさ。

それ以外にも、親父が仲良くしていたジョージ・タイラー氏に、僕の作品を二つ送ってみてくれと親父に頼んだことがあった。親父が友達だから少なくとも読んではくれるかなって思ったんだ。タイラー氏の事務所は一年か二年で倒産したんだけど、別に僕の作品のせいじゃなかったよ。その事務所の清算処理が終わると、僕の原稿も戻ってきたんだけど、またしてもまったく読まれていなかったよ。

タイラー氏にあとで聞いたんだけど、その二つの作品が親父の手紙と一緒に送られてきたときに、「へえ、ジムの息子は芝居を書いているのか。まあロクな作品じゃねえな。役者の息子が書いた作品がよかった試しがないからな」と考えたそうだ。それで彼は僕の作品を引き出しにしまって、そのまま見ることもなかったそうだ。

どのようなかたちであれ、僕の作品を最初に認めてくれたのは、雑誌の『スマートセット』(5)だった。僕は編集長のメンケン(6)に一幕劇を三つ送ったんだ。その三作品はすべて水夫もので、『スマートセット』にはそぐわない作品だった。僕はメンケン氏に、「そぐわないのはわかっている、ただ僕の作品に対するあなたの意見が聞きたいのだ」と手紙に書いた。すると彼から返事が来て、作品を気に入ったから劇評家のジョージ・ジャン・ネイサン(7)に渡しておいたと書いてあったんだ。それでネイサンからも手紙を受けとった。本当に驚いたんだけど、その三つの一幕劇は、『スマートセット』に掲載されたんだ。僕の作品がはじめて認められた瞬間だよ。

それからある夏にプロヴィンスタウンに行ったときに、プロヴィンスタウン劇団って名前の人たちに会った。その劇団は、埠頭の古い建物を改装した小さな劇場をもっていたんだ。はじめて上演された作品が海の街の埠頭の劇場で上演されたというのは、奇妙な偶然だったね。上演されたのは、『カーディフを目指して』で、作品の舞台は船のうえだった。だから作品を上演していると、埠頭の板のしたに打ちよせる波の音が聞こえてきたんだよ。

無軌道なユージーン・オニールがプリンストン大学から追い出されてからの十五年間では、ちょっとした出来事であった。三四歳になって自分の人生を振りかえったときに、あれほど突きぬけた時間を十五年間も経験したことがある人などいないだろう。今のオニールを見ると、彼のやってきたことのいくつかはまったく不可解なものに思われる。以前オニールが波止場や水夫部屋で仲良くなった人たちのことを話していたとき、わたしは彼に「どうしてあの手の人たちと一緒にいようと思ったのか」と質問すると、オニールはいつものようにゆっくりと話してくれた。

たぶんそれは、あの連中のことが好きだったからかな。自分と似たようなタイプよりもね。あいつらは誠実で義理堅いし、しかも気前もいい。「シャツでもなんでもくれてやるよ」って表現を聞いたことあるだろう。まさにあの連中がそういう人たちなんだ。奴らが密航者にすら自分のシャツをあげてたのを見たことがある。

僕はしきたりやら社会の伝統やらにがんじがらめになった生活が大嫌いだった。水夫の生活もしきたりや伝統とかで規定されているけど、そこでのルールは僕には好ましい感じのものだったし、自分にも共感できる意味があったんだ。

たとえば船のうえの規則に僕が反抗をしたと思うかもしれないが、船の規則はうえから押しつけられるものとは違うんだ。基本的にみずから進んで従う規則なんだよ。その規則をみんなが守る理由は、自分たちの船に対する強い思いなんだ。当時はこの船への愛情ってのが、まさに船乗りたちをコントロールしていた。

一つ例を出して考えてみよう。もし帆桁の一つがゆるんで、まさに紐一本でかろうじてつながっている危険な状況になったとして、そこに強風まで吹いてきたとしよう。そこで船長か航海士が二人の水夫に、うえへのぼってグラグラになっている帆桁をなおしてくるように命令したとする。この作業は危険な行為であるかもしれないし、命令された人間はそれを拒否することもできる。水夫たちにも当然の権利は保障されていて、もしなにか命令に対して不平があったり、拒否したことで罰が課されたりしたら、つぎの寄港地に着いたときに自分の国の領事のところに赴いて、自分たちの命令拒否を正当化することができるんだ。

さて船長や航海士が命令を出すときの理由が、帆桁を守りたいだけだとしよう。だって帆桁がダメになると、船主の出費が大きくなるだろう。でもその命令を実行したらケガをするどころか、下手をすると命を落とすかもしれない危険性を引き受ける側の人間があえてそんなことをしようとするのは、自分の船に対する愛情でしかないんだよ。水夫たちは船主の出費が抑えられるかなんて気にもかけていないし、船長の面目なんてどうでもいいんだ。連中がマストのうえにのぼっていくのは、自分たちが尽くすのは船そのものに対してなのだという思いがあるからなんだよ。

ところでこの船への「思い」っていうのが、最近ではそれほど強くなくなってきたんだ。労働組合の指導者たちが水夫たちを組織して、考えろって言うんだよ、自分たちがどんだけもらえるかを。船に対して自分たちが何をしないといけないかを考えるよりもね。この新しいタイプの水夫たちは、契約書を作って、やるべき仕事は全部そこに書きだしておいて、多く働いたらその分の賃金もくれって言いだすんだ。

恐らく水夫に対する不当な扱いのいくつかはこの新しいやり方によって是正されたと思うけど、一方で昔馴染みの水夫魂みたいなものはなくなってしまった。それは、この機械全盛時代に生き残っているものよりも、中世の職人魂に似たようなところのある精神だった。自分の仕事に自分の技と思いのすべてを込めているって感じのやつだよ。ただ命令に従うというのとは違って、精神的な満足を得るために、そして自分の理想のためにやり切ろうとする強い精神なんだ。まあ得るよりも失う方がずっと多いけどね。

「あなたが手がけた海洋劇のことを知っている多くの人はそれを聞いて驚くでしょうね。あなたが水夫たちに対する同情を喚起しようとしたとみんな思っていますから」とわたしが言うと、オニールはさらに話をしてくれた。

そのとおりだよ。『毛猿』の水夫部屋を例に考えてみよう。人々は僕が現実の水夫部屋の情景を提示していると考えるよね。でも彼らはあの劇がまったくの表現主義演劇だということはわかっていないんだ。

主人公のヤンクは、あなたでもあるし、僕でもある。つまりヤンクは人間そのものなんだ。でも明らかにほとんどの人がそのことをわかっていない。色んな人がこの作品のなかからちょっとした場面を選んでは、「まさにそうなんだ」と言う。でもだれも、「俺がヤンクだ。ヤンクは俺自身なんだ」とは言わない。

でもそれこそ僕がヤンクになってほしかったものなんだ。ヤンクの居場所を求めてあがく姿、自分を命という織物の一部にするための一本の糸を見つけようとする姿、それはまさに僕たちみんなが必死になってやっていることなんだ。この作品を書いていたときのアイデアでは、その失った糸、つまり文字どおり人と人とを「つなぎ合わせる結び目」というのはお互いを理解することで、それを舞台上にあらわしてやろうと考えていたんだ。

ベルが鳴って火夫たちが作業に向かう場面で、火夫たちが一斉に立ちあがって、全員で気をつけの姿勢をして、縦に並んで行進するように出ていったのを覚えてるだろう。あの場面のことを船でも実際にそうしていると思った人さえいたようだ。でもあの場面は、機械の奴隷になった組織としての人間を象徴しているにすぎないんだ。広い意味では、あれは我々全員に当てはまるよ。我々は全員、大なり小なり、慣習や規律やなんらかの厳格な方式の奴隷であるわけだからね。

『毛猿』という作品は、表現主義演劇なんだ。炉室で石炭をショベルでくべる場面もそうだ。実際の火夫たちは、あんな風に石炭をショベルでくべることはない。でも劇のなかでそうしたのは、その場面にリズムをつけるのに役立つからだ。リズムというのは、なにかをあらわすうえでその表現を豊かにしたいときには強力な要素になるからね。自分がどれくらいリズムに影響を受けやすいかをみなわかっていないんだよ。リズムという手段を用いるだけで、人に感情を起こさせるのも、またその感情をコントロールすることも可能なんだ。

『地平の彼方』は三幕構成で、それぞれの幕は二場構成になっている。それぞれの幕の一つの場は屋外で展開され、地平線が見えるようになっている。この屋外の場は人間の欲望や夢を示唆するものだ。もう一つの場は屋内で展開されているため、地平線は当然見えず、人間とその人間の抱く夢とのあいだで起こる出来事を示していく。そんなふうに憧れと喪失を入れ替えることでリズムをつけたんだ。

この作品の観客のほとんどが、こういう効果が生みだされるよう意図されていたことに気がついていなかった。しかしみな無意識のうちにはこの効果をわかっていたと思う。あるアイデアを表現するためには、このような方法を取るほうが、言葉や現実の行動の模写をするよりも簡単に伝えられることがよくある。それで僕はそれぞれの場合に応じて方法を変えるのさ。（微笑みながら）もし一つしか方法はないと考えていれば、僕は機械主義的なやり方に従っていただろうけど、それこそ僕が非難してきたことなんだ。

「ではどのようにして作品のアイデアが閃《ひらめ》いたり、考えだしたりしているのですか」と尋ねると、オニールはさらにこんなふうに語ってくれた。

アイデアはいつも少しずつ出てくるんだ。僕の心のなかである種のアイデアがずっと引っかかっていて、そのアイデアがなにかはっきりとしたかたちになって原稿を書きはじめられるくらいになるまでには、随分長い時間がかかることもある。『皇帝ジョーンズ』のアイデアは、それを書きだすまでに、僕の心のなかに二年間くらい居座ってたよ。無理にアイデアをひねりだそうとはしないからね。僕は一つのアイデアについて時間を置きながら考えるようにしてるんだ。あるアイデアからなにも出てきそうになかったら、そのアイデアは横に置いてちょっと忘れるようにしている。しかしどうやら僕の意識の奥のほうでは、そのことを考えつづけているみたいだ。それというのもある日突然、そのアイデアが、かなりちゃんとしたかたちになって頭のなかに浮かんできてくれるんだ。

さぁ原稿を書くぞってときは、僕は作品全体を時間をかけて一気に書きあげていく。それから原稿を読みかえして、時間をかけて加筆修正をしていくんだ。さらにタイプで打ちながらたくさん修正を加えるというわけだ。そして可能なら、その原稿を二、三ヶ月放っておく。そしてもう一度その原稿を取りだして、もう一度読みかえしてみる。最近まではこういう作業をするのが苦ではなかった。（こう言ってオニールは笑い声を上げた）僕がものを書きはじめたときには、自分の作品を数年間放っておくことがよくあった。だれにも知られず、気にもかけられずにね。それが今では変わってしまったんだ。

「それは成功したことによって危うくなったことの一つですか」と尋ねると、オニールはつぎのように語った。

危うい状態にあるとはあまり思っていないんだ。仕事の質が落ちてやばくなるのは、こうしたら絶対大丈夫ってやり方を見つけたと思いこんだときなんだと思う。そんなふうに考えるようになると、必要なことはただただ自分を繰りかえしていけばいいだけって気分になってしまう。僕はそういう思い違いはしない。つまり自分の仕事のやり方について少しでもいい方法はないかって模索している人間は、まだまだ大丈夫ってことだね。

なんとも奇妙な変化だと思う。かつて「坊主のジミー」のようないかがわしい酒場をうろついていたあのオニールが、アメリカの劇作家の中で最前列に位置する人物へと変化したのだから。ある批評家は彼のことを、「アメリカでもっとも重要な劇作家」と呼んだ。オニールがやってのけているような業績をあげるには、生き方に対するなんらかの基本的な構想、いや信条、哲学、その他どう呼んだらいいかわからないが、そのようななにかが必要だ。それはなんなのか、オニールに一度尋ねたことがあった。

そうだね。僕はそういう考えを自分の作品のすべてに込めるようにしているんだよ。僕の作品のことをみんな「悲劇」と言ったり、「惨めな内容」だとか、「気分を重くさせる」とか、「厭世的な作品だ」とか呼んでいるけど、こういう言葉は大体なにかしら悲劇的な性質をもったものにあてはまるんだよ。でも僕が考える悲劇というのは、ギリシア的な意味での悲劇なんだ。ギリシア人にとって悲劇というのは精神の高揚を伴うもので、生に対する強い思いどころか、その生を超えようとする衝動までももたらすものなんだよ。ギリシア的悲劇というのは、人間の精神的理解を深めてくれ、そして日々存在する人間としてもっているちっぽけな欲望から自分たちを解放してくれる。ギリシア人たちは舞台上の悲劇を観たとき、芸術の域まで高められた希望なき希望というものを感じとっていたんだ。

「希望なき希望ですか」とわたしは彼の言葉を繰りかえした。

そうさ。僕たちが得られるかもしれない成功というものは、僕たちが手にすると夢見ていた成功とは決して同じではない。大事なのは、人生はそれ自体では無でしかないということだ。夢こそが僕たちを闘いつづけさせ、意思をもたせ、そして生きつづけさせるんだ。所有するという狭い意味での達成というものは、陳腐なフィナーレでしかない。完全に実現できる夢というのは、その価値すらない。崇高な夢であればあるほど、それを完全に実現できる可能性はどんどん低くなる。これが本当のことなんだ。だからといって、容易に実現できそうな理想だけを夢見ていたらいいということにはならない。成就しがたいものを追い求めているとき、人は敗北を目指しているんだ。でもその人間のもがきこそ、その人の成功なんだ。そういう人は、人生に与えられた精神的意義の証しとなる。高い目標をもち、崇高な価値がある未来を手にいれようと、自己の内と外に存在するあらゆる恐ろしい力に戦いを挑むときにね。

そういう人は、必然的に悲劇的な人物になる。でも僕にとっては、そういう人は気持ちを重くさせる存在ではない。むしろ心を鼓舞してくれる。そういう人は、物質主義的な考えでは失敗者かもしれない。ただそういう人がもっている宝はどこか別の王国のものってわけさ。でもそういう人物こそが、あらゆる成功のうちでもっとも想像力をかき立ててくれるものだとは思わないかい。

もし人生の意味を知りたいと思うのなら、まず自分自身にまつわる数々の事実を喜んで受け入れる術を身につけなければならない。心のなかから湧いてくる虚栄心のせいで、そうした事実が醜く見えたとしても。そうすることで事実の背後にある真実をとらえることができるようになる。そういう真実は決して醜いものではないのだから。

訳註

（1）プロヴィンスタウン劇団は、一九一五年にスーザン・グラスペル（一八七六～一九四八年）、ジョージ・クラム・クック（一八七三～一九二四年）により設立される。オニールの初期作品を複数上演する。

（2）ヴィオラ・アレン（一八六七～一九四八年）はアメリカの女優。一九一五年公開の無声映画『ホワイト・シスター』に出演する。

（3）『ホワイト・シスター』は、フランシス・マリオン・クロフォード（一八五四～一九〇九年）原作の小説（一九〇九年）。クロフォードとウォルター・ハケット（一八七六～一九四四年）が舞台化し、その後四回映画化される。

（4）ジョージ・ベイカー（一八六六～一九三五年）。ハーヴァード大学にて「ワークショップ四七」という劇作中心の実践教育を行ったことで有名。オニールをはじめ多数の劇作家や演劇関係者が受講した。

（5）『スマートセット』は一九〇〇年から一九三〇年にかけてアメリカで発行されていた文芸雑誌。

（6）ヘンリー・ルイス・メンケン（一八八〇～一九五六年）。アメリカのジャーナリストであり、批評家。『スマートセット』や『アメリカン・マーキュリズ』を編集する。アメリカ文化、とりわけその偽善性や堅苦しい地方主義を厳しく批判し、その一方でセオドア・ドライサー、シャーウッド・アンダーソン、オニールなどの作家が世に認められるよう尽力する。

（7）ジョージ・ジャン・ネイサン（一八八二～一九五八年）。アメリカの演劇評論家・文芸評論家。メンケンとともに『スマートセット』や『アメリカン・マーキュリズ』の編集にたずさわる。オニールとも親交が深かった。

11

国家の心理学、あるいは あなたは何を見ているのか

(一九二二年発表)

ガートルード・スタイン

ガートルード・スタイン（一八七四～一九四六年）

ペンシルヴェニア州アレゲニーの裕福なドイツ系ユダヤ人家庭に生まれる。作家、詩人。一九〇三年パリに移住し、パブロ・ピカソやアンリ・マティスといった前衛芸術家たちと知りあう。代表作に『アリス・B・トクラス自伝』（一九三三年）や『アメリカ人の形成』（一九三四年）などがある。

訳者解題　モダニズム——境界線の向こうへ

一九一七年、ニューヨーク・アンデパンダン展(1)の会場に男性用小便器が届いた。R・マットというサインが入っている。応募作品はすべて展示するという会の方針が本当かどうかをたしかめようとしたマルセル・デュシャン(2)のしわざだった。しかもデュシャンはこのアンデパンダン展の運営委員の一人でもあった。デュシャンは美術館に便器をもちこむことで、「芸術」の領域を画定している境界線を踏みこえようとしたのだ。とはいえ、《泉》と題された彼の作品は結果的に展示を拒否されてしまう。ただ、そのことでかえって展覧会そのものに注目が集まり、「芸術」の定義を見直す機運が高まった。それまで輝かしき人間知性の一等星と見なされてきた科学が、第一次世界大戦という未曾有の大量殺戮をもたらすことになったまさにその年のことである。理性、論理、常識といったものはもはや通用しなくなった。芸術家たちは既存の枠組みとは別の手法・論法を「発見」する必要があった。この時代の実験的で前衛的な芸術家たちのスタイルを総称して「モダニズム」という。

言語芸術の領域でも、既成概念に抗《あらが》おうとした作家は多かった。ガートルード・スタインもまたその一人である。『地理と芝居』（一九二二年）に収録されているスタインの作品は、どれも劇、詩、エッセイという既存のジャンルを横断するようなスタイルで書かれている。しかもスタインの言葉はあたりまえの解釈をはねつける。なんとか言葉の意味をとらえようと、読者が想像力をめぐらせるその空間のことをスタインは「そこ」と呼ぶ。まだどこにも存在しない「そこ」を読者に感じとらせるスタインの手法は、今日においても古びることがない。ガートルード・スタインの言葉は難解なのではない。新しいのである。

註

（1）ニューヨーク・アンデパンダン展は、フランスのアンデパンダン展を模したもので、六ドル支払えばだれでも「無審査」で作品を展示できるという原則にしたがって開催されていた。

（2）マルセル・デュシャン（一八八七〜一九六八年）。フランス生まれの芸術家。一九一五年アメリカにわたり、ニューヨークにアトリエを構える。既成の物に少し手を加えてそのままオブジェとして展示する「レディ・メイド」の手法を世に知らしめた。

国家の心理学、あるいはあなたは何を見ているのか

わたしたちはちょっとしたダンスをする。
ウィリー・ジュウィッツは一〇世紀の城でダンスする。
ゾウルッ・アルザスはラスパイユ通りでダンスする。
スペイン系フランス人はラボエティ通りでダンスする。
ロシア系フランドル人は波止場でダンスする。
パンを食べることは一つのゲーム　わたしを理解しなさい。
わたしたちは笑って喜ばせる。日本人。
そのあと奪いとる。数々のブロック。
昨日言ったことを思いだせるだろうか。

ようやく全体像が見えてくる。

少年は兵士たちとビー玉遊びをしていた。球を丸めて兵士たちをやっつけた。
それから大統領選挙があった。

彼は何をやったか。いろんな国の少年たちと会って一緒に遊んだ。
みなそういうことが好きだった。
大統領選挙の途中で、彼らは焚き火をした。
警察がそれを止めた。
警察一人に何ができる、と彼らは言った。
それより古いものは何か。
赤ん坊だってリストを見ることができる。
そういうふうにして彼らはテキサスを勝ちとった。
回れ右をしよう。
少年たちが満たせるということはどれほど素晴らしいことか。
水。
水はあふれる。
わたしたちは水をあふれさせる。
ひたひたとパンパンに。
大至急。必要だからではない。愚かだからではない。

人間はみな知的なのだ。
少年に頼んでください。
するとみながダンスした。
どうすれば小さなポーランド人が幼き疾走者《ラッシャー》になれるのか。

二部

使命として読むこと。
だれが新聞を無視できるというのか。
少年たちが焚き火をするとき、彼らは日刊紙を燃やさない。
ちょっとマトンがあれば満足だった。
大統領選挙は四年に一度あると仮定しなさい。
驚き、はじまり、驚きがまたジャンプする。
羽根がほしくてジャンプする。
羽根は燃える。
インディアンは燃える火傷を焼いた。
少年は黒くなる。
彼は実際ほかの少年よりも上手に読む。

わたしは式典を断ることができない。
七月四日を覚えていますか。
ではあなたはどうですか。
直ちに読んで、わたしが言うことを彼らに伝えなさい。
支配力をもったあの言葉まで飛びなさい。
どこに飛ぶのか。
そこ。
豆とかバターを食べない。
髪の毛を食べない。
少しも食べない。
大統領選挙が盛りあがる　わたしたち　一年だけ。
今のところ一年は五月にあり。
九月を愛せるだろうか。
少年は背が高かった。
やれやれ。
わたしは一人の女性に木を燃やしてほしいと頼んだ。
少年は壁に触れた。
少年は背が高い。

わたしは選挙を行う方法はこういうかたちだと思っている。街で会う。会う。選挙がある。

そういうわけで馬は役に立たない。

怖くないなら馬にだって抵抗できる。

勝利を予想することなどできるだろうか。

三つの長い一〇〇〇。

出会いを期待する。

少年はブレないことに満足している。

わたしを研究しなさい。

なぜ大統領選挙は不可能なのか。

最終部

少年は成長し、大統領選挙がある。

大統領が選ばれる。

大統領選挙という言葉がなにかを思いださせるのはなぜか。

この言葉が思いださせるのはストリートにいた少年が、今必ずしも貧しいとはかぎらないということ。

あるいはそのころも貧しい少年ではなかったということ。

エピローグ

ベール　さらにベール　足もとに広がっている。
靴のなかにも広がっている。
靴は新しいあいだ底が黒い。
この先二度と見ることのないものを今日は見た。花嫁のベール。修道女のベール。
選挙をだれが期待するのか。
少年の息子はまた少年　彼には許しの記憶がある。
許しというのは印刷物のこと。
印刷物というのは。解決。

あなたがたの席で別のものを選びなさい。
キスでは王を作ることはできない。
騒音で母を作ることもできない。
大統領の前に祝福がくる。
言葉にはもっと意味がある。
わたしは今一人の男について話している。迷惑な人ではない。
彼が人に迷惑をかけないなんてありうるのか。

彼はわたしに選ばれる。
このことが見えたらわたしを思いだしなさい。

終わり

12

崩　壊

（一九三六年発表）

F・スコット・フィッツジェラルド

F・スコット・フィッツジェラルド（一八九六～一九四〇年）

ミネソタ州セントポール生まれ。狂騒の二〇年代（「ジャズ・エイジ」）を代表する小説家。代表作は『グレート・ギャツビー』（一九二五年）。一九二九年の大恐慌以降、妻ゼルダの精神病発症や自身の精神的「崩壊」などもあってその文筆業は斜陽の一途をたどることになる。

訳者解題　ロスト・ジェネレーション

一九二〇年「禁酒法」が制定され、都市部では酒場の監視とガサ入れが日常的に行われるようになり、同時に反体制的な言論に対する弾圧も次第に強化されていく。若き芸術家たちのなかには伝統や故郷といったものから自らを切り離し、ヨーロッパに「亡命」する者もあらわれる。彼らが求めていたもの、それは自由と芸術、つまりパリの空気だった。

狂騒の二〇年代、母国を離れ、パリを拠点に創作活動をつづけたアメリカ人作家は少なくない（E・E・カミングス、ジョン・ドス・パソス、エズラ・パウンド、ウィリアム・カーロス・ウィリアムズ、アーネスト・ヘミングウェイ、シャーウッド・アンダーソンなど）。そのなかでも若い芸術家たちのパトロン的存在としてとくに重要な役割を果たしていたのが作家ガートルード・スタインである。スタインは彼らのことを「迷える世代《ロスト・ジェネレーション》」（「失われた世代」とも訳される）と呼んだ。それは第一次世界大戦によって青春を奪われた世代であり、自由を求めてパリへ「亡命」した世代でもある。スタインのこの言葉をヘミングウェイが『日はまた昇る』の巻頭に掲げたことで、「ロスト・ジェネレーション」という呼び名が人口に膾炙《かいしゃ》するようになった。フィッツジェラルドもまた「ロスト・ジェネレーション」の作家の一人である。ロスト・ジェネレーションの作家たちがパリで自由を謳歌できたのは、狂騒の二〇年代、異常に加熱した金融バブルによるドルの力があったからだ。とはいえ、そのような二〇年代も一九二九年のウォール街大暴落によって幕をとじる。さらに三〇年代に入り、時局は次第にきな臭くなっていく。時代の趨勢に合わせるかのように、フィッツジェラルドの精神も「崩壊」してしまう。作家は自らの精神崩壊をどう語るのか。フィッツジェラルドのエッセイ「崩壊」は、現代社会における精神の危機を考えるうえでも重要な論考の一つとなっている。

崩壊

あらゆる生は崩壊のプロセスだ。そんなことはわかっている。とはいえ、その作用に劇的な色合いをそえる打撃——外部からやって来る、あるいはやって来るように見える強烈な不意打ち——というものがある。ずっと根にもっていて、あらゆることをその打撃のせいにする。弱気になっているときは友人に相談したりもする。そのような打撃の効果はいきなりあらわれてくるものではない。一方、これとは違う別のタイプの打撃もある。内側から来るやつだ。気づいたときには手遅れでもう手の施しようがない。気づいたが最後、ある意味で二度とまともな人間には戻れない。最初のほうの打撃はその場で襲いかかってくる。二つめのほうはこちらが気づかないうちに進行する。そして突然気がつくのだ。

この短い話を先へと進める前に一般的なことを確認しておこう——一流の知性というものがどういうものかを判断する基準のことだ。つまり、相反する二つの発想を頭のなかで同時に維持できるか、そのまま機能しつづける力があるか、これが一流の知性を判断する基準となる。たとえば、絶望的な状況だとわかっているはずなのに、なんとか違ったふうに展開させてやろうと考えるような場合だ。大人になったばかりのころであれば、わたしもそういうふうに考えることができた。あのころは、ありえないこと、信じられないこと、「不可能なこと」が実現可能だったのだ。ちょっと頑張れば自分で人生をコントロールすることができた。知性と努力、あるいはその両方をなんらかの割合で混ぜあわせたもの、そういったもので人生を簡単に手なずけることができていた。売れっ子作家になることがなにかロマンチックなことのように思えた――映画スターほど有名になることがなくても、書いたものはおそらく長く残る。政治的に、あるいは宗教的に強い信念をもっている男のように権力を行使することはなかったが、きっとそういう男よりも自由でいられた。もちろん、どんな仕事をするにせよ、不満がないということは決してない。ただわたしの場合、ほかの職業を選ぼうとは思わなかった。

わたしには若いころにできなくて後悔していることが二つあった――体が大きくなかったせいで（あるいはうまくプレーできなかったせいで）大学でフットボールができなかったこと、もう一つは海外の戦地へ赴けなかったこと、この二つが心残りになっていた。とはいえ一九二〇年代が終わるころには、自分の二〇代はその少し前に過ぎさっていたのだが、そういう若いころの後悔が、英雄としての自分を空想する白日夢へと変わっていた。眠れない夜に空想するにはもってこいの夢だった。人生の大きな問題は放っておいても解決するように思われた。それらの問題が解決困難な場合、一般的な問題を考えることなど、する気にもならなかった。

一〇年前、人生は概して個人的な問題だった。努力したところで無駄だという感覚と、苦労して前へ進まなければならないという感覚、失敗は避けられないという確信と、それでも絶対に「成功」するのだという決意――これよりもっと大きかったのが、過ぎさった時間から押しよせてくる圧迫感とこれから先に実現しようとする高い目標とのあいだの矛盾――この二つのバランスを保たなければならなかった。ありふれた災難——家庭のことであれ、仕事のことであれ、個人的なものであれ——を切りぬけてこのバランスを保つことができていれば、無から無へと放たれた矢のように、自我はそのまま前進しつづけたものだ。あとはただ重力の影響を受けながら最終的に地面に落下するだけだった。

十七年——途中一年ぶらぶらしながら休んでいたけれど——そういう状況がつづいた。雑用が新たに一つ増えることだけがつぎの日の楽しみとなっていた。必死になって生きていたことも事実だ。ただ「四九歳までは大丈夫だ」とわたしは言っていた。「それくらいは期待できる。わたしのような生き方をしている男が望めるのはその程度だ」と。

——そして四九歳まであと一〇年というところで、わたしは思ったより早く自分が崩壊していることに気がついた。

II

さて、人というのは、いろいろなやり方で壊れるものだ。頭が壊れた場合、決断する力が他人に奪われてしまう。身体が壊れた場合は、真っ白な病院の世界に身を委ねるしかない。あるいは神経がいかれる場合もある。ウィリアム・シーブルック(1)はまったく人を寄せつけないような本のなかで、いくらか自尊心を保ちながらも、公的扶助を受給するようになった顛末《てんまつ》について語っている。エンディングが映画のような本だ。彼をアルコール依存に至らせたもの、あるいはそれと密接な関係があるものは、神経系の破壊だった。この作家はそれほど混乱してもいなかったし、当時は半年間ビール一杯飲まなかったにもかかわらず、反射神経が壊れてしまって、怒りと涙があまりにも大量にこみ上げてきたのである。
さらに、人生はさまざまな攻撃の仕方を備えているというわたしの主張に戻るなら、自分が崩壊したと気づくのは打撃の瞬間ではなく、それが少しおさまったときである。

つい最近のこと、わたしはある偉い医者の診療室に座って、重大な宣告に耳を傾けていた。今から思うと、わたしは都市に暮らしながらある程度落ち着いた状態で仕事をすることができていた。本に出てくる登場人物みたいに、やり残したことはないかとか、あの仕事を引き受けたらどうなるのか、この仕事を引き受けたらどうなるのかなどと、気にすることも考えることもなかった。自分に十分保険をかけていたし、手元にあるもの――自分の才能すらそういうものだった――を管理している冴えない世話人といったところだった。

ただ、一人でいなければならないという強い思いが急に湧いてきたのだ。だれにも会いたくなかった。わたしは人生のなかでかなりたくさんの人たちと出会ってきた。人並程度の人づきあいはあったが、わたしには自分自身、自分の考え、自分の運命をも、つきあいのあるあらゆる階級の人々に合わせる傾向が人並み以上にあった。わたしはだれかをつねに助けているか、助けられているかのどちらかであった。ウェリントン(2)がワーテルローで経験したさまざまな感情をたった一朝で味わうというようなこともあった。謎めいた敵意とかけがえのない友人や支持者とがいる世界に、わたしは生きていた。

ところが今やわたしは絶対に一人でいたくなり、日常的な心配事に煩わされないように気をつけるようになった。

不幸な時期というわけでもなかった。ただ、わたし自身が距離を置いたことによって、まわりに人がほとんどいなくなった。わたしは自分が相当疲れているのだと気がついた。ときに一日二〇時間、眠ったりうとうとしたりしながら、その間一切考えごとはせずに寝転がっていられたし、喜んでそうしていた。その代わりにリストを作った。リストを作っては破って捨てた。何百というリストだ。騎兵隊の隊長のリスト、フットボール選手のリスト、都市のリスト、流行歌や投手のリスト、幸せなときのリスト、趣味のリスト、住んだことがある家のリスト、軍を離れてからスーツを何着作ったか、靴は何足あるか（ソレントで買ったスーツは縮んでしまったのでカウントしなかった。何年ももちあるいているのに一度も履いたことがないズック靴、ワイシャツ、カラー、こういうものもカウントしなかった。ズック靴は湿って表面がざらざらしていて、ワイシャツとカラーは糊が腐って黄ばんでいた）というようなリストである。さらには好きになった女性のリスト、性格も能力もわたしより優れていない人たちがわたしのことを小馬鹿にした回数のリスト。

——驚いたことに、それでわたしはよくなったのである。

——そしてそう知らされた途端に、わたしは古い皿が割れるように崩壊してしまったのだ。

これがこの物語の本当の結末である。この結末をどう扱ったらよかったのかは、かつて「時の胎内[3]」と呼ばれていたものに託すしかない。一時間ほど一人で枕を抱いたあと、わたしは気がついた。この二年間、わたしの人生は自分が所有してもいない資源をあてにしてきたのであって、頭の先からつま先まで、身体的にも精神的にも、自分自身を担保にして生きてきたのだ。それに比して、人生から何を取りもどせたか。かりにも生き方に誇りをもって、だれにも頼らないで生きていけるという自信がもてたのに。

あの二年、なにかを守るために――内なる静けさかもしれないし、そうでないかもしれない――わたしはかつて愛したすべてのものからみずからを切りはなしていたということに気がついた。朝の歯ブラシから友人との夕食まであらゆる生活の営みが苦闘を強いるものになっていたということだ。長いあいだ、わたしは人間も物も好きになれず、昔ながらの危なっかしいやり方でそういうものが好きだというふりをしていたのである。わたしが一番親しくしている人たちに対する愛ですら努力の賜物にすぎず、編集者や煙草屋の店員、友人の子どもとの何気ない関係なども、ただ昔から義務として頭にインプットされているものにすぎなかった。わずかひと月のあいだに、わたしはラジオの音声や雑誌の広告、道路でキーキーいう音、さらには田舎の死んだような静寂、こういうものにはげしく苛立つようになった。人の優しさを軽蔑し、人の厳しさにはすぐに（人しれず）敵意を抱いた。眠れぬ夜を憎み、夜になるからといって昼を憎んだ。わたしは心臓のうえにのしかかるようにして眠った。心臓の消耗がわずかでも早くなれば、祝福された悪夢の時がそれだけ早く訪れるだろうし、悪夢はカタルシスとなって、わたしは新しい日を迎えることができるだろうと思っていた。

目を向けていられる場所や顔がないわけではなかった。中西部の人間はたいがいそうだが、わたしには人種的偏見というものがまったくといっていいほどなかった。セント・ポールのベランダに腰をおろしているスカンジナビア系のかわいい金髪娘たちにひそかに憧れを抱いたりもした。とはいえ、わたしは当時の社会で経済的になんらかの役割を果たしているわけでもなかった。「うぶ」と呼ぶにはあまりにもすてきな娘たちで、急いで農村を飛びだして、まだ陽の当たる場所を見つけられないでいるような娘たちだ。あの輝く髪を一目見たくて何ブロックも歩いたことを覚えている。知りあうこともない少女の眩いばかりの衝撃を求めて。とはいうものの、これは都会でよくやるくだらない話であって、真実とは違う。実際はこのとき、わたしはケルト人にも、イギリス人にも、政治家にも、よそ者にも、ヴァージニア州の人たちにも、黒人（肌が白かろうが黒かろうが）にも、ハンティングに明け暮れる人たちにも、小売店の店員にも我慢ならなかったのだ。中間業者は全般的に、さらには作家たちにもみな（わたしは作家たちに会うことを慎重に避けた。ほかの人たちと違って、作家は問題を長引かせるからだ）耐えられなかった。あらゆる階級という階級、およそ階級というものに属する人々のほとんどが耐えられなかった。

　すがりつくものが必要だったという意味で、わたしは医者が好きだった。十三歳くらいまでの少女も好きだった。八歳くらいかそれよりうえの育ちのいい男の子も好きだった。タイプは限られていたが、こういう人たちと一緒にいると気持ちが落ちついたし、幸せだった。言い忘れたが、老人のことも好きだった。七〇歳以上のじいさん。年齢が顔に出ていれば六〇歳よりうえでもよかった。スクリーンに映るキャサリン・ヘップバーン[4]も好きだった。気取っているとかなんとかいわれていたがそんなことはどうでもよかった。それにミリアム・ホプキンス[5]の顔。あとは年に一度会う程度で、面影だけが記憶に残っているような古い友達。

　まったく人間らしさに欠けた、栄養不良の状態ではないか。子どもたちよ、これが本当の崩壊の徴候というものだ。

　ひどい状況だ。当然ながら、この話は尾びれをいろいろつけられてあちこち出まわり、批評家たちの目に触れることになった。その批評家の一人にこんな人がいた。自分の人生を基準にして、ほかの人の人生を死んだものみたいに扱うタイプの人物――ヨブを慰める(6)という、とてつもなく面白くない役割を演じているときですらそうだった――とだけ言っておこう。わたしの話はこれで終わりなのだが、最後にあとがきのようなものとして彼女との会話をここに引いておきたい。

「自分のことをそんなに悔やまないで。いいですか……」と彼女は言った（この人はしょっちゅう「いいですか」と言う。話しながら考えているから――本当に考えているのだ）。そしてこう言った。「いいですか。これはあなたのなかで起きた崩壊なんかじゃなくて、グランド・キャニオンが壊れたのだと想像してみたら。」

「わたしのなかの崩壊ですよ」とわたしは胸を張って答えた。

「いいですか。あなたが見ている世界、存在するのはそれだけなのです。あなたの観念があるだけなのです。世界を大きくするのも、小さくするのもあなた次第です。それなのにあなたはくだらない小さな一人の人間になろうとしています。神に誓って言いますが、もしわたしが崩壊するようなことになれば、世界も道連れにして崩壊させます。いいですか。世界はあなたが理解することではじめて存在するのです。ですから、こういうふうに言ったほうがいいですね。崩壊したのはあなたではなくて、グランド・キャニオンなのだと。」

「スピノザ論でもやる気ですか？」

「スピノザのことなどなにも知りません。わたしが知っているのは……」そこで彼女はかつて自分が味わった苦しい体験のことを話しだした。話を聞くかぎり、わたしの体験よりも悲しみに満ちているように思われた。どのように苦痛と向きあい、乗りこえ、打ち負かしたのか。

彼女の話を聞いて、わたしにも感じるものが少しはあったが、ただ頭の回転が鈍くて、しかも同時にほかのことを考えようとしていた。自然界に存在する力のなかで、生きる力というものは決して人に伝えることができないものだ、と。活力のジュースが免税品として手に入った時代には、みなでそれをわけあった。もちろん、それがうまくいった試しはないが。そういう雑多な比喩を突きつめていうなら、活力というのは「つく」ものではないのだ。それをもっているかもっていないかのどちらかなのである。健康とか茶色の瞳とか名声とかバリトンの声とか、そういうものと同じなのだ。それを彼女からいくらかもらって、きちっと包んで、家で料理して消化できるようにしたかったのかもしれない。とはいえ、それを受けとることはできなかった——自分を憐むようにブリキのコップをもったまま何千時間もうろうろと待っていたとしても手に入れることはなかっただろう。わたしはなんとかドアから歩いて外に出ることができた。ひびの入った陶器のように自分自身を慎重に支えながら、つらい世のなかへと消えていった。そこで今のような暮らしを始めるようになったのである。彼女のところを離れたあと、わたしはこのような引用句をつぶやいた。

あなたがたは、地の塩である。もし塩のききめがなくなったら、何によってその味が取り戻されようか。

マタイによる福音書五章十三節(7)

訳註

（1）ウィリアム・シーブルック（一八八四〜一九四五年）は『アサイラム』（一九三五年）のなかで、アルコール依存症を治療するため精神病院に八ヶ月間収容されていたときのことを回想している。
（2）初代ウェリントン公爵アーサー・ウェルズリー（一七六九〜一八五二年）。ベルギーのワーテルローでナポレオン・ボナパルト率いるフランス軍と戦った。
（3）シェイクスピア『オセロ』一幕三場のセリフ（「時の胎内には多数の出来事が孕まれていて、それがやがて生みだされることになるのだ」）からの引用。
（4）キャサリン・ヘップバーン（一九〇七〜二〇〇三年）。二〇世紀ハリウッドを代表する大女優。
（5）ミリアム・ホプキンズ（一九〇二〜一九七二年）。アメリカの女優。主な出演作品は『ジキル博士とハイド氏』（一九三一年）や『虚栄の市』（一九三五年）など。
（6）「あなたがたは皆人を慰めようとして、かえって人を煩わす者だ」「ヨブ記」十六章二節。『聖書』（日本聖書協会、一九八九年）
（7）ちなみに、この一節のあとにはつぎのような文言がつづく。「もはや、なんの役にも立たず、ただ外に捨てられて、人々にふみつけられるだけである。」『聖書』（日本聖書協会、一九八九年）

13

三〇年代についての覚え書き

（一九六〇年発表）

ジョン・スタインベック

ジョン・スタインベック（一九〇二～一九六八年）

アメリカの一九三〇年代を代表する小説家。ドイツ系アメリカ人の父、アイルランド系アメリカ人の母のもとに生まれる。スタインベック作品の特徴として、人物や出来事の観察にもとづいた詳細な描写をあげることができるが、これは彼の生来の性格に加えて、友人で海洋生物学者であるエド・リケッツ（一八九七～一九四八年）との交流の影響に起因している。その影響は人間を見る目を涵養《かんよう》すると同時に、彼の思想的成熟をもたらした。エドをモデルにした登場人物も短編「蛇」（短編集『長い谷間』（一九三八年）に所収）、『缶詰横丁』（一九四五年）等に登場する。エドとともに実施した海洋生物採集のための旅の記録となる航海日誌『コルテスの海』（一九四一年）では、エドが彼に与えた影響の大きさを知ることができる。彼はエッセイも数多く書いているが、愛犬チャーリーとともに愛車ロシナンテ号（と命名）でアメリカを見聞する旅をし、そのときのエピソードが描かれた『チャーリーとの旅』（一九六二年）、そして『アメリカとアメリカ人』（一九六六年）が秀逸である。このほかにも注目すべき長編小説『エデンの東』（一九五二年）、中編小説『真珠』（一九四七年）、短編集『赤い仔馬』（一九三七年）など、多数の小説、戯曲、エッセイがある。一九六二年、ノーベル文学賞受賞。

訳者解題　怒涛の三〇年代

スタインベックは先輩作家である「ロストジェネレーション」に属するヘミングウェイやフォークナーよりも三歳ないし五歳若かったため、第一次世界大戦（一九一四～一九一八年）での従軍経験はなかった。一九二〇年代におけるアメリカ繁栄の時代を経て、一九二九年一〇月から始まる世界大恐慌、そのただなかにあった一九三〇年代に作家として頭角をあらわす。デビュー作『黄金の杯』（一九二九年）、さらにシャーウッド・アンダーソンの『ワインズバーグ・オハイオ』（一九一九年）に見られるような、短編を集めて一つの長編小説とする形式を採用した『天の牧場』（一九三二年）は、いずれも成功したとはいえない結果であったが、中編小説『二十日鼠と人間』（一九三七年）、短編集『長い谷間』を発表したころから世間の注目を集めはじめる。この短編集のなかで描いた故郷カリフォルニア州サリーナスを舞台とする作品が以後多くなっていく。それらと相前後して、世界恐慌下のリンゴ農園の移住労働者と彼らのストライキの模様を自ら綿密に現地取材し、それを小説にした『疑わしき戦い』（一九三六年）を発表。その経験はつぎの作品、大砂嵐と大恐慌で住む土地を追われ、肥沃な土地カリフォルニア（「約束の地」に准《なずら》えられる）を目指して進む移住労働者オーキーたち（Okies）を描いた、彼の代表作である長編小説『怒りの葡萄』（一九三九年）に結実する。とはいえ彼は暗澹たる状況を描いただけではなく、そのような困難のなかでも助けあい、よいことも悪いこともともにわかちあう人々の姿をも描いたのである。彼は、その時代や当時の社会を直接的にというよりは、それを取りまく自然環境や、そのなかに生きる人間たちに焦点を当てて描くことによって、炙《あぶ》りだしていくのである。絶望のなかでも一縷《いちる》の希望をもち、優しさとユーモアをもって他人に接する人々の姿は、人間の本性への信頼感を与えてくれる。そのような明と暗のグラデーションが鮮明にあらわれているエッセイが「三〇年代についての覚え書き」である。大恐慌から第二次世界大戦に至る暗黒の一〇年間にあって、人々がユーモアをもちつづけるある種の明るさ、希望が感じられ（それがスタインベックの魅力である）、それと同時に彼が作家として、駆けだしからその時代を代表する作家になっていく過程が彼自身の視点からうかがい知ることができる点において、非常に興味深いものになっている。

三〇年代についての覚え書き

一九三〇年代がどのようなものであるかを忘れてしまった人たちに、あるいは、若すぎて知らない人たちに。

わたしははっきりと一九三〇年代を覚えている。問題だらけの厄介な三〇年代、とはいえ意気揚々とした怒涛の三〇年代を。わたしは歴史のなかで、こんなに多くの方面でこんなに多くのことが起こった一〇年間を思いつかない。暴力的な変化が起こったのだ。国が形作られ、生活が作りなおされ、政府が再建されることになった。政府は、これまでなかったような機能、義務、責任を強いられ、今もそれを放棄できずにいる。もっとも過激でヒステリックな反ルーズベルト主義者であっても、あの数々の改革や保障制度を廃止しようと言いだそうとはしない。政府にはすべての市民に対する責任があるというあの新しい発想を、彼らだって否定するつもりはないのだ。

振りかえると、あの一〇年間は一つの劇のように注意深く計画されていたように思われる。それには初めがあり、中間があり、終わりがあった。一九二九年がその後につづく一〇年間とはっきり明暗をなすもの、その一〇年間が決して超えられない高みとして存在するというプロローグさえあった。

わたしは二九年をとてもよく覚えている。みんな絶好調だった（わたしは違うが、たいていの人がそうだった）。たぶん支払えないであろう株券で財をなした人々の、クスリでハイになっているようなあの幸せな顔を、わたしは覚えている。「今日一〇分で一万ドル稼いだ。ほら、一週間で八万だ。」

わたしたちの小さな町では、銀行の頭取も鉄道保線作業員も、ブローカーに電話するために公衆電話に殺到した。すべての人が、多かれ少なかれ、ブローカーだった。ランチタイムに、店の店員たちや速記者たちはサンドウィッチを頬張りながら、証券取引掲示板を見つめ、積みあがっていく資産を計算していた。彼らの目はルーレットテーブルを見る人の目のようだった。

わたしはその様子をとげとげしく見ていた。というのもわたしはそのような世界の外側で、だれも買わないような本を書いていたからだ。わたしには財を成すために賭ける金銭的余裕はなかった。窓の内側では人々が景気よく金を使い、シャンパンを開け、キャビアを味わっていた。暖かそうな毛皮を羽織った女性たちがきらびやかな姿で劇場から出てくるときには、香水の匂いでめまいがした。

そして底が抜けた。以前から大恐慌へ向けての訓練ができていたわたしには、そのことがはっきりわかった。ただわたしの場合、損失とは無縁だった。

わたしはビッグ・ボーイズと呼ばれる事情通たちが何度も何度もインタビューされていたのを覚えている。彼らのなかには崩壊していく百万長者の自信を取りもどそうと、紙面を通じて訴えた者もいた。「自然な後退にすぎない」「恐れるな、買え、買いつづけろ」。同時にビッグ・ボーイズたちは売りに出て、市場は崩壊した。

その後、パニックが起こった。パニックはやがてぼんやりとしたショック状態に変わった。相場が下落すると、工場、鉱山、製鋼所は閉鎖され、だれもなにも買えなくなった。食料品さえも。人々はふらふら歩き回り、まるで酔っぱらっているかのように見えた。新聞はビルから飛び降りる破滅した男たちを報じていた。歩道に落ちて、彼らの破滅は完成した。わたしの友人のおじさんにとんでもない大金持ちがいた。彼は二、三週間で資産を七〇〇万ドルから二〇〇万ドルに減らしたが、二〇〇万ドルは現金でもっていた。どうやって食べていこうか、卵一個の朝食でやっていけるのかと嘆いていた。頬は痩せこけ、目は血走ってきた。そして最後は銃で自殺した。二〇〇万ドルでは飢え死にするだろうと彼は見積もったのだ。それが当時の価値観だった。

やがてみな、銀行に預けているわずかな額の金のことを思いだした。不安定な世界で唯一確実なものだ。彼らはその金を引きだそうと銀行に押しよせた。喧嘩があり、暴動があり、警官たちが列をなした。一部の銀行が倒産し、うわさが飛びかいはじめた。怖くなった人々が怒って押しよせたが、銀行の扉はガチャンと閉じられた。

ホワイトハウスにいるフーヴァー氏(1)は気の毒だった。彼は百科辞典なみに言葉を並べたが、すべて陳腐だった。的外れな言葉を使う才能はまさに天才的ともいえるものだった。失業者はリンゴを売ればいいという彼の提案は、三〇年代の「ケーキを食べればいいじゃない(2)」になった。彼のキャンペーンのスローガン、「繁栄はすぐそこだ。みんなの鍋にチキンを」は、足を引きずりながらパンの列に並んでいる新兵にとっては皮肉に聞こえた。最近デンマークから購入したヴァージン諸島を訪れたとき、彼はその島をカリブ海のゴミためと呼んだ。島民たちは今もそのことを覚えている。

ボーナス行進(3)の一団がワシントンに集まった。連邦議会はボーナス金を議決していたが、支払いはもっとあとのことになっていた。ワシントンに集まった人々のなかには不正に金を得ようとした者もいたかもしれないし、おそらくは共産主義者もいただろうが、大半は国を守った元兵士であり、腹を空かした家族のいる怯えた人々だった。そのボロを着た集団は道を塞ぎ、群れになった蜂のように連邦議会の議事堂に居座っていた。彼らは今、金を払ってほしかった。彼らはワシントンの端に掘っ建て小屋の町を作った。多くのものは妻子を連れてきていた。不幸な兵士たちが整然と、規律をもって行動する様子がいくつか報告されている。

権力の座では何が起こったのか。政府は怯えているように見えたし、今もそう見える。縄を張って軍隊に囲まれたホワイトハウスは、大統領が自国民を恐れていることを示しているように思われた。フーヴァー氏が三年分の食糧を彼のサンタクルーズ山の私有地に蓄えているといううわさが広まった。それが本当かどうかは問題ではない。人々はそれを信じたのだ。怯えた人たちは暴力に訴えてくるだろうという恐れが当局にはあったのだろう。軍が召集され、飢えてボロを着た元軍人たちを追いはらった。四つの歩兵中隊、四つの騎兵隊、マシンガン部隊、二両の戦車が請願者たちをワシントンの各通りから追いはらい、催涙ガスが立ちこめるなか、壊して燃やすだけの掘っ立て小屋の町のうえを前進し、その哀れで惨めな要塞を焼きはらった。その指揮官がダグラス・マッカーサー司令官(4)だったというのは興味深い。もちろん彼は命令に従ったまでだ。彼らはホームレスたちを一掃した。

わたしがこの時期のことを細かく語るのは、指導的な立場にある多くの人たちの兆候がそこにあらわれているからだ。ビジネスの指導者たちはパニックになり、銀行もパニックになった。製品が売れないときも、労働者たちは工場を閉鎖しないよう要求した。すべての階層の人々がまるで侵略に備えているかのように、保存が効く食料を貯蔵しはじめた。恐怖でうわずった声が人々にこう訴えかけていた。こんなこと起こるはずがない、と。不運なフーヴァー氏は、禁酒法は気高い実験《ノーブル・エクスペリメント》であると彼が言ったかのように引用された。彼はそんなことは言わなかった。彼は、禁酒法は意図において気高い《ノーブル・イン・インテント》ものだと言ったのだ。

その気高い意図が、ギャングたちによる内部政府を創りだした。つまり抗争を引きおこし、殺人を犯し、役人を買収し、斡旋を行い、酒を売る小さな国を。この新しい特権階級は品質の悪い酒を一本買うのに高い金を払う市民たちに支持されていただけでなく、成功したギャングたちは映画スターをのぞいたどのアメリカ人よりもよく知られ、尊敬されてもいた。彼らの生活、恋愛、犯罪、葬儀は詳細に報じられ、むさぼるように読まれた。有力な市民はギャングたちの面識と支持を得ようとした。この国でうろたえも恐れもしないのは、彼らだけのように見えた。

疲弊感を伴いながら再選挙に出馬したフーヴァー氏は、またしても調子のいいことを言いだした。もしルーズベルトが選ばれたなら、通りに草が生えるだろうと彼は言った。フーヴァー氏は街をよく見てみるべきだった。草はすでに通りに生えていた。農家の者たちは牛乳を捨て、値崩れを防ぐために作物を燃やした。地域住民は家を守るために武装して、担保を差しおさえようとする保安官たちに立ちむかった。草は通りにだけではなく、工場に伸びる錆びた線路のあいだにも生えていた。

選挙の結果にはあまり疑うところはなかった。ディジー・ディーン[5]の忘れがたい言葉を借りて言うと、フランクリン・D・ルーズベルトはホームに滑り込んだ。

歴史上ルーズベルト氏ほど罵《ののし》られ、多くの罪で咎《とが》められた人物はいないだろうが、ルーズベルトが恐れをなしているとはだれも思わなかったし、だれも言わなかった。そのうえルーズベルトは、なにものも恐れないという自分の姿を全国民に広めた。かなりのちに景気が回復し、経済界のリーダーたちが政府の統制とルーズベルト氏に対して怒りの声を上げたとき、彼らは自分の頭をルーズベルトの膝のうえに置き、ぜひ引きつづき何をどのようにするべきかを教えてくれと泣いて頼んだことを忘れているようだった。つまりデモ行進をし、声を張りあげ、政府による統制の象徴であるブルー・イーグル(6)を求めて闘ったことを。実際そうしたにもかかわらず。

三〇年代について書かれたものは膨大にある。写真、映像を含めて、何百万フィートにもおよぶフィルムがある。三〇年代は完全に記録化され、文書化されている時代なのだ。しかしその時代を生き、おそらくその時代によって形成されたわたしたちにとって、三〇年代は個人的な記憶の宝庫である。わたし自身の記憶はほかの人の記憶と正確には一致しない。しかしここでわたしの記憶を語ることで読者は考え、各人の記憶を呼びおこすことになるだろう。

大恐慌はわたしに、まったくもって財政的なショックをもたらさなかった。わたしには失うべき金などなかったが、多くの人々と同じく、飢えと寒さは心底嫌だった。わたしには二つの財産があった。父がカリフォルニアのパシフィック・グローブに小さな三部屋の小屋をもっていて、わたしに賃料なしで住まわせてくれた。それが第一の救い。パシフィック・グローブは海のそばにある。それが第二の救いだった。内陸の都市や、シャッターで閉じられた産業の墓場のようなところにいる人々は、わたしよりも大きな問題を抱えていた。海があれば、人は飢えに対してとても鈍感になるにちがいない。その大きな食料貯蔵庫をいつでも利用できるからだ。わたしはタンパク質の多くを海から取っていた。のこぎりと斧さえあれば、暖を取るための薪は毎日海岸に打ち上げられている。小屋には黒土の小庭までついていた。北カリフォルニアでは、一年をつうじてなにかしらの野菜が育つ。ジャガイモの皮をむくときは、必ずその皮を植えた。ケール、レタス、チャード、かぶ、人参、玉葱をその小庭で輪作した。湾の潮だまりでは、イガイ、カニ、アワビ、アオサと呼ばれるツヤのある海藻が取れた。糸と竿があれば、トラギス、メバル、マス、カジカを釣ることもできた。

「わたし」と言わずに「わたしたち」と言わなければならない。わたしのような貧しい子どもたちが大勢、同じような暮らしをしていたからだ。わたしたちは厄介ごとを、いくらかもっていたときにはその金を、創意工夫を、喜びを共有した。わたしは当時のことを、あたたかい親しみのある時代として思いだす。ただ病気だけは恐れていた。病気になるには金をもっていなければならない。少なくとも当時はそうだった。歯医者に行くなど考えたこともなかったので、わたしの歯はひどくボロボロになった。金がなければ、歯に詰めものをすることもできなかった。

今となっては奇妙なことだが、わたしたちはほとんど仕事をしていなかった。単純に仕事がなかったのだ。わたしたちの仲間の一人の女の子が、ウーマンズエクスチェンジ[7]で仕事をしていた。彼女は無給で働いていたが、売れ残ったケーキをもちかえり、当然それをみなでわけたので、わたしたちはいつも、乾いてはいるがおいしいケーキにありつけた。仕事がない状態だったので、わたしは小説、エッセイ、短編小説を書きつづけた。定期的に書いたものを送ったが、まったく同じように定期的に戻ってきた。作品がたとえいいものだったとしても戻ってきていただろう。出版社がどこよりも一番打撃を受けていたからだ。金がないとき、最初に諦めるのは本だ。わたしは原稿を送る郵便代さえ払う余裕がなかった。作品は売れなかったが、わたしのエージェントであるマッキントッシュ・アンド・オーティス社が郵便代を払ってくれた。いうまでもなく、彼らは今もわたしのエージェントで、当時書いた作品の大半が、その後出版されるようになった。

海と庭があったので、必要最低限の盗みをはたらいたとはいえ、かなりうまいこと暮らしていけた。多くを盗む必要はなかった。近隣の郊外にいる農場主たちや果樹園主たちも作物が売れず、わたしたちはもちかえることができる分だけの果物その他もろもろをわけてもらった。わたしたちは南京袋を担いでひたすら歩いたものだった。一ドルあれば生きた羊を、二ドルあれば豚を買った。しかし羊や豚は自分たちで処理して背負って運ばなければならなかった。あるいは処理した肉のかたわらで野宿して、それを食べたりもした。そんなことまでやっていた。

いかにして清潔でいるか、これが問題だった。石鹸は金がかかったからだ。豚の脂、木を燃やした灰、塩で作った石鹸で洗濯をしていた時期もあった。汚れは落ちるが、シーツから匂いを取るのに長い時間日光に当てなければならなかった。

娯楽としては公共図書館、終わりのない会話、長い散歩、その他あらゆるゲームがあった。音楽を流し、歌い、セックスをした。とてつもない発明がわたしたちの楽しみに加わった。どんなことでもパーティーを開く口実となった。休日、誕生日はすべて、お祝いの日になった。なにかお祝いをしたくなってカレンダーになんの予定も書きこまれていない日は、もう「万能カードの日《ジャックス・アー・ワイルド・デイ》(8)」ということにした。

時折魔法としかいえないようなことが起こった。仲間の一人がちょっとした仕事を見つけることもあったし、気でも狂ったのか、親類が手紙に金を入れてくれたこともあった。だいたいは二ドルほどだが、なんということか、五ドルというときも一度や二度あった。するとその情報はすぐに近所を駆けめぐる。まずはどうしても必要な支払いをすませるのだが、あとはとにかくパーティーだった。着ている服はますますぼろくなっていたので、たいていは特殊な衣装を着てのパーティーだった。女の子たちはかわいい格好をしたかったが、そのための服がなかった。パーティーのためには掛け布、カーテン、テーブルクロス、どのようなものでも利用可能だった。

ミンチ肉のかたまりは三ポンド［約一・三五キログラム］二五セントで、その重さの三分の一は水分だった。チェーンの肉屋がどうやってそれだけの水分を肉のなかに入れたのかはわからない。もちろんよく火をとおすのだが、肉汁を捨てるのは愚か者のすることだ。うすく焼き色をつけた小麦粉を加えてグレイビーソースを作った。とくに新鮮なキノコ、あるいは採って乾燥させた黒く大きなキノコを加えるとおいしくなった。女の子たちはソープルートで髪を洗った。それは野生に生える玉ねぎ型をした植物で、それでも汚れは落ちた。ウィスキーやジンはめったに飲まなかった。そんなものを飲んでいたら予算が破綻してしまう。地元産のワインがあって、それもとてもいいものだった。少なくとも飲んで死んだやつはいない。一ガロン［約三・八リットル］二〇セントで、入れものは各自で用意する。ブドウ園の主人が摘ませてくれたブドウを使って、自分たちでワインを作ることもあった。そしてそこでまたパーティーだ。きわめてフォーマルなパーティーにすることが多かった。金持ちならこういうパーティーをするだろうというものを適当に真似たものだ。手巻き式蓄音機が音楽を添え、レコードは擦り切れて、音質はローファイといってもいいようなものだが、音は大きかった。

肩まで高く担いで運ばれてきた大きなミートローフのことを思いだす。中世の祭りで出される猪の頭みたいなやつだ。それは『サタデー・イブニング・ポスト』に出ていた広告から切りぬいたカリカリベーコンで飾られていた。ある日わたしはホルマンの店の裏手にあるゴミの山のなかに、張り子のローストターキーを見つけた。感謝祭のころにショーウィンドーのディスプレイに飾るようなやつだ。家にもちかえって修理して、新しく色を塗った。わたしたちはよくそれを、タンポポで囲んだ大皿に載せて出した。七面鳥の空洞部分には肉を山ほどつめた。

いつも楽しく、パーティーばかりやっていたわけではない。わたしのエアデール犬が病気になったとき、獣医は、治療できなくはないが二五ドルかかると言った。その金を工面できず、ティリーは二週間ほどで死んだ。徹夜で犬の頭を支えているだけでよかったのなら、ティリーはよくなっただろう。このようなことが起こると怒りとやるせなさを感じた。しかし、たいていは手元にあるものだけでやりくりした。というのもすぐそこにあったのは繁栄ではなく、失望だったからだ。わたしたちは失望することをなによりも恐れていたので、必死に生きた。

なんとかなるという希望をもてずにひたすら書きつづけることは簡単ではない。しかしわたしは当時のことを、思いやりと支えあいの時代として記憶している。もしだれかがけがをしたり、病気になったり、困ったことになれば、ほかのだれかができるかぎりのことをした。みなが幸運だけでなく、不幸をもわかちあった。

物資の配給があり、みな喜んで受けとった。少しの食料が配られた。チーズのかたまりと政府配給の牛肉の缶詰。わたしはその牛肉のことをよく覚えている。それはゆでた洗濯物のような味がして、栄養価もその程度だった。政府が買い上げた牛を、民間企業が加工していた。その加工がまたお見事だった。当時、濃厚牛肉エキスが売り出されていた。わたしたちはおそらく、エキスを搾りとったあとのゆでた洗濯物を食べていたのだろう。

ＷＰＡ［雇用対策局］ができたとき、わたしたちは喜んだ。仕事を提供してくれるからだ。作家のためのプロジェクトさえあった。わたしはそのプロジェクトに参加することはできなかったが、そうそうたる人物が多く加わった。わたしはモンテレー半島にいるすべての犬の個体調査というプロジェクトを与えられた。犬の品種、体重、性格の調査だ。わたしはそのプロジェクトを徹底的にやってのけた。どうせ自分のレポートをだれか偉いさんが読むわけないとわかっていたので、プードル、ビーグル、ハウンドの綿密な性格調査を書いた。もしワシントンのどこかでこの記録書が保存されているのなら、三〇年代初頭モンテレー半島に生息した犬の完全な記録となるだろう。

ＷＰＡの活動は全国に及んだ。わたしたちが今でも使用している空港の多く、何百もの学校、郵便局、スタジアムが建設され、シカゴを堂々と走る湖岸道路のような、偉大なる恒久財も作られた。

そのころになると、いくつかの産業が回復を見せており、ＷＰＡはショベルにもたれている［腰に手を当てて見ている］だけだというのがビジネスマンたちの固定観念だった。わたしにはおじがひとりいて、彼はショベルにもたれるということについてとくにイライラしていた。ショベルにもたれることも必要だというわたしの主張をおじが鼻で笑ったとき、休むことなく十五分間ショベルで砂をすくったら五ドル（もっていなかったが）やると賭けた。おじは、男が丸一日働けないでどうすると言ってショベルをつかんだ。三分たつころには顔が赤くなって、六分後にはよろめいた。八分が経過する前に奥さんに止められて、卒中をまぬがれた。おじはそれ以来二度とショベルにもたれることについては口にしなかった。頭脳労働は肉体労働よりもきついという主張があるが、わたしは面白いことを言う人もいるものだと思ってきた。机に向かって仕事をしているときに、好き好んで腰を上げて、ショベルを手にする人になど出会ったことがない。

そのころ素晴らしいことがこの国にも起こっていた。若者はハゲ山に木を植えなおし、画家は公共の建物の壁にフレスコ画を描いた。連邦作家計画によりアメリカ各州ガイドがまとめられていた。それは現在でも、その案内が出版されるまでのアメリカにかんする最良の資料である。

ハリー・フラナガン(9)という傑物が国立劇場を作っていた。劇作家や俳優たちは救済賃金を得ようと血眼になって活動していた。この国で最良の演劇人のなかには、この時代に名を馳せた者たちもいる。『ゲッティング・ガーティーズ・ガーター』(10)が不道徳な劇だという理由で、道徳基準の高い上院議員たちがすべてご破算にしなければ、今でも国立劇場は存在していたかもしれない。

パシフィック・グローブでは景気が上向きになっていたそうだが、それはわたしたちにとってはたいして意味のあることではなかった。景気向上の兆しの一つは、政府に引きつづき何をするべきかを教えてくれと懇願していた人たちが、今や政府の統制に反対する声を上げ、ルーズベルト氏に極端な悪態をつくようになったことだ。これは人々がまた自分の足で立てるようになった証拠だし、ごく自然なことだった。人間、必要なとき以外に差し出される援助は許容できないものだ。

工場はふたたびゆっくりと息を吹きかえし、農家の人たちも農家の人たちなりに、それなりに楽観的になっていた。そのとき、天気の神がぬっくと立ちあがり、わたしたちに試練を与えた。雨がまったく降らなくなったのだ。一九三四年の天気図は陰鬱な歴史となっている。乾燥、不作、干ばつ。西部も、中西部も、南西部も。肉、穀物、野菜が育つこの国の豊かな土地が、萎み、乾燥し、ひび割れた。牛たちは骨と皮ばかりになり、空腹を訴える鳴き声を止めるため、豚は撃ち殺された。トウモロコシは、育ってはダメになった。

そのころまでに禁酒法は廃止されていて、いたるところに看板が立っていた。そこにはペンキで荒っぽくこう書かれていた。「ビールはもういい、水をくれ!」大草原地帯は一面牧草が根こそぎにされて久しく、むき出しの地面は日光の下で無力だった。強い風が吹くと表面の土が砂埃となって空中に舞いあがり、日の光をさえぎり、黒い雪のように家や柵のうえに降りつもった。当時撮られた写真を見ると、わたしたちの豊かな土地が月面の風景のように、荒れ果てた、ゾッとさせる様子だったことがわかる。家畜は死ぬか射殺され、人々は自分自身を守るため、もっていけないものはすべて置き去りにして逃げた。彼らはわずかでも水分のあるほうへと向かった。カリフォルニア、オレゴン、ワシントン。少なくとも冬の寒さが問題とはならない土地へ。アメリカは、左ジャブを喰らってカウント七まで床に倒れていたところ、なんとか立ちあがることができたのはいいが、また顎に強烈な一発を喰らってノックアウトされたボクサーみたいなものだった。

人々が大陸を移動しはじめたころ、ほかの気候災害で被害を受けた人たちもいた。たとえばカリフォルニアのキングス・カウンティで野営していた約三〇〇〇人が、洪水に巻きこまれた。彼らは水と泥にまみれた畑に囲まれた高い土地にうずくまって、飢えていた。

『サンフランシスコ・ニュース』に勤めるジョージ・ウェストという友人がいたのだが、キングス・

カウンティに出むいて、ニュース用の記事を書いてくれと彼に頼まれた。それが民間企業から受けた最初の仕事だったように思う。そこで目にした光景に、わたしは慄《おのの》いた。わたしたちの場合ただ貧しいだけだったが、そこで出会った人々は文字どおり飢えていた。それは飢えで死にかけていたという意味だ。泥のなかで孤立して、濡れて腹を空かし、惨めだった。つけ加えていうと、彼らは立派で勇敢な人々で、わたしは身も心も完全にとらえられた。わたしは六、七本の記事を書いたあと、彼らが食べ物を得られるよう、自分にできることをした。もともとその土地に暮らす人々は怯えていた。彼らもできるかぎりのことはしていたが、恐怖やおそらくは哀れみのせいで、無数のバッタのように集団で移動する汚くどうしようもない人たちを、当然のことながら嫌悪していた。

その新聞記事のおかげでわたしはいくらか金を得て、またちょうどそのころちょっとした思いがけない大きな収入があったので、わたしはこの移住民とともに暮らすことにし、彼らがなぜ自分たちの土地を去ったのかを知るために、彼らの故郷を訪ねたりもした。それは慈善活動ではなかった。わたしはこの人たちが気に入ったのである。わたしの心に訴えるユーモア、勇気、創意工夫、エネルギーを、彼らは備えていた。わたしたちに国民性とか国民の特質などがあるとすれば、オーキー（Okies）(11)と呼ばれはじめていたこの人たちこそがそれだと思った。あらゆる困難を乗り越えて、彼らの善良さと強さは生きのこった。今もそれは生きのこっている。

パシフィック・グローブでは、政治が社会生活の一部になっていた。わたしたちは共産主義、社会主義、労働団体、復興について意見を交わし、論争し、議論した。会話はわたしたちの喜びのなかで大きなウェイトを占めていたし、それはなにも悪いことではなかった。回復の兆しが見え、民間企業が力を取りもどすと、ストライキが起こりはじめた。わたしは事の次第を理解するために出かけ、ストライキを肌で感じ、味わい、実践し、研究し、かなりのものを書いた。嬉しいことにストライキのことをこきおろす場合でさえ、わたしの著作を買って読もうとする人がちらほら出てきた。わたしはある一冊の本のことを覚えているが、その本は共産主義者からは資本主義的だといわれ、資本主義者からは共産主義的だとして非難されていた。いつものことなのだが、人を動かす力があるのは思考よりも感情なのだ。

三〇年代の感情は高ぶっていた。近年人々は感情を表現することを恐れるが、当時は恐れなかった。信じることは叫ぶことだった。わたしたちは興奮を生き、興奮を語りあった。

わたしたちはヨーロッパで何が起こっているかについて議論した。敗北した元兵士たちの絶望に乗じてヒトラーが台頭し、イタリアの貧困と混乱に乗じてムッソリーニがのしあがってきた。

おそらくアメリカでもみなうんざりしていたのだろう。短い期間にあまりに多くの浮き沈みがあった。混乱時になると、わたしたちは指導者を求めたがる。野球のスキャンダルや映画の倫理的問題などがあると、その場を取り仕切ることができるだれかを求める。そのような人物はどういうわけか、いつも独裁者《ツァー》と呼ばれる。しかし幸いなことに今までのところ、わたしたちはそのような人物に大きな顔をさせるようなことはなかった。

しかしヒトラーが成功し、ムッソリーニが時間どおりに列車を走らせた[12]三〇年代には、ツァーを自称する者たちが溢れはじめた。ジェラルド・L・K・スミス［牧師。一八九八～一九七六年］、コーフリン司祭［一八九一～一九七九年］、ヒューイ・ロング［上院議員。一八九三～一九三五年］、タウンゼント［外交官、作家。一九〇〇～一九七六年］。彼らはみな個人的な権力を手にいれる材料として、不安、混乱、憎しみを利用しようとしていた。

クー・クラックス・クラン(13)〔以下ＫＫＫ〕が、少なくとも数のうえでは勢力を伸ばしてきた。パシフィック・グローブでは、通りにＫＫＫという大きな文字がペンキで書かれ、小さな赤いカードがわたしの家のドアのしたの隙間からそっと差しこまれたことも何度かある。そこには、「われわれはおまえを見張っている。　ＫＫＫ」と書かれていた。

共産主義者たちは活動的で、みなで統一戦線を組んでいた。そのことについてはわたしたちも、口角泡を飛ばして議論した。共産主義者たちはなかなかに巧みだった。正義、貧困の撤廃、平等、母性愛、こういったことに賛同する人はみな、自動的に共産主義者たちとの統一戦線に加わることになった。ラヴストーン支持者(14)やトロツキスト(15)たちもいた。わたしには各陣営の区別がつかなかったが、スターリン主義者たちはロシアで権力を握り、それ以外の者たちは締めだされたということだけはわかった。とにかく、こういう連中はたがいに好意をもっていなかった。スターリン主義者たちは秘密の知識を手にしているという含み笑いを浮かべ、一般人には手に入らない情報源を握っているかのような印象を与えた。のちになってそれは事実ではないとわかった。独裁者嫌悪という点では、わたしたちは一つになっていた（弁証法をきちんと勉強していれば、スターリンは独裁者ではないとわかる）。

ヒトラー＝スターリン条約〔独ソ不可侵条約〕締結という衝撃的なニュースが報じられたころ、道端で共産主義者の友人の一人と出くわした。わたしが近づく前に、彼は大声で言った。「おれに聞くな。知らん。なんてこった。おれたちはなにも聞いていない」と。のちにわかったことだが、クレムリンはアメリカの共産主義者にはなにも知らせなかった。クレムリンはアメリカ共産主義者たちのことを信用していないのだと、だれかがあとから教えてくれた。

現場でストライキを組織しているかなりタフで熱心な連中は別にして、わたしが会ったいわゆる共産主義者たちの大半は、夢のゲームをしている中産階級の中年層だった。わたしはある裕福な女性が、さらにもっと裕福な人につぎのように言っていたのを覚えている。「革命があったらわたしたちも、もっと多くのものをもてるんでしょうね。」彼女の所有地では、日曜のピクニックを楽しむ人たちと一緒に大騒ぎをする無産階級者好きもいた。

厄介だったのは、みずからを無産階級だと認めている人がいなかったことだと思う。だれもが一時的に困惑した資本家だった。調査委員会によって事細かく詰問された共産主義者たちはアメリカにとっての危険分子だったのだろうが、少なくとも自分で共産主義者だと名乗っていたわたしの知り合いが、日曜学校のピクニックを妨害することなどなかっただろう。そもそも彼らは自分たちどうしで争うことにあまりにも忙しすぎた。

三〇年代初頭、文学者としてのわたしの経験は恵まれたものではなかったが、それはなにもわたしにかぎったことではなかった。出版社がわたしの本の出版を引き受けてくれるたびに、その出版社が倒産した。ある本が出版社に受けいれられ、二つめの出版社によって印刷され、三つめの出版社によって出版されたこともあったが、まあその本は売れなかった。わたしは自分が文学業界のチフスのメアリー[16]のような気がしてきた。しかし三〇年代も進むにつれて、わたしにもわずかながらの支払い能力が備わってきた。『赤い仔馬』というわたしの作品を、今は廃刊となった『ノース・アメリカン・レヴュー』が買ってくれたときのことを思いだす。原稿料は九〇ドル。この世にこんな大金が存在するものかと思った。まさにきらめくようなその豊かさが何週間も頭から離れなかった。小切手を現金化するのは忍びなかったが、結局はした。

一九三六年にもなると、この国の情勢はかなり上向いていたといってよいだろう。作家がうまくやっているときは、その国の他の人たちも順調にやっているということだ。出版社から出版社へとうんざりするほどたらい回しにされていたわたしの本が、ようやくパット・コヴィチ[17]によって買われ、世に出た。売れ行きは上々で、三〇〇〇ドルで映画化も決まった。これほどの額の金をどうしたものか、わたしには考えもつかなかった。何光年という単位で考えるようなもので、無理な話だ。

この本のその後の歴史が、当時起こりつつあった変化のカタログとなっている。スタジオは二五万ドルも費やしてその本を書き直させたのだが、結局作品を破棄した。そしてそもそもこの作品を買うことにした男をクビにした。その男は三〇〇〇ドルで作品を買いもどし、のちに九万ドルで売った。価値の変化とはこのようなものだ。しかしわたしは今でも最初に受けとった三〇〇〇ドルが、およそこの世に存在する金の総額だと思っている。わたしはその金の多くを手放してしまった。一人の人間が手にするには多すぎると思ったからだ。わたしは資本家に向いていなかったのだろう。むしろいつまでも民主党員のままであった。

大恐慌時代、さらにはそこからのゆっくりとした回復のあいだ、科学という名のからくり世界がパシフィック・グローブにいるわたしたちの目の前を通りすぎた。友人の一人がT型フォードを所有していた。天井が高くてガラスの花瓶がついたその車は、ブレーキバンドがなくなっていて、バックギアに入れても前進してしまうという危険な代物だった。一クォート［約〇・九四リットル］のガソリンさえあれば、緊急時に乗ることくらいはできるだろう。

あるときラジオを手にいれた。ヘッドフォン付きの鉱石ラジオだ。座ったまま音楽に合わせて足で拍子をとったり、自分だけにしか聞こえていないジョークで笑ったりしていると、妻に離婚すると脅された。わたしもますます豊かになって、十五ドルでとびきり上等の中古のラジオを買った。ノートルダム大聖堂を模した造りになっていたが、ガーゴイル［ゴシック式教会の屋根などにある怪獣のかたちをした雨水の落し口］だけが欠けていた。そのラジオ自体はよいもので、今でも使うことができる。わたしたちは素晴らしい音楽の世界や、とりわけニュースを聞くことができるようになった。わたしたちはスピーカーの前に集まった。近所にあるX線機器のせいで、肝心なときに聴き取りづらくなったからだ。このラジオでルーズベルト氏の炉辺談話[18]を聴き、破滅を告げるようなガブリエル・ヒーター［ラジオコメンテイター。一八九〇～一九七二年］の口調、H・V・カルテンボーン［ラジオコメンテイター。一八七八～一九六五年］の正確で端的な語りに聞きいった。録音されたヒトラーの声も聴いた。しわがれた叫び声、さらには彼を支持する数百万人の響きわたる「万歳！」も聴いた。コーフリン司祭の気取った冷笑に、慄きながら耳を傾けた。ある晩わたしたちはマジソン・スクウェア・ガーデンからの放送を聴いていた。茶色の服を着た聴衆の、耳をつんざくような憎悪と、教えこまれたフレーズがこだまするナチの集会だった。そのうちに反対者の声が聞こえてきて、わたしたちは彼が拳で体を殴られ、床に叩きつけられ、ステージから突き落とされる音が聞こえた。スピーカーから聞こえてくるアメリカ・ファーストのスローガンは、まさにナチスのやり方と同じ響きがした。リンドバーグ[19]はホワイトホースに乗るように提案されたが、つらかったにちがいない。わたしたちは、彼の赤ん坊を誘拐し、殺した男の裁判も聴いた。

繁栄が戻り、暗黒の日々の暖かい友好的な人間関係は過去のものとなった。激化するストと報復がデトロイトで猛威をふるい、シカゴでは人種暴動があった。催涙ガスや警棒、それに対してヤジを飛ばすピケ隊、ひっくりかえされた車。暴力に訴えるということは、両陣営がともに恐怖を感じていたということを示している。怯えると人はみな残酷になるからだ。

スペイン戦争はアメリカ人の感情を分断した。わたしの知り合いはみな共和制を支持した。わたしたちはヒトラーやムッソリーニから武器の供給を受けていた側の人たちのいう正義がどういうものか理解できなかった。わたしたちは政府が共和制支持者たちへの供給を打ちきり、ロシア人に助けを求めるよう仕向けているのを、げんなりしながらじっと見ていた。偉大な権威あるラジオからわたしたちに届いたのは、一つの狂った時代だった。

当時、幼い少女だったシャーリー・テンプル［ハリウッド女優、外交官。一九二八〜二〇一四年］がスペイン共和制支持者への医療援助のために金を送ったことで、ダイズ委員会［非米活動調査委員会。一九三八〜一九四五年］によって非難されていた。ある野戦病院にわたしもかかわっていたので、面白い経験をした。電話でくだらないことを言ってくるやつを、だれでも一人くらい知っているものだろう。わたしたちの場合、動物園に電話をかけて、熊さん《ミスター・ベア》を呼びだすのが好きという一人の女性だった。ある日わたしは電話に出た（おお、そうだ！　そのころには電話をもっていた）。いつものくだらないことを言ってくるやつだと思った。そいつはこんなことを言ってきたからだ。「こちらはモントレーの「ヘラルド」です。あなたは今日ダイズ委員会に糾弾されました。コメントいただけますか？」

いつもの変なやつかと思いながら、わたしはこう返事した。「シャーリー・テンプルにとっていいことは、もちろんわたしにとってもいいことだ」と。

ところがそれは事実だった。わたしは医療援助のためにスペインへ金を送っていたことで糾弾されていたのである。わたしの応答はすべて活字になった。ほかの人たちは面白いと思ってくれたが、委員会には伝わらなかったようだ。こちらの話を聞いてくれと電話で言っても応えてはくれなかった。そのとき以来、ダイズ委員会が定義するところでは、わたしは共産主義者だった。当時はすべての人が、自分のよって立つところ次第でファシストか共産主義者かにわけられる時代だった。

わたしの本は自分が望んでいた以上に、あるいは期待した以上に売れはじめていた。嬉しくもあり、怖くもあった。こんなことがつづくはずはないとわかっていたし、自分の生活水準が上がって、つぎの破綻が来たときにまた途方に暮れることになるのではないかと思っていた。わたしたちには繁栄よりも破綻のほうが、はるかに馴染みのあるものだった。古代の怒れる神々の感情が身についていたわたしは、稼ぎの大半を使ってしまった。人であれ、組織であれ、金が必要な人たちにとってはいいカモだった。贖罪みたいなものだったのだろう。これまでへりくだって頭を下げて、それでもはねつけられてきた本がいまや売れに売れ、ぜひ書いてくれと頼みこまれるまでになったなんて筋がとおらない。わたしは信じなかった。とはいえ、わたしはいっそう有名になっていた。

ルーズベルト氏と知り合いになり、どういうわけかわたしといるとき、彼はよく笑っていた。晩年の彼はときに気分が滅入っていたり、つらそうにしたりすることがあった。そんなとき、彼はわたしに部屋に来いと言ってきた。わたしたちは半時間くらい話をした。散らかった机のうしろで、椅子にもたれて揺れていたルーズベルト氏を思いだす。今でも彼の大きな笑い声が耳に残っている。

ある晩、ニューヨークのジョン・ガンター［ジャーナリスト、作家。一九〇一～一九七〇年］のところで、大統領選に立候補していたウェンデル・ウィルキー［共和党大統領候補。一八九二～一九四四年］に会った。彼の政治信条はまったく受けいれられなかったが、人としてはとても気に入った。彼は温和なひらけた男のように見えた。たくさんウィスキーを飲んだあと夜もかなり遅くなり、わたしはずっと気になっていたことを聞いてみた。どうして大統領になりたいのか。この世でもっとも孤独で、もっとも見返りの少ない仕事に思えたからだ。彼は両手でハイボールのグラスをゆっくり回しながら、そのなかをじっと見つめていた。そして最後にこう言った。「それが俺にもわからないんだ。」

そのとき彼のことがいっそう好きになった。素直な男だった。

三〇年代の奇妙なパレードが終わりに近づき、時の流れが速くなったように思われた。気づかないうちに、アメリカという国も国民も変貌してしまった。本当の革命を通過したのだ。ただ革命が起こっているあいだ、わたしたちは部分的にしかそのことに気づかないでいた。

戦争が近づいていた。専門家でなくてもそんなことはわかっていた。各種の報道からもそれは明らかだったし、ナチスが膝を曲げずに脚をまっすぐ高く上げて進むときにガチャガチャと鳴る、あの足音からも明らかだった。ドイツ人がはじめて茶色の制服を着たときからそういう予感はすでにあった。エチオピア、スペイン、ルール地方、チェコ国境で起こった戦争の予行練習のようなものを、わたしたちは呆然と見ていた。早い段階であれば、戦争を止めることができただろう。いや、やはりできただろうか。戦争が始まるなどとわたしたちがまだ信じていないそのとき、アメリカはそうなることを知っていた。近づくガラガラ蛇をただ見つめているだけの小鳥のように、わたしたちは戦争が近づくのを見ていた。そしていつものことながらいざそのときが来ると、みな驚いたのだ。

ただ、三〇年代の意匠のようなものは最後までつづいた。それはまるで、歴史がその一〇年間の最初と最後にドラマチックな目印をつけたかのようだった。財政構造だけでなく、人々の考え方や行動様式までもが崩壊したところで三〇年代は始まり、おそらくは第二次世界大戦の開始とともに幕を閉じた。

数週間前、わたしはニューヨークの中央部にある大きなオフィスビルにいる友人を訪ねた。ランチに向かう途中、彼は「きみに見せたいものがある」と言った。

彼はブローカーのオフィスにわたしを連れていった。一方の壁全面に証券取引掲示板があった。二人の若い男が素早く動きまわり、株価の上昇や下落といった変動、さらには売り・買いを記入していた。オークの手すりのうしろには、ぎゅうぎゅうづめになって立っている人たち、店員、速記者、小事業主がいた。彼らの大半はサンドウィッチを頬張りながら取引を見て、ランチタイムを過ごしていた。時折彼らは封筒のうえにメモを取っていた。その目はルーレットテーブルを囲む人々の目のように、なにかに心を奪われて、ガラスのような輝きを放っていた。

訳註

（1）ハーバート・フーヴァー（一八七四～一九六四年）。アメリカ合衆国第三一代大統領。

（2）農民がパンを食べることができないほど困窮しているときに、その状況を理解しない身分の高い女性が発したとされるよく引用される言葉。フランス王妃マリー・アントワネットの言葉といわれていたが、実際にはそうした事実を示す資料はない。
（3）一九三二年六月、第一次世界大戦の退役軍人やその家族約三万人がボーナスの繰り上げ支払いを求め、ワシントンDCへ行進した。
（4）ダグラス・マッカーサー（一八八〇～一九六四年）。アメリカ合衆国の陸軍軍人・元帥。
（5）ディジー・ディーン（一九一〇～一九七四年）はアメリカの野球選手。
（6）米国復興局（一九三三～一九三六年）の運動への協力のしるしとして店や商品につけた標章。
（7）十九世紀に女性たちが立ちあげた非営利団体。女性たちが手作りしたものを販売する場を提供していた。
（8）ポーカーで「ワイルド」は「カードが万能になる」という意味がある。
（9）ハリー・フラナガン（一八八九～一九六九年）はアメリカの女性演劇プロデューサー、劇作家。「連邦劇場計画」の監督として有名。非米的な演劇を広めようとしているとして、ワシントンの公聴会で非難を受ける。
（10）『ゲッティング・ガーティーズ・ガーター』は一九二一年にブロードウェイで初演されたセックス・ファルス。その後、無声映画（一九二七年）やトーキー（一九四五年）が製作された。
（11）オクラホマ州からの出稼ぎ労働者を指した一九三〇年代の言葉。
（12）このフレーズは、文字どおりに解釈すると、イタリアの独裁者ムッソリーニが国内の遅れがちであった鉄道を時間どおりに走らせたという政策の成果を示している。しかし実際には、ファシスト党によって一九二〇年代、三〇年代の彼の権力を強化するための宣伝としてよく使われたものである。
（13）アメリカの白人至上主義団体。
（14）ラヴストーン（一八九七～一九九〇年）は、反スターリン派の労働運動指導者。アメリカ共産党を追放される。
（15）トロツキストは、レフ・トロツキー（一八七九～一九四〇年）の支持者。トロツキーはソビエト連邦の共産党指導者の一人。レーニンの死後スターリンと争って敗れ、一九四〇年に処刑された。
（16）二〇世紀初頭、ニューヨーク市内で連続して腸チフスが発生し、その発生源は料理人のメアリーとされた。
（17）パット・コヴィチ（一八八五～一九六四年）。コヴィチ・フリード社の編集者。スタインベックの友であり編集者であった。
（18）ルーズベルト大統領が一九三三～一九四四年にかけてラジオで国民に語りかけた番組。

（19）チャールズ・リンドバーグ（一九〇二～一九七四年）はアメリカの飛行家。一九二七年に世界ではじめて大西洋を横断した。

14

恐れについて

新たな南部とその苦しみ

（一九五六年発表）

ウィリアム・フォークナー

ウィリアム・フォークナー（一八九七～一九六二年）

アメリカ南部のミシシッピ州ラファイエット郡オックスフォードで人生のほとんどを過ごした。この町をもとにした架空の地ヨクナパトーファ郡ジェファソンを物語の舞台として創りだし、ヨクナパトーファ・サーガと呼ばれる世界を多くの作品のなかに描きだした。この作品群のなかに、「意識の流れ」と呼ばれる手法を取りいれた実験的な小説『響きと怒り』（一九二九年）と、重層的な語りによって南部の壮大な歴史を描いた『アブサロム、アブサロム！』（一九三六年）が含まれる。これらは優劣つけがたいフォークナーの代表作と考えられる。一九五〇年にノーベル文学賞を受賞した。

訳者解題　アメリカの夢の行方

フォークナーは一九五〇年にノーベル文学賞を受賞したとき、芸術家としてのみならずアメリカ市民としても責任を強く意識し、アメリカの夢について考察した。『ハーパーズ』に掲載された「プライヴァシーについて」（一九五五年）と「恐れについて――新たな南部とその苦しみ」（一九五六年）では、プライヴァシーや人種問題と、アメリカの夢とのかかわりについて言及している。

「プライヴァシー」では、アメリカ建国の父祖たちが権利としての自由と個人としての自由にもとづいてアメリカの夢を築いたが、その夢を受けついだはずの人々が、これらの自由を乱用した瞬間に真実が消えてアメリカの夢も消滅してしまい、人間が存在するために不可欠なプライヴァシーが侵害される危険性を警告している。

一九五五年夏から秋にかけて、フォークナーは日本をはじめいくつかの国を巡って講演し、ノーベル賞受賞作家として、アメリカ代表としての意見を述べた。国内では有名な作家として、南部白人代表として、はじめは中立的な立場から公民権運動にかんする意見を述べていた。「恐れについて――新たな南部とその苦しみ」によって、公立学校における人種統合（アフリカ系アメリカ人と白人を同じ学校に通わせる措置）に理解を求めたが、身内を含む南部白人たちから非常に多くの非難の手紙が寄せられ、極めて苦しい立場に立たされた。

フォークナーは、冷戦の時代に訪問した国々が共産主義化していないのはすでに消滅してしまったアメリカの夢を人々がなお信じているからだということに気づき、アメリカ本国で自由を実践すべきだと訴えたが、当時の南部白人には届かなかった。しかし、現代のアメリカ人にはその訴えが届いているようだ。七月四日の独立記念日には、お祝いの言葉とともに、「わたしたちは自由でなければならないが、たんにそれを要求するだけでは自由とはいえず、行動で示さなければならない」というフォークナーの言葉が、ソーシャルメディアや広告において引用されている。

恐れについて——新たな南部とその苦しみ

芸術家にして予言者、南部を代表する市民の一人、ノーベル賞およびピューリッツァー賞の受賞者、ウィリアム・フォークナー。以下の論考は、物議を醸《かも》している彼の連作「アメリカン・ドリームに何が起きたのか」の続編である。

連邦最高裁判所が学校での人種隔離政策を撤廃する判決(1)をくだした直後、ミシシッピで議論が巻きおこった。黒人学校の水準を白人学校の水準まで引きあげるうえで必要となる増税のあり方をめぐる議論である。地域でもっとも多くの読者をもつメンフィスの新聞の自由投稿欄に掲載してもらおうと、わたしはつぎのような手紙を書いた。

わたしたちミシシッピの人間は、今の学校が満足のいくものでないとすでにわかっています。若者たちがみずからそのことを証明してくれています。男性であれ女性であれ、優秀な若者たちは最高の教育を受けたいと望んでいます。人文科学だけでなく、法律、医学、工学といった専門職や技術職の分野に進みたい、自分たちにはそういう資格も能力もある、と。そういうとき、彼らはミシシッピ州をあとにします。そういう教育を受けるためにはミシシッピを離れなければならないのです。しかもたいがいの場合、彼らは戻ってきません。

つまり、わたしたちの学校は白人にとっても満足のいくものではないということです。現在、ミシシッピ州がもっている教育資源はそれほどレベルの高いものではなく、白人の若者の知識欲も満たせていません。そのうえで、どういう状況になれば、黒人の学習欲や需要を満たすことができるのでしょうか。明らかに黒人のほうが教育を求めていますし、いっそうそれが必要だというのに。そうでなければ、連邦政府が、ミシシッピ州（ほかの州もそうですが）に黒人が最高の教育を受けることができるよう強制する法律を可決する必要はなかったでしょう。

要するにわたしたちの今の学校は、白人にとっても満足のいくものではないのです。さてどうしますか。学校を満足のいくものにしますか。できるかぎりいいものにしますか。そんなことはしません。茂みを突っついては、掻きだしたり、こそぎ落としたりしながら税金を集めたとしても、現状すでに不十分であるような学校と同じシステムのものをさらに作るだけです。そんなものが黒人にとって満足のいくものになるはずがありません。わたしたちはだれも満足しないようなシステムを二つ手に入れようとしているのです。

この投書が新聞に掲載されてから数日後のこと、メンフィスの新聞の自由投稿欄に寄せられた投書のカーボンコピーが送られてきた。そこにはこう書かれていた。

泣きっ面のウィリー・フォークナーが、ミシシッピの学校は不十分だと泣き言をいっているのだが……なぜそんなことを言おうとするのかわれわれには理解できない。

このあとさらにいくつかの事実が引きあいに出されていた。南部の人間であればだれしも当然誇りに思っていることだ。南北戦争のあと、この土地は戦いに敗れて占領されていた。その不遇な時代にも、献身的な教師たちのおかげで、この土地の教育の種が絶やされることはなかった。教師たちの献身にはほとんど見返りがなかった。そういうことを述べたうえで、わたしが書くものは質が悪いとか、明らかに金儲けのためにものを書いているとかいってちょっと小馬鹿にしたあと、彼は最後にこう書いていた。「泣きっ面のウィリーはそろそろ涙をこらえて、ミシシッピの基本的な経済について知識欲を少し奮いたたせてみてはどうか」と。

しばらくして、わたしはこの投稿者から手紙を受けとった。彼の投書が返答のかたちでメンフィスの新聞に掲載されたあとのことである。わたしが受けとった手紙はミシシッピの別の小さな町に住む人が彼宛に送ったものだった。その内容は大方、わたしが受賞したノーベル賞のことを小馬鹿にし、さらに泣きっ面のウィリーの投稿者を賞賛するものだった。教育を受ける人間の肌の色よりも、教育そのものを重視するような裏切り者を彼はすかさず非難してくれたということで。その手紙には泣きっ面のウィリーの投稿者による返事が同封されていた。それは概ねつぎのような内容だった。

わたしが思うに、フォークナーは、今のところ南部における生活の実状について語りうるもっとも有能な解説者である。……彼を侮辱してやって、この地域の基本的な経済を見通すように仕向けることができれば、人種統合政策に反対しているわれわれの闘いに、絶大な貢献をしてくれるにちがいない。

ひとを侮辱することで、だれかになにかを教えようとすること、つまり侮辱する側の人間が正しいと思っているやり方で考え、行動するようだれかを説得することはあまり健全なやり方ではないと思う。これがわたしからの回答だった。ミシシッピに今必要なのは、望みうる最良の学校であり、わたしたちが育てた人材を、男であれ女であれ、肌の色にかかわらず、最大限に活用することだとわたしは繰りかえした。そのような目的にかなうような学校制度をたとえ作れなかったとしても、少なくとも生徒たちを能力以外の点では差別することのない学校を作ろう。今日のアメリカにおいてもっとも必要なこと、おそらくは喫緊《きっきん》の課題ともいえることは、すべてのアメリカ人が少なくともアメリカの側に立たなければならないということだ。つまり、わたしたちが人間の自由について語ると、ほかの国やさまざまなイデオロギーが疑いの目で見てくるかもしれないが、すべてのアメリカ人が同じ立場に立っているのなら、もはやそれを恐れる必要はないからだ。

事実の背後に

とはいえ、こういったことは本論の主題ではない。むしろ核心はその背後にある。つまり、悲劇は袋小路そのものにあるのではなく、袋小路の背後に隠れている。この袋小路は一見すると相反するかのように見える二つの事実から成る。南部で直面しているこの二つの事実とは、まず、すべての市民は教育において完全な平等が保障されなければならないという連邦政府からの指示があり、もう一つは、白人と黒人が同じ教室にいてはならないと考える南部の白人たちがいるということである。これら二つの事実は相容れないように見えるだけだ。というのも、たがいに歩みよるほかに道はないからだ。考え方を変えないのならば死ぬほかない。実際、両者は歩み寄ることができると信じている南部生まれの南部人もいる。しかも彼らはこの南部の地を愛している。彼らは白人だけを愛しているわけでも、また黒人だけを愛しているわけでもない。こういった南部の人間はこの土地を愛しているのだ。それはつまりわたしたちの国を愛しているということである。彼らは南部の気候や地理を愛し、白人であろうが黒人であろうが、南部の人たちがもつ正直で公正な気質を愛し、南部の偉大な伝統と過去の栄光を愛する。こういう思いがあるからこそ、南部生まれの南部人は、両者に不満が残ろうとも、たがいに歩み寄ろうとするのである。北部の急進的なひとたちは南部が十分な努力をしていないと考えて南部のことを侮蔑するし、また南部の保守的なひとたちは、わたしたちがしていることはすでにやりすぎだと考え、傲慢な態度で脅してくる。しかしこの南部生まれの南部人は、急進的北部人の侮辱にも保守的な南部人の脅迫にも立ちむかうことを厭いはしないだろう。

南部の白人のなかには、社会が改善されたことで黒人がどんな些細なことであれなにかを手にするたびに、立ちあがって反対しようとしたり、反対しなければならなかったりする人たちがいる。こういった点がなければ、彼らは合理的で教養にも長けており、穏やかで、寛大で、親切なのだが。とにかくそういう人たちがいるという事実の背後には理由がある。つまり恐怖心が隠れているのである。これが悲劇なのだ。合理的で、社会的地位のある人たちが自棄を起こす背後にあるのもこの恐怖心なのである（わたしに手紙をくれた「泣きっ面のウィリー」を投稿した人物は、銀行家、ひょっとしたら頭取かもしれない。それも多分ミシシッピ州のほかの小さな町にある――おそらく一つしかない――銀行の頭取なのだろう）。恐怖心に駆りたてられると、そういった人物でも、傲慢、脅迫、侮辱といった武器にすがりつき、黒人の現状を改善することは必ずしも白人の破滅につながらないと主張する意見や声を変えようとするのである。

恐怖心そのものが悲劇であるというよりも、その恐怖心の下劣さ、これが悲劇なのである。個人としての黒人や、人種としての黒人に対する恐怖心ではなく、一つの経済的な階級、階層、因子としての黒人に対する恐怖心なのだ。というのも、黒人によって脅かされるのは南部白人の社会システムではなく、南部の白人の経済システムだからだ。白人はわかっていながらあえて認めようとしないが、この経済システムは人為的な不平等という今の時代にはまるでそぐわないもののうえに成りたっており、それゆえこのシステム自体がすでに完全に時代遅れで、崩壊していく運命なのだ。わずか三〇〇年前、アフリカの熱帯雨林で、裸の黒人の祖先は腐ったゾウやカバの肉を食べていたのに、この三〇〇年で、ラルフ・

バンチ博士(2)やジョージ・ワシントン・カーヴァー(3)やブッカー・T・ワシントン(4)といった黒人を輩出したことを南部の白人は知っている。わずか九〇年前には、黒人全体の一パーセントも土地の権利書を所有できなかったし、その権利書を読むことすらできなかったことを、南部の白人は知っている。いまでも郡の役所に行くときは、投票権がないにもかかわらず払わなければならない税金を支払うだけなのだが、それでもたったこの九〇年で、黒人はみずからの土地を手に入れ、痩せこけた家畜と使い古された道具類——そのような道具では白人はみな飢えてしまうだろう——でその土地を耕し、子を育て、養い、服を着せ、学問を追究する機会が均等に与えられる北部へと送りだし、だれに借金しているわけでもないので、棺桶や葬儀の代金を十分支払えるだけの余裕をもって堂々と人生を終えることができるようになったのである。

南部の白人が恐れているのはまさにこのことなのだ。つまり、チャンスがなくても多くのことを成し遂げてきた黒人が同等のチャンスを手にすることで、さらに多くのことを成し遂げ、白人の経済活動を乗っとってしまうかもしれないという恐れである。そうなると黒人は銀行家か商人かプランテーション経営者となり、一方、白人は小作農か間借り人になってしまう。黒人は、海外の戦場で白人の命を救い、盾となって戦ったその勇敢さを称えられ、アメリカの最高位の勲章を授与される。彼らが果たさなければならなかった任務以上のことをやり遂げたからである。そうであるにもかかわらず、南部の白人は、黒人が救い、盾となって守った白人の子どもたちと黒人の子どもたちが同じ教室でＡＢＣを学ぶことすら認めようとしない。

ただ一言、平等

連邦最高裁判所は言葉の意味を正確に定義した。「平等」という言葉は、適用範囲を限定したりそれに条件を設けたりする形容詞を必要とせず、ただ平等を意味するものなのだ、と。「分離すれども平等」でもなく、「平等に分離」でもない。一言で、平等。つまりミシシッピでは、今はもう存在しないものが話題になっているのである。

十九世紀半ば、アメリカ合衆国で奴隷制が法律によって廃止される前、トマス・ジェファソンとエイブラハム・リンカンはともに、黒人にはまだ平等な扱いを受ける資格がないと考えていた。九〇年以上も前の話だが、この二人の見解が今なら違ったものになっていたのかどうかはだれにもわからない。

とはいえ、彼らがその見解を変えることなく、しかもそれが正しいものであると仮定してみよう。いまだに黒人が平等な扱いを受ける資格がないと仮定しよう。とはいえ、このような仮定が正しいかどうかは、黒人も白人も試してみるまでわからないのである。

ただわかっているのは、連邦政府の支持をうけて、黒人が平等にふさわしいかどうかを試す権利を得ようとしているということだ。南部の白人が平等のような穏当なものすら黒人に委ねられないというのなら、黒人が権力を手にしたとき、つまり、連邦政府に支えられた一五〇〇万人の黒人が全員一丸となって権力を手にしたとき、南部の白人はどうするつもりなのか。彼らの権力に対して唯一歯止めをかけられるのは連邦政府だというのに、その連邦政府はすでに黒人と手を組んでいる、そういう状況で、彼らはいったいどうするつもりなのか。
一八四九年に、ジョン・C・カルフーン[5]上院議員は、ウィルモット条項[6]がいずれ採択されれば、連邦離脱に賛成するという演説を行った。その年の一〇月十二日、ジェファーソン・デイヴィス[7]上院議員は以下のような公開書簡を南部に宛ててしたためた。

この問題について責任を回避する世代は、その愚かな行為によって子どもたちに禍根を残すことになる。だからこそわれわれは団結して工場を建設し、産業を興し、みずからの力で生計を立てる準備をしようではないか。

当時の憲法では、ほかのすべての財産と同じく、黒人もまた所有財産であると認められていた。カルフーン上院議員とデイヴィス上院議員は、当時だれも異論を唱えなかった州権の合法性を盾に取り、両者の立場の正当性を裏づけようとしていた。だが今日では、憲法は法の定める平等に対して黒人にも対等の権利があると認めているのであって、ミシシッピでいま議論されているような州の権限などもはや存在しないのである。二〇年前、ミシシッピ州が綿花の価格維持のための助成金をはじめて受けとった際、わたしたちはそのひきかえとして自分たちの州の権限を連邦政府に明けわたしたのだ。南部の経済はもはや農業によって支えられておらず、連邦政府の手中にある。わたしたちはもはやミシシッピの綿花畑で農業をしているのではなく、いまやワシントンの議事堂の廊下や連邦議会の委員会室で農業をしているのである。

当時、南部の人々はデイヴィス上院議員の言葉に注意を払わなかった。だが今は耳を傾けたほうがいい。黒人問題で、百年足らずのうちに二度もわたしたちの郷土が破壊されるのを見ることになる。そうなれば、その後どうなるかをわたしたちは知っている。今度こそ、そのことを肝に銘じておこう。

ミシシッピには千差万別の声がある。そういう声の一つに、米国上院議員の意見がある。彼の意見は米国上院の見解を支持するわけではなく、またその主張は、数年前に彼が公職についたときに立てた誓約ともあまり合致していない。とはいえ、彼は少なくとも自分がだれであり、どのような立場にあるのかを隠そうとはしない。さらに巡回裁判判事の一人が発している意見もある。この判事の今回の発言は法廷の裁判官席からなされるものではなく、またその内容は、法のもとではすべての人は平等で、弱者は援助され、護られるという彼の宣誓ともやや矛盾する。しかしこの判事もまた自分がだれであり、どのような立場にあるのかを隠そうとはしない。さらに一般市民の声もある。そういう市民たちの意見は、白人市民会議のことも全米黒人地位向上協会のこともはっきりと支持するものではないが、彼らの思いや信念を隠そうとするものではない。教員、教授、生徒といった学校関係者たちはいうまでもない。とはいえ、ミシシッピの学校の多くは、州立かあるいは州の援助を受けているので、学校関係者があえて公開書簡に署名するケースは少ないのだが。

実際、すべての声がそろっている。一つをのぞいて。その一つの声があれば、ほかの声はみな影に隠れ、沈黙してしまうだろう。それは人間の希望と切なる願い、神の栄光と支配といったものを生き生きと表現するものだからだ。つまり、教会こそが南部の生活においてもっとも力強く、統一された力なのである。南部人がみな白人というわけではないし、民主的な考えを支持しているわけでもない。ただ、南部の人間はみな信仰心が篤《あつ》い。さまざまな宗派がたった一つの神――それがどういう名で呼ばれていようとも――に仕えている。(8) その教会の声は今どこにあるのか。教会の声について述べている唯一の見解をメンフィス紙への公開書簡で読んだ。その記事の内容は以下のとおりであった。五〇〇〇年も前に旧約聖書が述べていたからというたったそれだけの理由で、人類の一部がほかの者たちに比べて劣っていると運命づけられることになったのだが、投稿者の知るかぎり、このことに異議を申したてた人のなかに教会で聖体を拝領した人はだれ一人いなかった、と。

教会の声はどこに行方を眩《くら》ませたのか。以下、いまだに解決されていない問題のうち、おそらく二つ、あるいはせめて一つくらいは教会の声として提起すべきであった。

一　合衆国憲法いわく、「法のもと、合衆国市民のあいだに、人種、信条、金銭において人為的な不平等があってはならない。」

二　道徳いわく、「自分がほかの人にしてもらいたいと思うことをほかの人にもしなさい。」

三　キリスト教いわく、「人間のなかで優位に立てるのはわたしだけである。わたしを信じるものはだれしも死を免れるのだから。」

わたしたちが難問に苦しみ、決断しかねているときに、こういった声はどこに姿を消したのか。教会の声というものは、あの象徴的な尖塔の奥にある聖域から一歩外に出れば、正当性を失うし、効力などもはや発揮する必要がなくなるのだということを、沈黙でもってこちらに伝えようとしているのだろうか。

エメット・ティル事件[9]をめぐる『ルック』誌の記事に書かれていることが正しいとするなら、問題はいまだ根深く残っているということになる。暗闇のなか、二人の武装した男が十四歳の少年を誘拐し、連れさり、脅したということになっているのだが、実際はそうではなくて、十四歳の少年は丸腰でただ一人暗闇にいたにもかかわらず恐怖に屈しなかった。その姿に男たちは恐れをなして、少年を殺さねばと思った、というのだ。

わたしたちミシシッピの人々は何を恐れているのか。自分たちのことをそれほどまでに見くびって、自分たちより不利な立場にある相手を恐れるのはなぜなのか。経済的に、黒人は白人に比べると所得が低いので、彼らの望む条件ではなく、白人が決めた条件で働かなくてはならない。教育においても、黒人の学校はわたしたちの学校よりもさらにひどく、連邦政府が介入して脅しをかけないと、均等な条件を彼らに与えることができない。政治的にも、黒人は法に頼ることができないので、彼らは不正や暴力から自分を守ることも、また不正や暴力により受けた損害に対して賠償を受けることもできない。

なぜわたしたちは、黒人たちに恐怖を感じるからといって、自分たちの血と伝統をそれほどまでに過小評価してしまうのだろうか。家の正面玄関から黒人が入ってきて突然プロポーズされたら、娘はそそくさとそれを受けいれるだろうと思っているくらいだ。

わたしたちの祖先はこんなふうに恐れたりしなかった。第一次、第二次マナサスの戦い[10]、シャープスバーグの戦い[11]、シャイローの戦い[12]、フランクリンの戦い[13]、チカマウガの戦い[14]、チャンセラーズヴィルの戦い[15]、荒野の戦い[16]を戦い抜いた先祖たちのことだ。彼らがこういった戦いを生きぬき、さらなる勇気と忍耐によってあの「再建時代」に立ちむかって生きのこったことはいうまでもない。そうやって彼らは今のわたしたちに遺産を残してくれたのである。わたしたちはそういう血統の末裔であり、そういう勇気を受け継いだにもかかわらず、なぜ怯えているのだろうか。何を恐れているのか。わずか一〇〇年あまりで何がわたしたちを変えてしまったのか。

アメリカン・ドリーム

話を進めるために、以下のことをひとまず認めておこう。つまり、南部の白人たちはみな（おそらく白人のアメリカ人はみな）、最初のブリトン人なりヤンキーなりが、黒人たちを鎖でつないで船に積みこみ、最初に中間航路をわたって、黒人たちを競売にかけてアメリカ人の奴隷にした日を呪っている、と。今は奴隷制など問題にもならないからだ。今日、世界のどこに住んでいようとも、人種や肌の色を理由にして平等に反対することは、アラスカに住んで雪に反対するようなものだ。雪はすでに手元にある。アラスカ人にについていうならば、ただ雪と争わずに暮らしていてもまだ不十分なのである。アラスカ人のようにわたしたちも雪を活用したほうがいい。

自分でも予期していなかったことだが、五年前に思いがけなくわたしはしょっちゅう旅をするようになった。それ以来、極東、中東、北アフリカ、ヨーロッパ、スカンジナヴィアなどを見てまわった（ある国々は少しばかり、他の国はもう少しばかり）。もちろん、わたしが見た国々は、その当時は共産主義国ではなかった。いやそれ以上であった。つまり共産主義に向かっていてもおかしくないように思われたのだが、そちらに傾くことすらなかった。不思議だった。そして突然ひらめいたのである。自分でもびっくりしながらわたしは一人つぶやいた。原因はアメリカだ、と。アメリカン・ドリームを信じている人がまだいるのだ。アメリカン・ドリームがどうなってしまったのかを彼らはまだ知らないのである。彼らは、アメリカを信じ、また信じようとする気持ちがあり、わたしたちに倣《なら》おうとしている。アメリカがもつ物質的な力がそうさせるのではない。物質的な力ならロシアにもある。そうではなく、この国の礎となっている個人としての自由、権利としての自由、さらには平等の理念がそうさせるのである。建国の父たちが「アメリカ」という語の意味として想定したのも自由と平等だったのだ。

五年後、そういった国々はいまだに共産主義国にはなっていない。個人は強制をまぬがれ、平等であり、自由であるという信念、これこそが共産主義という理念を行きづまらせるくらい力のある理念なのだ。わたしたちは神に感謝しなければならない。というのも、共産主義を迎え撃つ武器といえば、わたしたちにはこれしかないからだ。外交の面でいうなら、共産主義国の外交官にとって、わたしたちは子どものようなものである。一枚岩の政府のもとではあらゆる生産を国家の拡大につなげることができるので、その点では自由主義国における生産はいつでも不利になりうるのだ。とはいえ、人間は自由なのだというこのシンプルな信念こそがもっとも大きな力であり、わたしたちがやるべきことはそれを活用することなのだ。それ以上求めることはなにもない。

相容れない二つのイデオロギーが、一触即発の危なっかしい状態でバランスを保ちながら対立しあっている、それが今日の世界情勢だとわたしたちは考えてしまう。表面的でわかりやすい説明だからである。この不安定な均衡が一度ぐらついてしまうと、それにともなって全宇宙が奈落の底に引きずりこまれるかのように思ってしまうのだ。けれども、そうではない。対立している勢力の一方のみがイデオロギーなのであって、もう一方は、人間についての紛れもない真実なのである。つまり人はみなそれぞれ自由になることができるし、なるべきであるし、なろうとするものであるという紛れもない信念のことだ。今のところ自由でいられるわたしたちが、これからも自由でいたいと思うのなら、今自由であるわたしたちが一つになっておいたほうがいい。今自由であるわたしたちは、自由になることがまだ選択肢として残っているほかのすべての人たちと一つになっておいたほうがいい。しかもすぐに。黒人として一つになるとか、白人として一つになるとか、そういうことではない。青い人でもなければ、ピンクでも緑でもない。今自由でいられるほかのすべての人たちと手を組むのである。個々の人間が自由でいられる世界、あるいはそういう世界の一角がこれからも存続することを望むのなら、たがいに肩を組んで、一つになっておいたほうがいいのである。

地球上には白人以外にもいまだ完全には自由になっていない人々、とはいえ自由でありたい、自由になりたいと望む人たちがいる。個人の自由を妨げる別の力が、彼らを騙して取りこむ前に、わたしたちはそういった人たちを可能なかぎりたくさん味方につけておいたほうがいい。非白人が自由への本能を見果てぬ夢としてあきらめていた時代、実際に夢を見ることもあきらめていた時代があった。だが今は違う。かつて白人文化は、個人の能力ではなく人種や肌の色にもとづいた不平等を前提に植民地を拡大し、搾取してきた。しかもそれが倫理的にやり過ごされていた。だが白人みずからが、あなたたちはもうあのときのあなたたちとは異なるのだと非白人に教えたのだ。その結果たった一〇年で、中東とアジアのすべての地域から白人が追放されていくさまをわたしたちは目にするようになった。白人以外の人たちが、必要とあれば武力を行使してまで白人を追いはらったのだ。そうして、かつて白人が支配していた地域にぽっかりと穴が開き、そこに非友好的なあの別の勢力がすでに侵入しはじめているのである。自由を信じる人たちが今戦おうとしているあの勢力が。そして非白人たちにこう語るのである。

「われわれはあなたがたに自由を与えることはない。自由などというものは存在しないからである。あなたがたが追放したばかりの白人君主たちはすでにそのことを証明してくれたではないか。ただ、われわれはあなたがたに平等を与える。少なくとも隷属のなかの平等を。つまり、もしあなたがたが奴隷になるのだとしても、あなたがた自身の肌の色、人種、宗教の奴隷になるだけなのだ」と。

残された時間はわずか

こういう隷属状態のなかのただの平等とはまったく異なる場所に個人の自由というものがあると信じている西側諸国の白人は、このことを白人以外の人々に伝えなければならない。まだ間に合う。共産主義や一枚岩主義に対抗する最強国家であるわたしたちアメリカが、白人であろうがなかろうが、奴隷であろうが、今のところは（まだしばらくは）自由であるような人であろうが、ほかのすべての人たちに伝えなければならないのだ。こういうことを実行するチャンスが与えられている国は、わたしたちアメリカをおいてほかにない。というのも、わたしたちはここで、この国でそれを始めることができるからである。非白人が暮らしている外国の非友好的な地域に国費を注ぎこんでまで自由軍を派遣する必要はない。そういう地域はすでに気づいているのだ。非白人にとっては、自由、解放、平等、平和など存在しないし、もし存在するのであれば、アメリカが自分の国で実践しているだろう、と。アメリカに暮らす非白人のマイノリティはすでにわたしたちの味方である。アメリカとか自由とかを、黒人に受けいれさせる必要はない。彼らはもうすでに受けいれているのだから。程度の低い教育を受けたせいで、あるいはまったく教育を受けていないせいで無知だったとしても、また、いかに不平等であったかということが歴史的に記録されているとしても、黒人はいまでも自由や民主主義といったわたしたちの概念を信じているのだ。

わずか三〇〇年ではあるが、アメリカが黒人のためにやってきたことがこれなのである。黒人に対してやってきたことではない。黒人のためにやったことがこれだけなのである。恥ずべきことだが、わたしたちは彼らにアメリカ人になるよう教える努力すらほとんどしてこなかった。彼らの潜在的な力や能力を活用して、アメリカをより強く、より統一された国にしようなどという努力などもってのほかだった。たった三〇〇年前、彼らは、地球上で内陸の水源がもっとも豊かな地域の付近に暮らしていたので、航海のことなど考えなかった。毎年、飢饉、疫病、敵を逃れて、村単位、部族単位で場所を変えなければならなかった。その間、一度も船に乗ろうとは思わなかった。そういう人たちがこの三〇〇年で、熟練労働者となり、職人となって、科学技術中心の文化の中で地歩を固めていったのである。たった三〇〇年前まで熱帯のジャングルのなかで腐った肉を食べていた人たちが、ファイ・ベータ・カッパ［全米優秀大学生の会］の会員、バンチ博士やカーヴァー博士やブッカー・ワシントンのような人物、さらに詩人や音楽家を輩出するまでになったのだ。とはいえ、フックスとか、[17] ローゼンバーグとか、[18] ゴールドとか、[19]

バージェス[20]とか、マクリーン[21]とか、ヒス[22]のような人物はまだ輩出していない。そして黒人の共産主義者、あるいはその同志が一人出てくるということは、白人のほうに一〇〇〇人はいるということになるわけだ。

そういうバンチのような人物、ワシントンやカーヴァーのような人物、さらには音楽家や詩人たちは、素晴らしい男性、素晴らしい女性であっただけではない。よき教師でもあったのだ。白人の多くがいまだ学んでいないことを、彼らは教訓や実例をもとに黒人に教えたのである。つまり、平等を手に入れるためには、それに値する人間でなければならないのだ、と。平等に値する人間であるためには、平等とは何かを理解しなければならないのだ、と。また、平等というものがそれ自体で存在しているわけではなく、なにかとなにかが同等であるという意味でしかそれは存在しないのだ、と彼らは教えたのである。偏見や抑圧や暴力に脅かされることなく、自分の潜在的な力や能力の範囲内で、人生を最大限活かすことができる、そういう権利や機会が均等に与えられていること、これが平等の意味するところなのだ、と。こういう意味での平等を、九〇年前、五〇年前、いや一〇年前にでもわたしたちが黒人に与えていれば、一九五四年のあの人種隔離政策にかんする判決など必要なかっただろう。

だがわたしたちは黒人に平等を与えなかった。あえてそうしなかった。現在の経済活動において、黒人に経済的平等が許されていないというのは南部の白人にとっては恥ずかしいことだ。社会的な平等をこれ以上黒人に与えると、彼らの今の経済的地位を危険なものにしてしまうといって恐れていること、これはなおさら恥ずかしい。恥ずかしいと思うことはまだある。この期におよんで、わたしたちは自分たちの立場を正当化するために、異人種間結婚に対する不安などをもちだしてきて、問題をうやむやにしてしまうのだ。白人が逃げこむことができる唯一の場所、法律によって自分たちの純血を保存・保護できる唯一の場所がアフリカにあるとはなんという言い草か。ここでいわれているアフリカとは、現在アメリカに存在し、いずれ白人たちをしてアメリカを捨てるよう駆りたてることになる脅威の源としてのアフリカである。

わたしたちみな――たんなる南部人とかアメリカ人とかではなく、今自由であって、これからも自由でありたいと望むすべての人たち――が選択を迫られる日は近い。わたしたちがつぎに（そして最後に）直面する対決が共産主義対反共産主義というかたちではなく、ほんのひと握りだけ残っている白人と、無数に広がる白人以外のすべての人たちとのあいだの対立にならないような選択を。肌の色、人種、宗教、東か西か、そういう選択ではなく、ただ奴隷になるか、自由になるか、そのどちらかを選ばなくてはならないのだ。きっぱりと最終的な選択をしなければならなくなるだろう。片方から少しだけ取るとか、両方から少しずつ取るとか、もうそんなことをしている場合ではない。隷属状態を選ぶというのならそれもいいだろう。アメリカが世界で二番目、三番目、せめて一〇番目くらいの強国でいられるならば、ある程度は自由にふるまうことができるだろう。さらなる強国があらわれ、わたしたちを地下室の壁に並ばせて機関銃で処刑する日が来るまでは。

とはいえ、段階的に度合いが定められているような自由、軍隊の階級に似たカースト制の平等にもとづく自由を選択するわけにはいかない。わたしたちは自由でなければならないが、たんにそれを要求するだけでは自由とはいえず、行動で示さなければならない。わたしたちの自由は、肌の色がなんであれ、ある種の相同性に支えられていなければならない。それもみなが等しく自由で、異論の余地なく自由な相同性によって。そうすれば、世界のいたるところに存在する非友好的な勢力――政治的、宗教的、人種的、国家的組織――は、わたしたちが自由を実践しているという理由でこちらに敬意を示すだろうし、自由を実践しているがゆえにわたしたちを恐れるようにもなるだろう。

訳註

（1）ブラウン対トピーカ教育委員会裁判（一九五四年）（ブラウン判決とも略称される）では、公立学校における人種隔離は違憲であるとの判決がアメリカ合衆国最高裁判所においてくだされ、その後の公民権運動にはずみがついた。

（2）ラルフ・ジョンソン・バンチ（一九〇四～一九七一年）。アメリカ合衆国の政治学者・外交官。イスラエル‐エジプト間の休戦調停の功績により、一九五〇年にノーベル平和賞受賞。アフリカ系アメリカ人としてはじめてノーベル賞を受賞した。

（3）ジョージ・ワシントン・カーヴァー（一八六四～一九四三年）。アメリカ合衆国の植物学者。南部の農業に輪作を導入し、ピーナッツや他の作物の何百もの用途を開発した。

（4）ブッカー・T・ワシントン（一八五六～一九一五年）。アメリカ合衆国の教育者。タスキーギインスティテュートというアフリカ系アメリカ人のための職業訓練大学を設立（一八八一年）。

（5）ジョン・C・カルフーン（一七八二～一八五〇年）。アメリカ合衆国の一九世紀前半の政治家。一八二五～一八三二年、副大統領を務める。彼はその気性の激しさ、奴隷制度の擁護、少数派の権利拡大、南部の合衆国からの脱退にかんしてよく知られる。

（6）ウィルモット条項は、一八四七年のメキシコ戦争開始直後に出された特別財政支出を認める際にウィルモット下院議員が提案した条項。それは新たに獲得される領土では奴隷制を禁じるという内容であったが、成立しなかった。

（7）ジェファーソン・デイヴィス（一八〇八～一八八九年）は南部連合国の大統領（一八六一～一八六五年）。

（8）キリスト教、ユダヤ教、イスラム教が同じ神であることを念頭においた発言。

（9）エメット・ルイス・ティル（一九四一～一九五五年）の殺害事件は、人種隔離政策の問題に世間の注目が集まるきっかけとなった。

（10）ブル・ランの戦い（南部での呼称はマナサスの戦い）は、南北戦争中の激戦の一つで、ヴァージニア州で二回行われた戦闘。一度目の一八六一年の戦闘は第一次ブル・ランの戦い（南部での呼称は第一次マナサスの戦い）と呼ばれ、二度目の一八六二年の戦闘は、第二次ブル・ランの戦い（南部での呼称は第二次マナサスの戦い）と呼ばれている。

（11）アンティータムの戦い（南部での呼称はシャープスバーグの戦い）は、一八六二年にメリーランド州で行われた南北戦争中の激戦の一つ。

（12）シャイローの戦いは、一八六二年に西部戦線テネシー州南西部で行われた激戦。二日間で南軍と北軍双方が一万人の戦死者を出すほどであった。

（13）フランクリンの戦いは、一八六四年にテネシー州フランクリンで行われた戦闘。

（14）チカマウガの戦いは、一八六三年にテネシー州中南部とジョージア州北西部で行われた戦闘。

（15）チャンセラーズヴィルの戦いは、南北戦争中盤の一八六三年に、ヴァージニア州ラパハノック川を挟んで南北両軍が対峙し、激戦を繰りひろげた戦闘。

（16）荒野の戦いは、南北戦争の中盤の一八六四年に、北軍ユリシーズ・グラント将軍が、南軍ロバート・E・リー将軍の北ヴァージニア軍に対して立ちあげたオーバーランド方面作戦の最初の戦闘。

（17）クラウス・エミール・ユリウス・フックス（一九一一～一九八八年）。理論物理学者。ソ連のスパイとして告発され、イギリス国籍を剥奪される。

（18）ローゼンバーグ夫妻（ジュリアスとエセル・グリーングラス・ローゼンバーグ）はソ連へのスパイ行為を行ったとして逮捕され、一九五三年、ニューヨーク州シンシン刑務所で処刑される。

（19）マイケル・ゴールド（一八九四～一九六七年）。プロレタリア作家。代表作『金のないユダヤ人』（一九三〇年）。

（20）ガイ・バージェス（一九一一～一九六三年）はイギリスのソ連スパイ網「ケンブリッジ・ファイヴ」で活動。一九五一年、ソ連へ亡命。

（21）ドナルド・マクリーン（一九一三～一九八三年）は「ケンブリッジ・ファイヴ」の一人。一九五一年ガイ・バージェスとともに亡命。

（22）アルジャー・ヒス（一九〇四～一九九六年）。弁護士であり、フランクリン・ルーズベルト大統領の側近でもあったが、アメリカ共産党のスパイであることが判明し、一九五〇年、有罪判決を受ける。

15

「王様は裸だ」賞
受賞記念スピーチ

（二〇〇九年発表）

アーシュラ・K・ル=グウィン

アーシュラ・K・ル＝グウィン（一九二九〜二〇一八年）

カリフォルニア州バークレイで生まれる。両性具有の人間が住む惑星を描いた『闇の左手』、魔法や竜が存在する多島海アースシーを舞台とした『ゲド戦記』シリーズなど、多くの小説・エッセイを執筆。

訳者解題　神の光り輝く衣装ではなく

イギリスの植民地であった時代から、アメリカにおけるキリスト教の影響力は根強い。アメリカは世界でもっともキリスト教徒の人口が多い国であり、二〇一四年のピュー研究所による調査では、「あなたの人生にとって宗教はどの程度重要ですか」という問いに対して、五三パーセントが「非常に重要だ」、二四パーセントが「ある程度重要だ」と回答している。キリスト教徒のなかでも原理主義的な傾向をもつ人々は、進化論を学校で教えることに反対したり、同性愛者を神に背く者として排斥したり、人工妊娠中絶に反対する暴力的な運動を行ったりすることもある。

ル＝グウィンのこのスピーチは、ウィスコンシン州マディソンにある非営利団体「宗教からの自由連盟」（一九七六年創設）から、二〇〇九年度の「王様は裸だ」賞（「宗教の欠点について率直に述べている公人に与えられる賞」）を受賞した際に行われた。アンデルセンの童話では、小さな男の子が「王様は裸だ！」と叫ぶ。だが、この賞を受けたにもかかわらずル＝グウィンは、そのように声高に告発する者ではありたくない、と言う。わたしたち人間はみな、王も含めて、不完全な存在なのだから。しかし、衣をまとっているのが王ではなく、神だと主張される場合にはどうだろう。非の打ちどころなく美しい神の姿が見えない者は救われない存在なのだ、と決めつけられる場合には。ル＝グウィンは、崇高に光り輝く神への献身ではなく、粗末な服を身につけたお互いをかばいあう寛容に、人間性への希望を見出しているようである。

「王様は裸だ」賞　受賞記念スピーチ

今日は、「裸の王様」の物語についてわたしが思うところをお話ししたいと思います。この物語をはじめて読んだのは子どものころ、家にあったハンス・クリスチャン・アンデルセンの童話集で読んだのでした。大きくて赤い本でした。わたしがその本を開くのは、なんとなくゆううつな気持ちのときだけでした。ほとんどのお話が怖くて、読むと落ちこむことがわかっていたからです。

わたしは子どもでしたが、「裸の王様」のお話は理解できたと思います。でも、あの男の子が、「見て！　王さまは、はだかんぼだよ！」と叫んだ場面で、なぜお母さんが「しーっ」と黙らせたのか、それもわたしには理解できました。あの子は、イヤなやつだからです。正直に言いますと、わたしはあの男の子が嫌いでした。共感できませんでした。あの子はわたしみたいなタイプの女の子を見て、大声で叫ぶタイプの男の子だったからです。「見て！　アーシュラの靴下、片っぽずつちがうじゃん！　へーんなのぉ！」

ひそかにあの男の子を嫌いつづけてきて、もう八〇年です。なので今日は、このお話全体がなぜ気にいらないのかお話しすることで、仕返しさせてもらおうと思っています。

さて、もちろん、あの二人の仕立て屋は王様をだまそうとする詐欺師で、王様は間抜けです。というか、世襲制の王様なんて、間抜け以外になりようがないでしょう。ただ、あの仕立て屋たち、彼らには才能があります。金の刺繍やらなんやら、衣装についての仕立て屋の語りはあまりにも上手で、完璧で、感動的で、王様はそれを信じないわけにはいきません。彼らは偉大な芸術家なのです。かわいそうな間抜けの王様なんか、いちころです。

宮廷の人たちや民衆も、同じくいちころです。あの人たちは、王様が本当だといったことは本当だと信じることにしていたからです。だから、「わしの新しい衣装は素晴らしい」と王様がいうと、人々はそれを見ようとせず、目を閉じて王様の言葉を信じるのです。

で、王様は王であるがゆえに、つまり、ほかの人たちに対するあまりにも大きく不当な力を与えられた存在であるがゆえに、転落し、報いを受けて当然なのです。このできごとで王様の不当な力が弱まり、打ち砕かれるといいのですが。まあ、アンデルセンは、そうは言っていませんが。

さてしかし、もう一回このお話を振りかえってみましょう。この王様は男の人で、たぶん、お腹が出て足は毛むくじゃらのおじさんで、ペテン師にだまされた末に、まっ裸でパレードの先頭に立つことになるのです。あの子が「はだかだよぉ！」と叫び、とうとうみんなに見られてしまって、すっぽんぽんで立っているおじさんはおそろしく落ちこんでいますが、みんなは大笑いで、ヤジを飛ばしたり、あざけったり、大騒ぎするのです。

みなさん、もしかして、こんな感じの夢を見たことがありませんか？　わたしは、あります。気づいたら教室のなかで、なぜかブラジャーとゴム靴だけで授業を受けている夢。ビオラの演奏会を今まさに始めようとしているそのときになって、突然、一度もビオラを習ったことがないことに気づく夢。見たことないですか？　こういう夢はわたしたちに告げているのです。おまえは不完全だ、無能だ、哀れだ、敵を前にしてすっぱだかじゃないか、と。

そういう言葉を言いたてる、わたしの「内なる子ども」は一人だけではありません。たくさんいます。この種の夢を見させるのはわたしの「内なる子ども」の一人です。その子はイヤな子、おしゃべりの、知ったかぶりさんです。でも世のなかには、子どもにはわからないこと、いくらか大人になるまでは理解できないことがあるのです。それは何かというと、わたしたちはすべて、ほとんどいつも、不完全で、無能で、哀れで、敵を前にしてすっぱだかだということ、そのことを、ほとんどいつも、みんなで知らんぷりしようと決めているということ、そしてそのおかげで、人間の社会は成りたち、動いている、ということです。崇高で道徳的に素晴らしい衣装となると、わたしたちはだれも、たいしてもちあわせておりません。みんな、着ている服はボロボロです。そして、そのことについてはなにも言わないでおこうね、ということにしているのです。往々にして他を裁かない人間の寛容さ[1]こそが、裸のわたしたちを覆ってくれているのです。

このお話をこのように読むと、あの小さな告発者はヒーローではありません。もちろん、王様もヒーローではありません。王様は相変わらず間抜けです。まあ、ちょっとは気の毒に思えるかもしれませんが。はじめは王様にゴマをすり、あとで嘲笑した人々も、間違いなくヒーローではありません。ヒーローなどいないのです。もしかしたら、「しーっ！　そんなことというのは失礼ですよ！」と言った、あの男の子の母親をのぞいては。あの人は、よい作法とは何なのか、それがいかに重要か、ということを知っています。文明は、文字どおり、礼節を拠りどころにしています[2]。人間性に対して希望をもつことができるとしたら、この母親のような存在のおかげかもしれません。たぶん彼女は、自分の小さな息子を、ちゃんとした大人に育てることでしょう。人に対して敬意をもち、ほかの人を傷つけたり、恥をかかせたりすることを望まない人に。それがたとえ愚かな王様に対してでも、FOXテレビに出演しているときでも[3]。

さて、この「裸の王様」のお話を、またべつのやり方で読んでみましょう。これを、人間の権力ではなく宗教の文脈で読むと、つまり、この王様を神として読みとこうとすると、実に奇妙なことが起こります。

わたしは多くの人たちと一緒に、王様のパレードを見ようとして立っています。そして、叫びはしませんが、こう呟くのです。「王様はどこ？　王様はどこにもいない！　服だけだ！」

わたしが目にしているのは素晴らしい衣装です。頭を飾る光輪、三重の宝冠、白地に金刺繍のローブといった、古式ゆかしく美しい衣装が宙に浮かんで道を行きます。でも、なにもないのです。なかにはなにもない。空っぽの衣装。

さて、これまで何百年ものあいだ、こういう神様の衣装をせっせと作ってきた仕立て屋たちは、嘘だと知りながら意図的に、わたしたちをだまそうとして衣装を作りつづけてきたのでしょうか。わたしは、決してそうは思いません。もしかするとそういう人もいたかもしれませんが、ほとんどの場合、神様の衣装を縫う人々は、自分自身を欺くことに夢中なのでしょう。もちろん聖職者たちは、そのおかげで裕福な暮らしをし、世俗的な権力も得られるでしょう。でも、ただの信徒たちは、世界中で、あの衣装を昼も夜も織りつづけているだけです。そのなかには、これこそが自分の人生でもっとも大切なことだと思い、心から喜んでいる人もいるでしょう。わたしはそのことに、まったく異議はありません。彼らがわたしにも機織《はたお》りを無理強いしなければ。

というわけでわたしは、「宗教からの自由連盟」を高く評価し、みなさんから賞をいただいたことを誇りに思い、嬉しく思っています。なぜなら、みなさんが行っておられるのは、この世俗の世界、つまりわたしの世界に、宗教が占める場所を小さくしようとする素晴らしい活動だからです。想像の産物のためにお人形の服を縫うことに一生を費やす人たちには、国の行政を担ったり、法律を作ったり、他人の性生活に干渉したり、公立学校で教えたり、別の想像の産物のために別の種類のお人形の服を作る人たちとの戦争にわたしたちを巻きこんだりする権利はありません。この点で、わたしはみなさんに心から同意します。

神様の服の仕立て屋たちには、お店に座ってせっせと縫いつづけてもらいましょう。でも、彼らがいるべき場所は彼らの神殿で、政府ではありません。学校でもありません。そしてわたしたちは、現実の人間、つまり、着る服を十分にもたない人たち、ぼろをまとった人たち、軍服を着た人たち、毛布もかけずに道端で寝ている人たち、そのような人間のただなかに生きているのです。そういうわたしたちこそが、本当の思いやり(4)をもちましょう。わたしたちとともにある人々に目を向け、人々がよりよい衣服を着られるように力を合わせましょう。

訳註

（1）「寛容さ」の原語は charity。この語には日本語の「チャリティー」が意味する「慈善活動」という意味もあるが、もともとはキリスト教の「カリタス」（愛徳）。ほかの人への寛容・慈愛・思いやりなどを意味する言葉。
（2）「文明」の原語は civilization,「礼節」は civility なので、「文字どおり」といっている。
（3）ＦＯＸはアメリカの保守系のメディア。ＦＯＸニュースは、リベラル系の政治家や活動に対して辛辣な批判や攻撃をすることで知られている。
（4）訳註（1）と同じく、「思いやり」の原語も charity。

16

『ザ・ベスト・アメリカン・ショート・ストーリーズ』二〇一九年度版序文

（二〇一九年発表）

ハイディ・ピトラー

ハイディ・ピトラー（一九七〇年〜）

元ホートン・ミフリン・ハーコート社編集主任。二〇〇七年より『ザ・ベスト・アメリカン・ショート・ストーリーズ』のシリーズエディターを務める。自身にも『バースデイズ』『デイライト・マリッジ』などの小説がある。

『ザ・ベスト・アメリカン・ショート・ストーリーズ』はホートン・ミフリン・ハーコート社より毎年出版される短編集で、アメリカおよびカナダに居住する作家によって英語で書かれ、同二か国の定期刊行誌に発表された短編小説のなかから各年二〇編ほどが選出される。選出はシリーズエディターに加え、毎年異なるゲストエディターによってなされる。以下に訳出した文章は『ザ・ベスト・アメリカン・ショート・ストーリーズ』二〇一九年度版に彼女が書いた序文であり、同版ではアンソニー・ドアーがゲストエディターを務め、前書きを執筆している。

訳者解題　今、遅くあるには

日本では毎年年末になると、その年人々に使われるようになった言葉のなかから流行語なるものが選ばれ、京都の寺ではその年の世相をあらわす漢字一字が発表される。では毎年定期的に出版される短編集に集められたストーリーたちがその年の世界を描いているかといえば、答えは否であろう。一つのストーリーはその性質上、成立までにそれ相応の時間がかかる。ときに一年という時間ですら十分ではない。

なにかを一編のストーリーとして書く場合、書き手は表現すべき内容を「物語」という形式に落とし込む必要がある。伝達形式としての物語とは何かという問いは、それが語る動物である人間とともにこれまで長いあいだ存続してきたにもかかわらず、いまだ答えのない、いわば謎としてある。ただ、一つ明確な特徴があるとすれば、一編のストーリーはその完成に、またその受容、すなわちストーリーを読み、解釈することにも、それなりの時間を要するということだ。完成品としてのストーリーは、書き手の心のなかを曇りなく映し出す鏡とはならない。ストーリーの成立から受容に至る時間経過のうちに、書き手の意図は必ず「屈折」を強いられる。そうであるにもかかわらず物語という伝達形式は、どういうわけか人々のあいだで長い年月受け継がれてきた。それはその屈折過程においてこそ、書き手と読み手のあいだになんらかの共通地平が開かれるからであろう。なにかを素早く、客観的正確さをもって伝達することに物語形式の価値があるわけではない。むしろその成立から受容に至る時間経過のうちにこそ、なにかが物語として伝達されることの意義がある。

今わたしたちのもとに、多くの場合スマートフォンなどのデバイスをとおして分刻みで届けられる情報という伝達形式に比して、物語という伝達形式は価値が劣っているわけでも優れているわけでもない。ただ人類は物語を必要とし、利用してきた。ところが物語という形式は現代社会での生活と折りあいが悪い。物語という形式を経由することによって伝達されていたなにか、そうすることによってしか伝わらないなにかが、まるで用ずみとされつつあるかのようだ。そのことに危機感を抱いているクリエイターたちもいる。このような世界でわたしたちは、いかに想像・創造し、他者と対話し、同意を形成しつづけていくべきなのだろうか。

『ザ・ベスト・アメリカン・ショート・ストーリーズ』二〇一九年度版序文

十二歳になるわたしの双子の息子たちは、二人とも本を愛している。少なくとも今は。自惚れて言っているというよりもむしろ、畏敬の念をもってこう言っている。二人ともわたしがもっている携帯電話を使いたがるし（息子たちに自分の電話をもたせることを、わたしたちは可能なかぎり先延ばしにしている）、ユーチューブも大好きだ。ストリーミング配信の映画やテレビ番組、テレビゲームも。しかし息子たちは、表紙と裏表紙に挟まれ、紙でできたページに書かれたフィクションやその他の長い読み物のほうを好んでいる。彼らが学校の宿題でもないのに長い読み物を選んでいるという事実に、わたしは希望を抱いている。ピュー・リサーチが行った世論調査によれば、二〇〇〇年の段階では四八パーセントのアメリカ人がインターネット未使用者だったが、二〇一八年にインターネットを使用しないと回答したアメリカ人はわずか十一パーセントになっていた。わたしが『ザ・ベスト・アメリカン・ショート・ストーリーズ』の序文を書くのは十三回目だが、わたしたちの日々の過ごし方においてこれほど変化に満ちた十三年間がかつてあっただろうかと思う。携帯電話はこの先に渋滞や事故が発生していることや、動物がはねられたという情報すら教えてくれる。アマゾン・アレクサが氷を作るよう冷蔵庫に指示してくれる。わたしたちが今連絡を取りあい、愛しあい、ある理念を支持し、だれかを辱めるその手段のすべてを詳しく語る必要はないだろう。そして読む方法についても。

今号を作るにあたって作品を読んでいた早い段階で、ゲストエディターのアンソニー・ドアーが、彼に送られてきた新しいショートストーリーのそれぞれに向きあうことの困難を語ってくれ（一つ一つ異なった一二〇の声、筋書き、登場人物たち）、自分は一人ではないのだと知って正直安堵した。告白するが、ここ数年自分の注意力が及ぶ範囲が狭くなっていることに気づいていた。わたしたち、いや、わたしたちの多くは今、数々のしなければならないことに追われている。メールを打つことから日々の生活、仕事にソーシャルメディアなどをつぎからつぎへとこなさなければならないので、それなりの長さの期間、心をスローダウンさせてなにかに従事することが少々難しくなってきている。

我が家ではスマートフォンなどの画面を見る時間に制限を設け、子どもたちにはもっと世界のなかにいるように、身体的な経験をするようにとつねに働きかけているが、退屈を厭わないようにとも促している。「ただ座ってぼうっとしてるだけでもいいじゃない」と子どもたちには言っている。「ときどき窓の外を見てごらん。考えて、想像して、気の向くままに心を自由にしておけばいいの。そして心がどこに着地するかを見てみなさい。」もちろんわたしたちの多くにとって、静寂と空白の時間は稀なものになってきている。わたしもまた、今までのように厭わずに退屈につきあうことができなくなっている。だからこそ、このご時世にわたしの子どもたちが本に関心をもっているというのは、ほとんど奇跡的なことだと感じている。嘘をつくつもりはないので言っておくと、本とパソコンのどちらを選んでもいいという状況であれば、わたしの子どもたちも通常はパソコンを選ぶだろう。しかしわたしは彼らが本に耽溺する姿をずっと見てきた。そしてその様子はまさに、彼らがいたいと望む場所に実際に着地したように見える。静かな午後や就寝前、わたしや飼っている犬、その他すべてのものなど存在しないかのようにページをめくる子どもたちを観察していると、一編のストーリーにできることとは何かをあらためて考えさせられる。見事に語られた物語は、あまりに速く動いている心をスローダウンさせてくれる。卓越したストーリーは特殊な瞑想のようなもので、こう言うとスピリチュアル好きな人間と思われるかもしれないが、ある種身体を脱した体験なのだ。心臓の鼓動と意識の集中がどこか別の時空に明け渡される。なんという贈り物だろうか、とくに今のこの時代に。

アンソニー・ドアーとの仕事は本当に楽しかった。このあとにつづく前書きでドアーが説明しているとおり、彼は自分の批評的意識を準備万端に整えてこの仕事に着手した。仕事を始めると彼は、いくつかのストーリーにプロットホール、つまり首尾一貫していない点や辻褄の合わない箇所があると指摘した。一つ秘密を教えよう。どういうわけか毎年、完璧なストーリーは二〇編もないのだとゲストエディターに伝えている自分を発見する。一つすらないだろう。わたしの知るかぎり、すべての人にとって完璧なストーリーなどというものはない。ある人がこんな話ありえないと思うストーリーであっても、他の人は想像力あふれるストーリーだと思ったりする。ストーリーを作りあげるという仕事をするにあたって作者は躓《つまず》きを犯すことがあるが、読者はそういった躓き以外のものに目を向けなければならない。もちろん躓きがあまりに多いとストーリーそのものが沈没してしまうが、大方において読者は、いわばストーリーの筋の流れに開いた穴よりももっと大きくて広いもの、つまり物語の地平に視線を注ぐようになる。地平とは、声、ムード、プロット、登場人物の性格づけ、言葉、視点が融合して広がる場であって、アンソニーが自身の前書きで名づけている言葉を用いれば、「マジック」があらわれる場なのだ。

最近わたしは勇敢なストーリーに惹かれている。曖昧な言葉を使うことなく進んでいくストーリーのことであり、いわばシンプルで明快なものを机上に乗せる文の集合のことだ。今現在において勇敢に書くとは、とてつもない勇気を必要とする行為であるように思われる。もはや伝説的な存在であるアーシュラ・K・ル＝グインは、臆することなく恐れを知らない思考をもちつづけ、傷ついた保安係員を看病する女性を描いた彼女の驚嘆すべきストーリーは、期待を裏切ることはない。エラ・マルティンセン・ゴーハムの作品「プロトゾーア」には、詩的確信が響いている。「狂気に満ちた目をして、彼女は高台の端から飛び降りるふりをした。まるで海が彼女を跳ねかえすトランポリンであるかのように。」焼きつくようなストーリーの最初の一文で、マヌエル・ムニョスは言葉を無駄に使わない。「彼女の喫緊《きっきん》の関心は金だった。」

今号に収められたストーリーたちは勇敢で、なかにはストーリーとはこのようなものだというわたしたちの考えを越え出るものもあるが、すべては今この瞬間にかかわるものである。慣習的な話の筋の流れを意図的に避けているものもある。アンソニーとわたしは、今年採録することになったストーリーたちの拡散性について話しあった。多くのストーリーがいかに見事に焦点をもたず、逸脱的であるかについて、である。短編小説におけるトレンドについて考えるとき、アームチェアに座った心理学者の役割を反射的に演じてしまう傾向がわたしにはある。そこで今思うのは、我が国には人の心をとらえて離さない筋書きがあまりに多く行きわたっているために（日々のニュースを読んでみればよい）、物語作者たちは今、異なった種類の思考、すなわち現実世界にあふれている葛藤からの避難所としての、より瞑想的で、よりとりとめのない思考でページを埋めているのだろうか、ということだ。もちろんわたしはこの考えを支持するためのデータをもちあわせてはいない。これはただ、日常食のようにショートストーリーを摂取するわたしの直感のようなものだ。しかし、気候、不寛容、腐敗や暴力についての嫌なニュースを多く聞かされるこの時代にあって、わたしは今号に集められた各ストーリーに出会えたことに感謝しているし、また、それらストーリーたちが駆使した手法によって、わたしは心をスローダウンさせることができ、現在地とは異なった時空を旅し、言葉がもっている力を再認識できたことに感謝している。

あとがき

本書を読んでくださり、ありがとうございます。今回訳出した十六の人物の声は、読者のみなさんの心のなかでどのように響きましたでしょうか。この本を作成した者としては、気になるところです。

さて本書を作成した経緯について少しお話ししておこうと思います。わたしは勤務校の福岡女学院大学で、「交流文化論（アメリカ）」や「アメリカ文学の変遷」などの講義を受けもっています。二〇二〇年度はコロナ禍の影響でオンラインによる授業でしたが、その遠隔授業においてさえ学生たちが熱心に課題コメントを書いてくれるのを、担当者として嬉しく思っていました。しかし一生懸命に書いてくれるからこそ、アメリカの言語文化の発展の背景となるそれぞれの時代のアメリカ社会に対する学生たちの理解にはどこかしら表面的なところがあり、もう少し踏みこんでくれるとよいのだがと感じてもいました。学びの途上にある学生にあまりに多くのことを求めるのは酷なことかもしれませんが、問題意識をもちはじめたときに、学生たちの心に問題の本質を言葉をとおして訴えかけてくれる適当な文章はないものかと考えたのです。

一つ例をあげて説明してみることにいたしましょう。二〇二〇年は新型コロナウィルス以外にもアメリカで起こった「ブラック・ライヴズ・マター」（BLM）の話題が大きく報道されたこともあり、課題コメントで多くの学生がこの問題について言及しました。講義においてわたしは、十七世紀から二〇世紀までのアメリカの歴史のなかでアフリカ系アメリカ人が強いられてきた過酷な現実について解説し、アメリカの建国の理念である自由と平等という概念と、「黒人」奴隷制度や「黒人」差別の問題には大きな矛盾があると指摘することがありました。そのような講義内容に触れた学生たちのなかにBLM問題に関心をもち、この問題には根の深い歴史的背景があることをはじめて意識するようになったとのコメントを記す人が出てくるようになったのだと思います。学生たちは現在起こっている事件について考えるとき、歴史的背景から来る問題の根深さに目を向けることがそれほどないという傾向を学生たちのコメントから見てとることもできるのですが、その学生たちが歴史的背景を意識しはじめるということはさらなる理解への大切な一歩であり、ここで彼女たちにアメリカの「人種問題」が内包する深刻さになんらかの共感を抱きながら考えることを促すことができるならば、その理解はさらに強固なものになると思われたのです。そこでつぎにどのようにすれば、実際にそのような共感や理解を促すことができるだろうかと無い知恵を絞ることになりました。たとえば今話題にしている「人種問題」については、本田創造氏の『アメリカ黒人の歴史』など非常に有益な書籍がすでに何冊も出版されており、それらの内容から重要なポイントを掴むことができます(1)。しかしこの問題を少しでも自分に引きよせて考えることを促すような内容となると、客観的な記述だけではなく、当事者の生の声に触れることが重要になるのではないかと考えたのです。それというのも講義のなかで「黒人」奴隷や「黒人」差別にかんしてなによりも学生の心に響いたのは、この問題の不条理さをうたった二〇世紀のアフリカ系アメリカ人の詩人ラングストン・ヒューズの「アメリカを再びアメリカにしよう」という詩であったからです。そこで本書では、十九世紀のアメリカに奴隷の子として生まれ、その後青年期に奴隷の境遇から逃亡した経験をもつフレデリック・ダグラスの「人種の問題について」を掲載し、その当時のアフリカ系の人々が「自分自身すら所有して」おらず、「地上ではこの不快な黒い肌が、天国では白く変わるだろうと思いこむほど苦しい境遇にあり、そして「黒人にとって最大の問題は、安心して自由になれるか」ということであるというダグラスの生の言葉をとおして、この「人種問題」について考える機会をもてるようにしてみました。本書をすでに読まれた方はお気づきのことと思いますが、アフリカ系アメリカ人に関連する著作物が多く掲載されているのも、このような本書の企画段階からの経緯が反映されているのです。

さてアフリカ系アメリカ人について言及いたしましたので、ここで学生のコメントやわたしが講義で解説したことなどを少し紹介し、アフリカ系の人々が直面した困難について読者のみなさんにも少し関心をもっていただければ嬉しく思います。講義ではアメリカの歴史的変遷に沿って「黒人」奴隷の問題について解説をいたしますので、最初のイギリス系植民地として一六〇七年に建設されたジェームズタウンに、建設後わずか十二年の一六一九年にアフリカ系の人々が奴隷として連れてこられたことから話します。奴隷と記しましたが、本田氏も指摘しているように、この初期のアフリカ系の人々は「白人年季奉公人」に近い状態にありました。しかし一六六一年にはヴァージニアの植民地議会がアフリカ系の人々を生涯奴隷の身分とする法律を制定し、さらに翌一六六二年には「黒人」奴隷女性から生まれる子どもを奴隷とする法律も制定し、「世襲的奴隷制度」が法的に確立されていきます。そしてこの奴隷制度は当時のアメリカの植民地全体に広がっていきました。アメリカ南部ではプランテーション農業がおこなわれていたこともあり、労働力としての奴隷の需要は大きく、十六世紀から十九世紀の南北戦争まで右肩上がりに奴隷の数は増大していきました。奴隷は初期費用こそかかるものの相対的には「白人年季奉公人」よりも経済効率がよいと考えられ、「黒人」奴隷たちは使役されつづけたのです。このような解説を聞いた学生の多くは奴隷制度の不条理に深刻な問題を見てとり、「一六六一年にヴァージニアから奴隷制度が法制化され、その勢いがとまることなく、あたりまえのようにほかの州もつづいて法制化していることに恐怖を感じるとともに、当時はそれほど「人間の平等」についての考えが広まっていなかったのだなと、現代との大きな差を感じさせられました」とのコメントを書く学生もいました。またなかには「なぜアフリカの黒人の人たちが奴隷として連れてこられているのか」と、奴隷がアフリカの人々に多いことそのものに疑問を示す人もいました。これは大切なポイントでもありましたので、講義ではアフリカ系の人々と奴隷貿易の歴史についても簡単に説明しました。アメリカの奴隷制度を考えるうえで重要な要素を含んでいるかと思いますので、ここでも簡単に記しておこうと思います。

奴隷という言葉を聞いてアフリカ系の人々をイメージする人もおられるかと思いますが、高等学校の世界史の授業で学ばれたように、歴史的には世界中のあらゆる地域でさまざまな人種・民族の人々が奴隷として売買されてきました。たとえばギリシアやローマではヨーロッパ人やアジア人が奴隷にされましたし、英語で奴隷を意味する「スレイヴ（slave）」という単語は、中世前期（九世紀ごろ）に多くのスラヴ人が奴隷にされたことに由来します。このように考えると奴隷制度や奴隷売買はいつの時代、どの人種・民族にも起こりえたことでした。しかし奴隷といえば黒い肌を想像するほど両者のあいだに強いイメージ上の結びつきを感じさせるのは、十六世紀初頭から約三百年にわたる「黒人」奴隷貿易の歴史とアメリカの「黒人」奴隷制度が奴隷の肌の色に対するわたしたちのイメージにもたらしたインパクトの強さを示しているものと思われます。

アフリカ人を奴隷として売買した歴史は、大航海時代のエンリケ航海王子にさかのぼります。一四四一年、ゴンサルヴェスという人物がポルトガルからアフリカ西岸へと赴《おもむ》き、現地の人々を襲撃し、十人を生け捕りにしてエンリケ王子へ献上しました。これに王子は大いに喜び、ローマ教皇に報告をすると、教皇もこれを歓迎し、罪の赦免を与えたうえで、一四五五年には教皇勅書によりアフリカ沿岸部の奴隷取引はポルトガル人に占有され、奴隷貿易は正当化されていきました。十六世紀から十七世紀にかけてポルトガルとスペインが奴隷貿易を独占していましたが、その後オランダ、フランス、イギリスも奴隷貿易に参入していきます。またこの奴隷貿易はヨーロッパ列強各国と手を組んだアフリカの奴隷商人たちがアフリカ人を大量に奴隷化していった側面もあり、コンゴ王国やアシャンティ王国は奴隷貿易で富を蓄積し、強力な国家を形成していきました。そしてコロンブスのアメリカ大陸の発見以後、アメリカ大陸でプランテーション農業が始まり奴隷の需要が増大すると、ヨーロッパとアフリカとアメリカ大陸の三箇所を結ぶ「三角貿易」へと発展していきました。世界史の授業でもしばしば取りあげられる「三角貿易」の一般的なかたちを補足しておきますと、ヨーロッパから武器や繊維製品、雑貨などをアフリカへもっていき（第一辺）、そこで奴隷と交換します。そしてアフリカで手に入れた奴隷をアメリカ大陸に運び（第二辺）、そこで砂糖、タバコ、綿花などの換金作物や鉱物資源と交換します。そしてアメリカ大陸で入手した産品をヨーロッパにもち帰り（第三辺）、それらを売りさばくことで「三角貿易」ができあがります。そしてこの「三角貿易」の第二辺のアフリカ－アメリカ大陸間の航路は、歴史上悪名の高い「中間航路」と呼ばれるものです。この奴隷貿易は十八世紀には最盛期を迎えるのですが、この間、膨大な数のアフリカ人が遠国の地に送られていきました。

このような歴史的展開のなかでアフリカの人々がアメリカに奴隷として連れてこられ、人間としての尊厳を奪われた状態で使役されました。ですが読者のみなさんもご存知のように、一七七六年七月四日に公表されたアメリカの「独立宣言」には、「すべての人間《オールメン》は生まれながらにして平等につくられている」と謳われており、「生命、自由、および幸福の追求」は不可侵の権利として認められています。そしてこの宣言を起草したトマス・ジェファーソンは、草稿の段階ではイギリス国王の非道な行いの事例として「黒人」奴隷貿易を激しく非難し、「この忌まわしい取引の禁止または制限を意図するいかなる法的措置をも妨害するために、国王は拒否権を悪用」してきたと糾弾する一節を記していました。しかし「独立宣言」の作成過程において、奴隷の輸入の継続を求めるアメリカ南部のプランターたちは、北部の奴隷商人たちの支持を得て、この奴隷貿易を非難する内容はすべて削除させ、「黒人」奴隷制度そのものを温存する足掛かりを作ることに成功しました。その結果、当時奴隷であったアフリカ系アメリカ人の人々には、自由も平等も幸福の追求も与えられることはなく、それらアメリカ建国の理念は彼らの前を素通りしていったのです。この「独立宣言」作成時の奴隷制度をめぐる出来事に関心を示す学生は多く、「授業の解説を聞いて独立宣言の対象は議会にとって都合のいいところまでしかカバーされていなかったと感じた」との意見や、「奴隷問題についてですが、本当に自分たちのことしか考えず、どんな手段を使っても自分たちの利益や思いを実現させる、でも他人の思いや気持ちはどうでもいい、そんな人間の内側にある恐ろしさのようなものを感じました」とのコメントを記す学生がいました。

この建国の理念と「黒人」奴隷制度のあいだに横たわる巨大な矛盾は、当時のアメリカの状況を象徴的にあらわすものだと思われます。たとえば宣言の起草者であるトマス・ジェファーソン自身も数百人の奴隷を所有していました。しかし彼が生前に解放した奴隷は、彼がサリーという「黒人」奴隷の女性に産ませた二人の子どもとサリーの二人の兄、そして解放ではありませんが、サリーに産ませた別の二人の子どもが逃亡するのを黙認しただけでした。ジェファーソンは当初奴隷制度は徐々に消失していくだろうとの希望を抱いていたこともあり、奴隷貿易を非難する一節を「独立宣言」の草稿に書いていました。前述のとおり、その内容は最終的に「独立宣言」から削除されましたが、ジェファーソンはその後もこの問題について活動をつづけ、西方地域への奴隷制の拡散を食い止めようと行動しました。しかし後年ジェファーソンは奴隷制度に対するみずからの考えを一変させ、たとえば一八二〇年の「ミズーリ協定」では、奴隷制を弱体化させる妥協はどのようなものであれ認めようとはしませんでした。南部ヴァージニアの奴隷所有者としてジェファーソンは、「黒人」は生来的劣等性を有しており「万人の平等」から排除するべきだという考えを最終的にもつようになったのです。

このジェファーソンの「黒人」奴隷に対する行動や考え方とは対照的なアプローチをした人物も「独立宣言」起草委員のなかにはいました。ベンジャミン・フランクリンがその好例です。フランクリンは当初、十八世紀当時の多くの白人が「黒人」奴隷制度をなんらの疑問もなく受け入れていたように、彼自身も奴隷を数十年にわたり所有していましたし、みずからが発行していた新聞でも奴隷を求める広告を掲載していました。四〇代半ばになってフランクリンは奴隷問題を意識するようになりましたが、それは白人の子どもたちが仕事を嫌がり怠惰になることを懸念してのことでした。しかしアフリカ系の子どもたちが学習している姿を見て、フランクリンは彼らの理解力や記憶力が白人の子どもと比べてもまったく遜色がないレベルのものだとの見解をもつようになりました。そして一七八〇年代には、奴隷制度廃止運動を積極的に支持するようになり、一七八九年には「ペンシルヴェニア奴隷制廃止ならび違法に拘束されている自由黒人の救済促進協会」の会長に就任し、その年の十一月に発表した「国民への請願」のなかでフランクリンは、「奴隷制は、人間としての本来の姿を残酷なまでに貶《おとし》める」と断じ、そのうえでアフリカ系の奴隷の人々が自由な身分へと解放されたときには、その人たちを社会に同化させていくために教育・就業その他の面で支援をする必要があると訴えました。さらに翌一七九〇年二月にフランクリンは奴隷制度廃止を求める嘆願書を議会に送り、そのなかで彼は「人類はすべて同じ全能の神によってつくられている」のであり「平等に幸福を享受できるようになっている」と述べたうえで、「自由の恩恵」にかんしては、「肌の色にかかわりなく、あらゆる人種の人々が」この恩恵を受けるべきであると主張しました。

アメリカ独立戦争において主導的役割を果たしたジェファーソンとフランクリン、この二人の人物が「自由と平等」の理念と「黒人」奴隷制度の現実のあいだに横たわる矛盾に対して、対照的なアプローチをしていたことが見てとれると思います。そしてこの残酷なまでに大きな矛盾は独立戦争後も解消されることなくつづき、十九世紀には南部のプランテーションにおいて綿花生産が急増した結果、奴隷の需要も高まり、多くの奴隷が深南部《ディープ・サウス》へと移住させられ、その多くが大規模プランテーションで酷使されました。(2) そしてこの奴隷問題は、奴隷制度を廃止する「自由州」(北部)と奴隷制度を認める「奴隷州」(南部)、この両者のせめぎあいのかたちをとっていきます。十八世紀から十九世紀にかけての人口増大に伴い、アメリカでは新しい州が順次作られていったのですが、「自由州」として新しい州が増えるのではないかと懸念する南部の「奴隷州」は、危機感を強めていきます。その結果、たとえば先ほども触れました「ミズーリ協定」では、ミズーリを「奴隷州」にする代わりに、北部のメインを「自由州」とすることで妥協が成立しました。この「ミズーリ協定」では、この種の紛争の解決策としてこの協定以後に新たにできる州については、北緯三六度三〇分に境界線を設け、その北側にできる州を「自由州」とし、南側の州は「奴隷州」とするという妥協が成立しました。

このような奴隷制度をめぐる駆け引きと妥協は繰りかえされます。たとえば「一八五〇年の妥協」では、カリフォルニア州を自由州とするかわりに、一七九三年に制定された「逃亡奴隷法」を実効性のあるものへと強化するために、逃亡中の奴隷を南部の所有者へ返還することを定め、さらには逃亡奴隷を幇助《ほうじょ》した者への処罰を取り決め、奴隷州から自由州へ逃れようとする奴隷たちに対する強力な取締まりを行う法律を制定しました（「一八五〇年逃亡奴隷法」）。また一八五四年の「カンザス・ネブラスカ法」では、「ミズーリ協定」を廃止し、「自由州」か「奴隷州」かの決定を住民投票に委ねることにしました。これにより双方の陣営は住民を移動させて投票を行わせようとするなど対立は激化し、「流血のカンザス」と呼ばれる衝突に発展しました(3)。さらに一八五七年の「ドレッド・スコット判決」では、奴隷制度をめぐる最高裁判所の憲法解釈が出されました。この裁判のポイントを述べますと、当時奴隷であったドレッド・スコットが所有者の移動に同行して奴隷州から自由州に移動し、その後ふたたび奴隷州に戻ったときに、自分は奴隷制のない自由州に住んでいたのだからもはや奴隷ではないと提訴したのです。しかし連邦最高裁判所は、「黒人」奴隷のドレッド・スコットは所有者の財産であって市民ではないので、彼には提訴する権利はないとし、そのうえで合衆国憲法は奴隷制を認めており、奴隷所有者の財産権は侵害されないとの判決をくだしました。[4] この判決内容に奴隷制度擁護派の人々は喜び、奴隷制度廃止を望む人々は憤りを感じました。このような北部と南部の対立における駆け引きと妥協が限界へと達し、一八六一年に南北戦争が勃発します。一八六三年にリンカン大統領が「奴隷解放宣言」を出し、そして一八六五年の憲法修正第十三条によって、制度としての「黒人」奴隷はアメリカからなくなりました。しかし南北戦争後の南部再建の過程で、旧南部支配者階層の人々はさまざまな手段でアフリカ系の人々を抑圧しはじめ、深刻な「黒人」差別へとつづいていきます。

このような歴史的変遷を学んだ多くの学生がさまざまなコメントを書いています。たとえば「ミズーリ協定」にかんしては、「自由州になる可能性があるだけこの政策がよいのではないかと錯覚してしまうかもしれませんが、本当は自分勝手でひどい政策で、あってはならない法律だと思います」と考える学生がいました。また「逃亡奴隷法」にかんしては、「この時代の人々はなぜこのように奴隷に執着していたのかが不思議でした。奴隷を使うことで作業の効率化や人件費削減を図ろうとしていたのかもしれませんが、北部に逃げた奴隷までわざわざ南部に引き戻そうとする感覚は理解できません。やり方が徹底されていて黒人に逃げ場がないのが衝撃です」とのコメントを記す学生もいました。そして「ドレッド・スコット判決」にかんしては、「黒人の人も同じ人間なのに人の所有物だから自由にはなれなかったという裁判の判決にショック」を感じた学生や、「黒人奴隷は憲法でいう国民ではなく主人の財産でしかないということが当時の考え方ではあたりまえであったことが怖い」と記した学生がいました。この「黒人」奴隷制度にかんする解説をとおしてこの問題に意識をもった学生のなかには、「自分たちのことしか考えていないと他人の思いや気持ちはどうでもよく、黒人をモノのように扱う」不条理さや、「差別がいってはいけないレベルまでいってしまうと、こんなにも恐ろしいことになる」ということを指摘する声が多数ありました。またさらに「奴隷制に耐えているのも人間だけど、行っているのも人間だということがとても恐ろしく、鳥肌が立ちました」と、この問題の根本にある人間のエゴを意識する学生もいました。

奴隷制度にまつわるこのような否定的な側面への指摘だけではなく、奴隷制度廃止を願う人々の行動については、「白人でありながら黒人奴隷をカナダに逃がす手伝いをした人もいたことを知って感動しました」との意見や、奴隷制度を糾弾した文学者のヘンリー・デイヴィッド・ソローについて、「奴隷制度に反対する際に、憲法よりも高次の法である道徳に従うべきだという主張をしたことは、勇気のある行動だと思いました」とのコメントを記す学生もいました。そして「黒人」奴隷制度に警鐘を鳴らし改善を訴えたストウ夫人の『アンクル・トムの小屋』[5]（一八五二年）については関心を示した学生が多く、「ストウ夫人の書いた本には、今まであたりまえに思われていた黒人への扱い方に対する反対意見が書かれており、白人の立場からそのような本を出版するということはアメリカではとても衝撃的な出来事だっただろうと思います」や、「リンカン大統領が言ったように、巨大な戦争を起こしたというほどの影響力がこの本にはあったのだなと思いました。またこの本がここまでの影響を与えたことから、一冊の本が世のなかを変えるきっかけの一つになるだけではなく、今まで差別されてきた女性が堂々と意見を述べることができる第一歩になったのかなとも思いました」などのコメントがなされました。

少しと申しあげながらアメリカの「黒人」奴隷制度の解説とそれに関連する学生のコメントにかなりのページを割いてしまいました。しかしある一つの国の文化を理解するときにはよい面と悪い面の双方をトータルで認識することが必要です。わたしの講義を受けてくれている学生の多くはアメリカの社会や文化の輝かしい魅力に興味をもっているのですが、どちらかというとマイナスな側面にはあまり意識を払わずにいることがあります。だからこそアメリカ社会・文化に重大な影響を与えたこの「黒人」奴隷制度の問題は授業において取りあげる必要があると考え、そしてこの「あとがき」においても触れさせていただきました。

　またアメリカにおける「黒人」奴隷制度やそれにつづく「黒人」差別が大きな問題であるのと同じように、アメリカにおける女性の社会的地位の問題も重要な要素を孕んでいます。本書をお読みになった方はお気づきのように、才能を認めている大切な義理の姉のことを平然と「一段下の性」と表現してしまったり、そしてこの「あとがき」でも引用しました「独立宣言」には「すべて《オール》の人間《メン》は生まれながらにして平等につくられている」と記されているように、「女性《ウィミン》」の存在をまるで顧慮しないかのような風潮が当時は支配的でした[6]。この植民地時代からつづく女性蔑視の問題についても学生たちは意識し、「「独立宣言」の文言がMENになっている」ことに驚きを感じ、さらに「「すべての人間」と書いているのに女性は人間ではないのかと憤りを感じてしまいます。現代でも女性蔑視の考えは深く根付いている」というコメントがありました。そこで本書では、たとえば女性を蔑視する白人男性の発言に対して堂々と反論するソゥジャーナ・トゥルースの力強い言葉を掲載しました。彼女のスピーチでの発言にありましたように、トゥルースは「黒人」奴隷として生き、自分の子どもを目の前で売られてしまうという悲劇的な経験をしました。十九世紀アメリカ社会のヒエラルキーのなかでは白人男性の対極に位置する元奴隷の「黒人」女性の目線から語られる言葉をとおして、アメリカの女性問題について考える機会を得られるとともに、どのような状況であれ逞しく生きる一人の女性の姿に触れてもらえることができればと考えました。そして「人種問題」や「女性問題」と同様にネイティヴ・アメリカンの問題にも目を向ける必要があると考え、ズィトカラ＝シャの言葉を掲載しました。そしてまた少し毛色の違う作品についても言及しておきますと、狂騒の一九二〇年代の陰を生きる人々のアメリカの夢とその崩壊について学生たちが目を向ける機会になればと思い、ユージーン・オニールの言葉を掲載しました。本書を企画したときの意図を別の観点から申しあげますと、アメリカ文化の営みのなかであらわれてきたさまざまな人々の著作物をとおして、いわゆるアメリカ史やアメリカンスタディーズではひろえなかった声をひろいあげて、アメリカの語り手たちの言葉からアメリカを知ることができるような書籍を発行しようというコンセプトがありました。もちろんこれはわたし一人で実現できるものではなく、粗訳を引き受けてくださった日本英語表現学会関西文学研究部会のメンバーのみなさまのご協力と、そして編集委員を引き受けてくださった立本先生と松田先生の多大なるご助力のおかげで本書を作成することができました。

本書を上梓するにあたりまして、これまでお世話になった多くの方々に心から御礼申しあげます。わたしの勤務校である福岡女学院大学からは「特別研究費（出版助成金）」のご支援をしていただきました。この出版助成金がなければ本書の上梓は叶いませんでした。助成金の審議をしてくださいました学長の伊藤文一先生をはじめ学部長会議構成員の先生方に心より感謝申しあげます。またトゥルースについてのゲージの記事にかんしましては、福岡女学院大学図書館司書の小野未来子さまのご協力により、一八六三年四月二三日に『ジ・インディペンデント』（ニューヨーク）へ掲載された記事と同年五月二日に『ナショナル・アンティスレイヴァリー・スタンダード』へ掲載された記事の双方を入手することができました。小野さまのご協力に心より感謝申しあげます。そして繰りかえしになり恐縮ではありますが、関西文学研究部会のメンバーのみなさまのご協力は大変ありがたく、重ねて御礼申しあげます。またそのなかでも編集委員を担当してくださったお二方にはとくにお世話になり、立本先生には語彙や文法を精緻にチェックしていただいたことを大変ありがたく思っております。また松田先生にはさまざまなアイデアを出していただいたこと、とくに「はじめに」をどのような文体で書こうかわたしが悩んでいたときに、「高校生くらいになったときの息子さんが読んでくれることを思って、語りかけてみられたらどうですか」とアドバイスしてくださったのは非常にありがたいものでした。そして本書の出版を快くお引き受けくださった株式会社ナカニシヤ出版さま、ならびに編集の労をとってくださった同社の由浅啓吾さまにも心から御礼申しあげます。

本書の「あとがき」の筆を置くにあたりまして、わたしの家族にも感謝の念を捧げたいと思います。大学院で学んでいた期間だけでなくその後も物心両面で支えてくれた父と母に心から感謝しております。そして一歳の息子の育児が大変な状況であるにもかかわらず、原稿の執筆や編集会議のためにまったく協力ができないときでも不平を口にせず、いつも「がんばれ、がんばれ」と応援をしてくれた妻の帆南に、あらためて深甚なる感謝の意を表したく思います。

読者のみなさん、この最後の行まで読んでくださり、ありがとうございます。

二〇二一年十二月

能勢　卓

註

（1）詳しくは「さらにアメリカを知るための読書案内」に記しますが、分量的にも読みやすい本を数冊紹介しておきます。本田創造『アメリカ黒人の歴史　新版』（岩波書店、一九九一年）ジェームズ・M・バーダマン『アメリカ黒人の歴史』（森本豊富（訳）、NHK出版、二〇一一年）上杉忍『アメリカ黒人の歴史――奴隷貿易からオバマ大統領まで』（中央公論新社、二〇一三年）ジェームズ・ウェスト・デイビッドソン『若い読者のためのアメリカ史』（上杉隼人・下田明子（訳）、すばる舎、二〇一八年）

（2）この時期に奴隷たちがどれほどひどい扱いを受けていたかについては、一九七五年に上映された『マンディンゴ』（原作は一九五七年出版のカイル・オンストットの同名小説）という映画の奴隷売買の場面のセリフに端的に表現されています。売り出されているアフリカ系男性のことを、「サトウキビ畑にもってこいですよ。こいつなら七、八年は使えますぜ」と言って売りこむのですが、この発言から頑健な男性がそれくらいの期間で亡くなるほど異常な酷使のされ方をしていたことが垣間見れます。

（3）本書で掲載したオルコットの詩のなかで追悼されているジョン・ブラウンは、この「流血のカンザス」において一躍その名を轟かせた人物でした。

（4）なおこの裁判では裁判長をはじめ過半数の判事が南部出身者によって構成されていたところからも、この判決内容には奴隷制度擁護派の政治的な意図を垣間見ることができます。

(5)『アンクル・トムの小屋』は、文学作品としては感傷的であり文体が稚拙であるとの批判もありますが、この本が出版された一八五二年には発行部数が三〇万部を超え、アメリカ社会に多大な論争を巻きおこしました。たとえばこの本の影響力の大きさは、リンカン大統領がストウ夫人を一八六二年の感謝祭の日にホワイトハウスに招き、「あなたのような小さな女性が、この巨大な戦争を引きおこした本を書いた方なのですね」と述べた言葉にもあらわれています。また『アンクル・トムの小屋』はイギリス王室でも話題にのぼっていたのですが、当時カナダの国境を閉鎖すると逃亡奴隷たちの希望を閉ざすことになるので、その国境を閉ざさずにカナダを彼らの避難所とすることに影響を与えたと考えられています。

(6) たとえばアビゲイル・アダムズは、「独立宣言」を検討する大陸会議に出席している夫ジョン・アダムズにしたためた手紙のなかで「女性たちのことを思いだしてください」と記したほどでした。そして一八四八年のセネカ・フォールズ会議において女性の財産権や参政権の確立が求められ、「独立宣言」の文言は「すべての男性《メン》と女性《ウィミン》は生まれながらにして平等につくられている」と修正を加えられました。

さらにアメリカを知るための読書案内

・阿部珠理（編著）『アメリカ先住民を知るための62章』（明石書店、二〇一六年）
・板橋好枝、高田賢一（編著）『はじめて学ぶアメリカ文学史』（ミネルヴァ書房、一九九一年）
・上杉忍『アメリカ黒人の歴史――奴隷貿易からオバマ大統領まで』（中央公論新社、二〇一三年）
・ゴードン・S・ウッド『ベンジャミン・フランクリン、アメリカ人になる』池田年穂・金井光太郎・肥後本芳男（訳）（慶應義塾大学出版会、二〇一〇年）
・亀井俊介『アメリカ文学史講義1　新世界の夢――植民地時代から南北戦争まで』（南雲堂、一九九七年）
・亀井俊介『アメリカ文学史講義2　自然と文明の争い――金めっき時代から一九二〇年代まで』（南雲堂、一九九八年）
・亀井俊介『アメリカ文学史講義3　現代人の運命――一九三〇年代から現代まで』（南雲堂、二〇〇〇年）
・川北稔『砂糖の世界史』（岩波書店、一九九六年）

・宍村陽一『異文化社会アメリカ　改訂版』（研究社、二〇〇六年）
・ハワード・ジン『学校では教えてくれない本当のアメリカの歴史 上　1492–1901年』鳥見真生（訳）（あすなろ書房、二〇〇九年）
・ハワード・ジン『学校では教えてくれない本当のアメリカの歴史 下　1901–2006年』鳥見真生（訳）（あすなろ書房、二〇〇九年）
・鈴木透『実験国家アメリカの履歴書　第2版――社会・文化・歴史にみる統合と多元化の軌跡』（慶應大学出版会、二〇一六年）
・オリバー・ストーン、ピーター・カズニック『語られなかったアメリカ史 1　世界の武器商人アメリカ誕生』鳥見真生（訳）（あすなろ書房、二〇一六年）
・オリバー・ストーン、ピーター・カズニック『語られなかったアメリカ史 2　なぜ原爆は投下されたのか？』鳥見真生（訳）（あすなろ書房、二〇一六年）
・オリバー・ストーン、ピーター・カズニック『語られなかったアメリカ史 3　人類史上もっとも危険な瞬間』鳥見真生（訳）（あすなろ書房、二〇二〇年）
・ジェームズ・ウェスト・デイビッドソン『若い読者のためのアメリカ史』上杉隼人、下田明子（訳）（すばる舎、二〇一八年）
・ジョン・スタインベック『スタインベック随筆集』中山喜代市、廣瀬英一（編注）（篠崎書林、一九八一年）
・ロデリック・ナッシュ『人物アメリカ史（上）』足立康（訳）（新潮社、一九八九年）

・ロデリック・ナッシュ『人物アメリカ史（下）』足立康（訳）（新潮社、一九八九年）
・野崎六助『北米探偵小説論』（インスクリプト、一九九八年）
・ジェームズ・M・バーダマン『アメリカ黒人の歴史』森本豊富（訳）（NHK出版、二〇一一年）
・東理夫『アメリカは食べる。——アメリカ食文化の謎をめぐる旅』（作品社、二〇一五年）
・東理夫『アメリカは歌う。コンプリート版』（作品社、二〇一九年）
・ウィリアム・フォークナー『フォークナー全集27　随筆・演説他』大橋健三郎、藤平育子、林文代、木島始（訳）（冨山房、一九九五年）
・ベンジャミン・フランクリン『ベンジャミン・フランクリン　アメリカ古典文庫1』池田孝一（訳）、亀井俊介（解説）（研究社、一九七五年）
・布留川正博『奴隷船の世界史』（岩波書店、二〇一九年）
・バーナード・ベイリン『世界を新たに　フランクリンとジェファソン——アメリカの建国者の才覚と曖昧さ』大西直樹、大野ロベルト（訳）（彩流社、二〇一一年）
・本田創造『アメリカ黒人の歴史　新版』（岩波書店、一九九一年）
・本田創造『私は黒人奴隷だった——フレデリック・ダグラスの物語』（岩波書店、一九八七年）
・マサオ・ミヨシ『我ら見しままに——万延元年遣米使節の旅路』佳知晃子（監訳）（平凡社、一九八四年）
・ジョン・ルイス、アンドリュー・アイディン『MARCH 1　非暴力の闘い』押野素子（訳）（岩波書店、二〇一八年）

・ジョン・ルイス、アンドリュー・アイディン『MARCH 2 ワシントン大行進』押野素子（訳）（岩波書店、二〇一八年）
・ジョン・ルイス、アンドリュー・アイディン『MARCH 3 セルマ 勝利をわれらに』押野素子（訳）（岩波書店、二〇一八年）
・ジェニファー・ラトナー＝ローゼンハーゲン『アメリカを作った思想——500年の歴史』入江哲朗（訳）（筑摩書房、二〇二一年）
・渡辺利雄『講義アメリカ文学史 東京大学文学部英文科講義録 第Ⅰ巻』（研究社、二〇〇七年）
・渡辺利雄『講義アメリカ文学史 東京大学文学部英文科講義録 第Ⅱ巻』（研究社、二〇〇七年）
・渡辺利雄『講義アメリカ文学史 東京大学文学部英文科講義録 第Ⅲ巻』（研究社、二〇〇七年）

・Alcott, Louisa May. *The Journals of Louisa May Alcott.* Eds. Joel Myerson, Daniel Shealy and Madeleine B. Stern. Athens: University of Georgia Press, 1997.
・Alcott, Louisa May. *The Selected Letters of Louisa May Alcott.* Eds. Joel Myerson, Daniel Shealy and Madeleine B. Stern. Athens: University of Georgia Press, 1995.
・Faulkner, William. *Lion in the Garden: Interviews with William Faulkner, 1926–1962.* Eds. James B. Meriwether and Michael Millgate. Lincoln: University of Nebraska Press, 1968.
・Faulkner, William. "On Privacy. The American Dream: What Happened to It." *Harper's Magazine.* July 1955: pp. 33–38.

・Faulkner, William. *Selected Letters of William Faulkner*. Ed. Joseph Blotner. New York: Random House, 1977.

・Gelb, Arthur., and Barbara Gelb. *O'Neill*. New York: Harper and Brothers, 1962.

・Lopez, Claude Anne., and Eugenia W. Herbert. *The Private Franklin: The Man and His Family*. New York: W.W. Norton, 1975.

・Rusk, Ralph L. *The Life of Ralph Waldo Emerson*. New York: Charles Scribner's Sons, 1949.

・Weinstein, Cindy, ed. *The Cambridge Companion to Harriet Beecher Stowe*. Cambridge: Cambridge University Press, 2004.

・Williamson, Joel. *William Faulkner and Southern History*. Oxford: Oxford University Press, 1993.

出典一覧

1　「序詩」より　（一六五〇年発表）　アン・ブラッドストリート

Bradstreet, Anne. "Prologue." *The Works of Anne Bradstreet: In Prose and Verse*. Ed. John Harvard Ellis. Charlestown: Abram E. Cutter, 1867: p. 101.

2　ジョン・ブラウンの殉教の日に咲いた一輪のバラに寄せて　（一八五九年発表）　ルイーザ・メイ・オールコット

Alcott, Louisa May. "With a Rose, That Bloomed on the Day of John Brown's Martyrdom." *The Liberator* January 20, 1860: p. 12.

3　アメリカ女子教育協会　（一八七四年発表）　キャサリン・E・ビーチャー

Beecher, Catharine Esther. "The American Woman's Educational Association." *Educational Reminiscences and Suggestions*. New York: J. B. Ford and Company, 1874: pp. 200–208.

4　ソウジャーナ・トゥルース　（一八六三年発表）　フランシス・デーナ・ゲージ
Gage, Frances Dana. "Sojourner Truth." *The Independent* (New York) April 23, 1863: p. 1.

5　もっとも勇敢な兵士は名前もわからないまま　（一八八二年発表）　ウォルト・ホイットマン
Whitman, Walt. "Unnamed Remains the Bravest Soldier." *Specimen Days and Collect*. Philadelphia: David McKay, 1883: p. 36.

6　人種の問題について　（一八九〇年発表）　フレデリック・ダグラス
Douglass, Frederick. *The Race Problem: Great Speech of Frederick Douglass*. Delivered at The Bethel Literary and Historical Association. Metropolitan A. M. E. Church. Washington D. C., October 21, 1890.

7　あるインディアンの子ども時代の印象　（一九〇〇年発表）　ズィトカラ=シャ
Zitkala-Sa. "Impressions of an Indian Childhood." *The Atlantic Monthly* January 1900: pp. 37–47.

8　ドルがもたらす威厳　（一九一〇年発表）　ジャック・ロンドン
London, Jack. "The Dignity of Dollars." *Revolution and Other Essays*. New York: Macmillan Company, 1910: pp. 57–70.

9　シカゴの殺し屋、激化する政治抗争　（一九二一年発表）　アーネスト・ヘミングウェイ

Hemingway, Ernest. "Gunmen's Wild Political War in Chicago." *Toronto Star Weekly* May 28, 1921: p. 1 and 21.

10　ユージーン・オニールの衝撃的な話　（一九二二年発表）　メアリー・B・マレット

Mullett, Mary B. "The Extraordinary Story of Eugene O'Neill." *The American Magazine* November 1922: p. 34, 112, 114, 116, 118, and 120.

11　国家の心理学、あるいはあなたは何を見ているのか　（一九二二年発表）　ガートルード・スタイン

Stein, Gertrude. "The Psychology and Nations or What Are You Looking at." *Geography and Play*. Boston: The Four Seas Company, 1922: pp. 416–9.

12　崩　壊　（一九三六年発表）　F・スコット・フィッツジェラルド

Fitzgerald, F. Scott. "The Crack-Up." *Esquire* February 1936: p. 41 and 164.

13　三〇年代についての覚え書き　（一九六〇年発表）　ジョン・スタインベック

Steinbeck, John. "A Primer on the Thirties." *Esquire* June 1960: pp. 85–93.

14　恐れについて――新たな南部とその苦しみ　（一九五六年発表）　ウィリアム・フォークナー

Faulkner, William. "On Fear: The South in Labor." *Harper's Magazine* June 1956: pp. 29–34.

15　「王様は裸だ」賞受賞記念スピーチ　（二〇〇九年発表）　アーシュラ・K・ル＝グウィン

Le Guin, Ursula K. "Emperor Has No Clothes Award Acceptance Speech." Delivered at the 32nd Annual Convention of the Freedom From Religion Foundation. November 7, 2009. https://ffrf.org/outreach/awards/emperor-has-no-clothes-award/item/11980-ursula-k-le-guin

16　『ザ・ベスト・アメリカン・ショート・ストーリーズ』二〇一九年度版序文（二〇一九年発表）　ハイディ・ピトラー

Pitlor, Heidi. "Foreword." *The Best American Short Stories 2019*. Hougton: Mariner Books, 2019: pp. ix–xii.

監修者・翻訳者・執筆者紹介

監修・翻訳・解説執筆
能勢　卓（のせ・たくじ）
福岡女学院大学人文学部准教授

編集・翻訳・解説執筆
立本秀洋（たてもと・しゅうよう）
大阪電気通信大学共通教育機構英語教育研究センター講師

松田正貴（まつだ・まさたか）
大阪電気通信大学共通教育機構英語教育研究センター准教授

翻訳・解説執筆
伊藤佳世子（いとう・かよこ）
高野山大学文学部教授

坂本輝世（さかもと・きよ）
滋賀県立大学人間文化学研究院准教授

友繁有輝（ともしげ・ゆうき）
関西学院大学国際学部専任講師

中内啓太（なかうち・けいた）
大阪工業大学ほか非常勤講師

中西典子（なかにし・のりこ）
関西学院大学ほか非常勤講師

西美都子（にし・みつこ）
京都大学ほか非常勤講師

増田純一（ますだ・じゅんいち）
大阪産業大学ほか非常勤講師

※上記の監修者・翻訳者・解説執筆者は日本英語表現学会関西文学研究部会の構成員です。

アメリカの声をひろう
言葉で闘う語り手たち

2022年3月30日　初版第1刷発行　（定価はカヴァーに表示してあります）

監修者　能勢　卓
訳　者　日本英語表現学会関西文学研究部会
発行者　中西　良
発行所　株式会社ナカニシヤ出版
〒606-8161　京都市左京区一乗寺木ノ本町15番地
Telephone　075-723-0111
Facsimile　075-723-0095
Website　http://www.nakanishiya.co.jp/
E-mail　iihon-ippai@nakanishiya.co.jp
郵便振替　01030-0-13128

装幀＝白沢　正／印刷・製本＝ファインワークス

Printed in Japan.
ISBN978-4-7795-1666-5　C0098